신의 전설 ❶ 신의 출현

신의 전설 ❶ 신의 출현

초판1쇄 발행 | 2015년 5월 22일
초판1쇄 발행 | 2015년 5월 29일

지은이 | 이원호
펴낸이 | 박연
펴낸곳 | 스토리뱅크

등록일자 | 2009년 11월 17일
등록번호 | 제313-2009-250호
주소 | 서울시 마포구 모래내로 83 한올빌딩 6층
전화번호 | 02 · 704 · 3331
팩스번호 | 02 · 704 · 3330

ISBN 978-89-6840-207-4 04810
ISBN 978-89-6840-206-7 (세트)

신의 전설 ① 신의 출현

이원호 지음

스토리뱅크
story bank 2010

저자의 말

　오래전부터 '희망'에 대한 책을 썼습니다. 내 책 대부분이 '해피엔딩'인 것도 그 이유가 되겠습니다.

　생(生)과 사(死)로 나누어진 세상입니다. 유한(有限)한 생명체로 태어난 우리가 인생을 살면서, 또는 도중에 세상을 떠나면서 남기는 흔적들, 그것이 모두 인연과 영혼에 엮여 있다는 것을 말씀드리려고 이 책을 쓴 것입니다. '희망'을 이야기하려고요.

　긍정적, 낙관적인 자세로 인생을 살아왔다고 해도 생(生)의 마지막 순간이 되면 두렵고 또한 허무해지는 것이 인간(人間)의 본성(本性)임을 믿습니다.

　영혼의 불멸에 대한 수많은 이야기가 있지만 증명되지는 않았습니다. 그러나 믿는 자에게는 모든 것이 다 증거가 됩니다. 나는 여기, 신의 전설에서 다섯 가지 전설을 기록하여 여러분께 불사(不死)의 인간을 보여드립니다. 기적은 불사(不死)의 일부분일 뿐입니다. 신(神)은 종교적인 신이 아니라는 말씀을 드립니다.

　모든 종교를 감싸 안은 신, 우주를 창조한 신입니다.

　신의 전설은 전에 출간한 산트로의 2가지 기적을 포함하여 5가지 전설로 편성되었다는 것을 말씀드립니다.

인간의 영혼은 이어져 있습니다. 그것은 인간의 인연이 끝없이 이어져 있다는 말과 같습니다. 나는 이 소설에서 '기적'을 받는 주인공이 '여러분'이 되기를 바랍니다. 그 '기적'에 대한 믿음이 여러분의 지금 생(生)을 더욱 보람 있고 활기차게 만들어 드릴 것입니다.

2015년 5월 이원호

목 차

머리말 | 4

첫 번째 전설 신(神)의 출현 | 1장 | 9

첫 번째 전설 신(神)의 출현 | 2장 | 36

첫 번째 전설 신(神)의 출현 | 3장 | 65

첫 번째 전설 신(神)의 출현 | 4장 | 95

첫 번째 전설 신(神)의 출현 | 5장 | 119

첫 번째 전설 신(神)의 출현 | 6장 | 141

첫 번째 전설 신(神)의 출현 | 7장 | 168

두 번째 전설 내가 신이다 | 1장 | 194

두 번째 전설 내가 신이다 | 2장 | 218

두 번째 전설 내가 신이다 | 3장 | 243

두 번째 전설 내가 신이다 | 4장 | 268

두 번째 전설 내가 신이다 | 5장 | 292

신(神)의 출현

1장

"김치 둘."

아버지 등에 대고 말한 서은아는 물 잔을 쟁반에 놓았다. 11시밖에 되지 않았는데 점심 첫손님이 들어왔다. 7평짜리 식당이어서 테이블은 네 개, 정원이 16명이지만 연초에 20명까지 손님을 받은 적이 있다. 신기록, 매상 기록은 작년 겨울의 87만 원. 그 기록은 아마 영원히 깨지지 않을 것이었다.

"아가씨, 우리 시간 없어. 빨리."

사내 하나가 말했다.

"네에."

서은아가 커다랗게 대답했을 때 주방에 서 있던 아버지가 힐끗 이쪽을 보았다. 아버지도 다 들었겠지만 서은아가 다시 말한다. 그래야 손님이 좋아한다.

"빨리 부탁해요."

"예에."

아버지의 대답. 머리를 돌리는 아버지의 표정이 쓸쓸해 보였으므로 서은아의 가슴이 짜르르 울렸다. 가을이 되면서부터 손님이 줄어들었다. 경제 상황이 나빠졌다고 연일 언론에서 보도를 해도 여름까지는 그럭저럭 가게를 꾸려갔지만 지난달에는 가게 임대료도 겨우 내었다. 석 달 전에 주방 아줌마를 내보냈는데도 그런다. 아버지가 서둘러 끓인 김치찌개를 손님 앞에 내려놓았을 때 바지 주머니에 넣은 휴대폰이 진동을 했다. 얼른 식당 구석으로 다가간 서은아가 휴대폰을 꺼내 보았다. 김태현이다. 서은아는 손님들한테 시선을 준 채 휴대폰을 귀에 붙인다.

"응, 오빠. 왜?"

"바쁘냐?"

"아니."

"오늘 밤에 너희 집 근처에서 볼까?"

"나, 늦는데."

"괜찮아, 11시면 돼?"

그때 식당 안으로 손님 셋이 들어섰으므로 서은아가 서두른다.

"알았어. 나중에 다시 전화해. 지금 바빠."

휴대폰을 주머니에 넣은 서은아의 표정은 밝아졌다. 11시 반도 안 되었는데 손님이 다섯이다. 아버지 식당에서 일한 지 일 년째가 되어서 이젠 손님 얼굴만 봐도 뭘 시킬지 절반은 맞춘다. 5천 원짜리 김치, 두부, 된장, 한정식 넷 중 하나일 것이다. 자리에 앉은 셋 앞에 물 잔을 내려놓았을 때 셋이 차례로 말했다. 서은아의 예상이 맞다. 김치 둘에 두부 하나다.

오후 5시쯤 되었을 때 식당에 둘이 남았다. 서랍에서 돈을 꺼낸 서은아가 세어보더니 아버지에게 말한다.

"아빠, 19만 7천 원."

주방에 서 있던 아버지가 머리만 끄덕였으므로 서은아가 다가가 주방 배식구에 머리를 넣고 묻는다.

"아빠, 정 아줌마한테서 연락 안 왔어?"

"까불지 마."

도마를 닦던 아버지가 눈썹을 찌푸렸지만 서은아는 말을 잇는다.

"그러니까 내가 뭐래? 남자가 먼저 적극성을 보여야 한다니까 그러네? 자존심 내세울 때가 아니라고."

"이 자식이."

아버지가 이제는 쓴웃음을 짓더니 물 묻은 손을 서은아를 향해 뿌렸다. 서은아가 도망치면서 말한다.

"내가 아빠 외박해도 잔소리 안 할 테니까 아줌마한테 가봐."

그때 또 이른 저녁 손님 두 명이 들어왔으므로 아버지의 표정은 보지 못했다. 정 아줌마란 석 달쯤 알바로 일했던 아줌마를 말한다. 아버지 서경태보다 네 살 아래인 마흔넷. 돌아가신 어머니보다 두 살 아래다. 정 아줌마는 이혼녀로 고 2짜리 딸하고 둘이 산다. 딸 정윤이도 몇 번 식당에 왔기 때문에 모두 안다. 착한 애여서 두 번째 만났을 때는 서은아한테 언니라고 불러주고 따랐다. 그 정 아줌마를 서은아는 아버지의 재혼 대상으로 찍은 것이다. 아버지도 싫은 눈치가 아니었고 정 아줌마도 마찬가지인 것 같았다. 그런데 정 아줌마가 정윤이 교육 때문에 집 근처의 식당으로 알바를 옮긴 후부터 아버지가 적극성을 보이지 않는 것이다. 정 아줌마가 전화를 걸어온 것은 몇 번 보았지만 아버지가 먼저 한 적은 없는 것 같다.

밤 10시 반이 되었을 때 동생 서진우가 식당으로 들어섰다. 아버지는 주방을, 서은아는 홀을 맡아서 청소를 하는 중이었는데 가방을 내려놓은 서진우가 곧장 주방으로 들어가 돕는다.

"밥 먹었냐?"

아버지가 묻는 소리가 들렸다.

"응, 짜장면 먹었어."

서진우의 대답. 수원의 전문대 1학년인 서진우는 수업이 없는 시간에 하루 6시간씩 주유소 알바를 한다. 부지런해서 토요일과 일요일에는 12시간씩 일한다.

"참, 아빠. 내일 강릉 아줌마 온다는 연락 받았어?"

문득 서은아가 묻자 아버지가 대답했다.

"그래. 그리고 박씨는 10시 반에 오기로 했다."

내일은 아버지가 석 달에 한 번씩 병원에 가서 혈압약을 받아오는 날이다. 아침에 가서 오후 2시쯤이면 돌아오지만 그 동안에 일할 주방 알바 아줌마가 필요한 것이다. 박씨는 음식 재료를 배달해주는 아저씨를 말한다. 서은아가 홀의 의자를 바로 놓으면서 벽시계를 본다. 10시 40분. 김태현과는 11시 반에 만나기로 했으니 조금 늦겠다.

아파트 안 놀이터에 도착 했을 때는 11시 55분이다. 놀이터 안으로 들어선 서은아는 안쪽 벤치에서 일어서는 그림자를 보았다. 김태현이다.

"미안해, 오빠. 늦었어."

다가서며 서은아가 말했을 때 김태현의 흰 이가 드러났다.

"괜찮아."

앞에 선 김태현이 서은아의 손을 잡는다. 따뜻하다. 이 사람은 손을 잡기 전에 바지 주머니에 오랫동안 제 손을 녹이고 있었을 것이다. 오래 생각하고 행동하는 사람이다. 한 번도 즉흥적인 행동을 한 적이 없다. 언제나 상대방을 배려했다. 둘은 다시 안쪽의 벤치에 나란히 앉는다. 위에 판자로 된 지붕이 덮여졌고 뒤쪽은 담장이라 제법 아늑하다. 서은아가 엉덩이를 움직여 바짝 몸을 붙였을 때 김태현이 팔을 들어 어깨를 감싸 안으며 묻는다.

"힘들지?"

"아니?"

서은아의 목소리는 가볍다. 김태현을 만난 지는 일 년 반이 되었지만 아직도 새롭다. 한 달에 겨우 한두 번 만나기 때문일까? 휴학하기 전에 같이 역사연구 동아리였을 때도 그랬다. 아버지 식당일을 도우려고 자주 모임을 빼먹었기 때문이다. 복학생으로 4학년 선배였던 김태현은 여학생한테 인기가 많았다. 특히 같은 동아리 멤버에다가 서은아의 친구인 오미연은 김태현을 공개적으로 좋아했다. 집안 좋고 인물 좋은 오미연이 김태현의 마음이 서은아에게 기울어져 있다는 것을 알고 나서 보인 반응은 대단했다. 오미연은 동아리 탈퇴, 서은아와의 공개 절교를 선언했는데 아마 그렇게 함으로써 제 상처에다 소금을 뿌려 더 아프게 하려는 것 같았다. 그것이 1년 전이다. 그 후에 서은아는 휴학을 했고 김태현은 졸업하고 나서 대기업인 신흥전자 사원이 되었다.

"너한테 할 이야기가 있어."

어깨를 감싸 안은 김태현이 말을 잇는다.

"너, 다음 일요일 낮에 시간 낼 수 있겠니?"

"응? 다음 일요일?"

눈을 동그랗게 뜬 서은아가 김태현을 보았다. 그러고는 머리를 젓는다.

"가게 일 도와야해, 오빠."

"알바 아줌마 쓰면 안 될까?"

부드럽게 말한 김태현이 웃음 띤 얼굴로 서은아를 보았다.

"어머니가 널 보려고 하셔, 아버지도."

"으응?"

놀란 서은아가 상반신을 세웠다.

"왜에?"

"이젠 뵐 때도 되지 않았니? 생각 좀 해봐. 네 이야기 한 지가 1년이야, 1년."

손가락 하나를 세워 보인 김태현이 정색했다. 어둠속에서 두 눈이 반짝였다.

"널 데려가지 않으니까 너를 가공의 애인으로 취급하려고 든단 말이야."

"오빠하고 찍은 사진 있잖아?"

"장난 말고."

"근데 왜 보자고 하셔?"

서은아가 묻자 김태현이 어깨를 당겨 안는다.

"너, 내 나이가 몇인 줄 알지?"

"스물여섯."

했다가 서은아가 상반신을 젖히고 김태현을 보았다.

"벌써 결혼 이야기가 나오는 거야?"

"이 나이에 애인 하나 소개시켜주지 않느냐는 거야."

"그럼 당장은 아무나 데리고 가서……."

"장난 말고."

다시 김태현의 목소리가 엄격해졌다. 나이차가 네 살이었지만 어떤 때는 10살도 더 먹은 아저씨 같다. 김태현이 말을 잇는다.

"일요일에 시간을 내. 이젠 네가 인사를 드릴 때도 되었어. 그게 예의야. 그것이 나를 사랑한다는 증거도 될 것이고."

그러더니 머리를 숙여 서은아의 볼에 가볍게 입술을 붙였다 뗀다. 서은아는 가만히 숨을 뱉는다. 김태현은 아버지를 세 번이나 만났다. 올 때마다 양주를 사들고 오는 바람에 아버지는 다음에는 어떤 술을 가져오라고 할 정도까지 되었다. 아버지는 물론이고 동생 진우도 김태현을 좋아하고 있는 것이다. 김태현의 시선을 받은 서은아가 입을 열었다.

"알았어, 갈게."

아내 양민주가 죽은 지도 벌써 9년. 시장에서 돌아오던 양민주는 무면허 운전자가 몰던 승용차에 치여 어린 자식 둘을 남겨놓고 저세상으로 갔다. 그때 은아의 나이가 열셋, 초등학교 6학년이었고 진우는 열하나 짜리 초등학교 4학년. 세상이 뒤집힌 것 같은 충격이었는데 철모르는 자식 둘이 없었다면 서경태는 폐인이 되었거나 절에 들어갔거나 또는 죽었을지도 모른다. 다니던 회사를 그만두고 퇴직금에다 아파트를 담보로 대출받은 자금을 보태어 슈퍼마켓을 인수한 것도 아이들 돌보는 시간을 많이 가지려는 의도였다. 슈퍼마켓은 6년 동안 운영하다가 결국 헐값에 넘기고 3년 전부터 손바닥만한 식당으로 줄어들었다. 그런데 작년부터는 현상 유지만 겨우 하더니 이제 적자가 나기 시작한다. 아무래도 개인 사업에는 능력이 모자란 것 같다. 담배를 입에 문 서경태가 힐끗 거실 쪽을 보았다. 은아와 진우는 각각 제 방에 들어가 거실은 비었다. 라이터를 켜 담배 연기를 깊게 빨아들인 서경태가 베란다 밖으로 연기를 뱉는다. 은아에게는 담배를 끊었다고 했지만 이렇게 몰래 하루에 반 갑은 피운다. 아이들을 위해서라도 금연을 해야 되겠지만 도무지 끊을 수가 없다. 술은 소주 두 잔만 먹어도 가슴이 벌렁거리는 체질이라 담배만이 유일한 낙인 것이다. 손목시계의 야광침이 오전 1시를 가리키고 있다. 김태현을 만나고 조금 전에 들어온 은아가 뭔가 할 말이 있는 것처럼 주춤거리다가 제 방으로 들어간 것이 마음에 걸린다. 오늘 식당에서 정선주에게 자꾸 전화 하라고 한 것도 꺼림칙하다. 애비가 다른 데로 못 가게 잡아야 정상 아닌가? 다시 담배 연기를 길게 내뿜던 서경태는 바지 주머니에 든 휴대폰이 진동을 하는 바람에 깜짝 놀랐다. 요즘은 신경이 예민해졌다. 밤에 잠도 안 오고 자주 놀란다. 휴대폰을 꺼내든 서경태는 쓴웃음을 짓는다. 지금 방에 들어가 있는 은아가 전화를 한 것이다. 서경태가 휴대폰을 귀에 붙였다.

"인마, 왜?"

"아빠, 그만 피워."

대뜸 은아가 말했으므로 서경태는 저도 모르게 담배를 쥔 손을 내렸다. 은아가 말을 잇는다.

"내가 말 안하려고 했지만 안 되겠어. 아빠, 담배 당장 꺼."

"이 자식이."

했지만 서경태는 담배를 간장그릇에 비벼 껐다. 그러나 입가에는 웃음이 떠올라있다. 관심이 기쁜 것이다.

"2백5십 모았어."

아침밥을 먹으면서 진우가 말했다. 아버지와 서은아를 번갈아 보면서 진우가 반복한다. 먼저 손가락 둘을 브이자로 펴 보이면서 '이백' 하더니 손바닥을 쫙 펴고 '오십'이라고 했다.

"장하다, 내 동생."

서은아가 눈을 크게 뜨고 칭찬했다. 등록금 내려고 모은 것이다. 서경태는 머리만 끄덕인 채 시선을 마주치려고 하지 않는다. 그때 서은아가 말했다.

"나 옷 사 입게 이십만 빌려줄래? 다음달에 갚을게."

"무슨 돈으로 갚아?"

했다가 진우의 시선이 아버지를 스치고 지나갔다. 실언한 것이다. 식당이 잘 안 된다는 것을 진우도 안다.

"옷 살돈 내가 줄게."

머리를 든 서경태가 말했으므로 서은아가 쓴웃음을 짓는다.

"아빠, 장난 한 거야. 진우가 돈 자랑을 해서 말이야."

"아니, 너 옷 산 지도 오래 됐어."

하고 서경태가 말했을 때 진우도 나섰다.

"내가 줄게. 까짓것, 그냥 줄게."

"그만."

정색한 서은아가 수저를 내려놓고는 두 남자를 쏘아보았다.

"누구든지 한 번만 더 말을 했다간 밥 안 줄 테니까 조심해."

그러자 둘은 입을 다물었고 아직 화가 덜 풀린 서은아가 진우에게 잔소리를 한다.

"너 밥 좀 흘리지 말고 먹어. 입이 잘 다물어지지 않는 거냐?"

옷은 사긴 사야 했다. 김태현의 부모님 만날 날은 딱 5일 남았는데 입고 갈 옷이 마땅치 않은 것이다. 휴학한 지 1년 되었지만 내년 신학기에 복학 하는 것은 이미 포기했다. 2학년 마치고 휴학한 터라 등록금 낼 것을 생각하면 머리까지 어지러웠고 졸업장 받는다고 해서 취직이 바로 되는 것도 아니다. 아버지는 혈압약 받으러 병원에 갔기 때문에 서은아는 9시 조금 못 되어서 식당에 나가 혼자 준비를 한다. 9시 반이 되었을 때 강릉 아줌마 송씨가 들어 왔고 10시 반에 박씨가 음식 재료를 가져왔다.

"아, 시발. 큰일 났네."

재료값을 받으면서 박씨가 투덜거렸다. 시선을 든 서은아에게 박씨가 말을 잇는다.

"저기, 골목 아래 홍천식당. 그 집 문 닫았어."

"어머, 언제요?"

"어제 문 안 열었기에 또 쉬는가 보다 했더니 오늘 여기 오면서 보니까 가게 세놓는다는 종이가 붙어 있더란 말이지."

40대 중반의 박씨는 말이 느리다. 덥수룩한 머리를 쓸어 올리면서 박씨가 말을 잇는다.

"그래서 부동산에 가서 물어보았더니 월세 안 낸 거 보증금으로 다 까먹고도 몇 십만 원을 더 내야 한다는구먼. 그런데 나한테도 외상값이 3십만 원이나 있어."

"저런, 돈 떼먹고 도망갔구먼."

어느새 옆에 와 선 송씨가 말하자 박씨는 입맛을 다신다.

"요즘 다들 장사가 안 돼서 난리야. 이러다 나도 굶게 생겼어."

박씨가 나갔을 때 송씨가 재료를 풀면서 말했다.

"홍천식당 쥔 여자가 바람이 나서 자주 밖으로 싸 댕긴다고 하더니 기어이 일이 터졌구먼."

송씨는 입이 싸다. 이 근처에서 식당 알바를 오래 했기 때문에 식당 정보는 두르르 꿰고 있었는데 물론 다른 곳에 가면 이곳 이야기를 할 것이었다. 입이 싼 것만큼 몸도 빨라서 일은 잘했지만 서은아는 나중에 가게가 기반이 잡히면 송씨 아줌마는 안 쓸 작정이었다. 누구 바람났다고 흉을 보면서 아버지한테 꼬리를 치는 장면을 여러 번 보았기 때문이다.

3년 동안 서경태를 맡고 있었으므로 이대영은 주치의나 마찬가지였다. 진료 시간표를 보면 15분간 5명의 이름이 적혀 있다. 1명당 3분씩이다. 그래서 간호사의 호명에 따라 5명씩 앉아 있다가 한 명씩 이대영의 진료실 쪽을 향해 자리를 옮기는데 앞 사람이 3분이 지나도 나오지 않으면 저절로 짜증이 난다. 마침내 서경태의 순서가 되어서 방으로 들어섰을 때 이대영이 웃음 띤 얼굴로 묻는다.

"장사 잘 되세요?"

"아, 예."

이대영은 서경태가 식당을 운영하고 있는 것을 안다. 혈압기를 팔에 붙이면서 이대영이 또 묻는다.

"종합검진 안 받으셨죠?"

"예? 예. 한참이나 밀려 있어서."

서경태가 불평하듯이 말을 잇는다.

"석 달은 더 기다려야 한다더군요."

그러자 혈압기를 들여다보던 이대영이 머리를 끄덕였다.

"잘 되었네요."

"혈압이 정상입니까?"

"아니, 마침 오늘 검진을 받는다는 내 환자가 약속을 취소해서 11시에 자리가 하나 났거든요. 오늘 대신 받으세요."

이대영이 손목시계를 내려다보면서 말을 잇는다.

"제가 연락 해드릴 테니까 나가서서 수속 하세요."

"아니, 그럼 몇 시간이나."

"요즘은 세 시간 정도밖에 안 걸립니다."

그러더니 이대영이 청진기를 귀에서 떼면서 말한다.

"혈압은 135에 90이군요."

손님 셋이 들어와서 각각 김치, 된장, 두부찌개를 골고루 시키는 바람에 주방 안에서 송씨가 고시랑거렸다. 그때 주머니에 넣은 휴대폰이 진동을 했으므로 서은아는 꺼내 보았다. 10시 50분. 아버지다.

"응, 아빠."

쟁반에 물 잔을 놓으면서 서은아가 서둘렀다.

"진료 끝났어?"

"내가 운이 좋아."

불쑥 아버지가 말한다.

"왜?"

"오늘 11시부터 종합검진 받는다. 마침 빈자리가 있어서."

그러더니 아버지가 묻는다.

"바쁘냐?"

"손님 셋이 방금 들어왔어."

"난 오후 3시쯤 갈게."

"응, 여긴 걱정 마." 해놓고 서은아가 더 말을 이으려고 했을 때 전화가 끊겼다. 아버지의 목소리는 들떠 있었다. 정기검진 신청은 했지만 몇 달은 기다려야 한다고 들었기 때문이다. 아버지는 건강에 신경을 많이 쓰는 편이다. 수도 없이 담배를 끊었다가 다시 피우는 것도 그 증거가 될 것이다.

오후 1시 반에 정 아줌마한테서 전화가 왔다. 정 아줌마 이름은 정선주. 목소리가 맑고 예쁘다.

"어머, 아줌마."

하고 서은아가 반색을 했더니 아줌마는 짧게 웃는다.

"근데 아빠 어디 계시니? 전화를 안 받으시네?"

"지금 병원이에요. 종합검진 받으시거든요."

손님이 세 테이블이어서 바빴지만 서은아가 열심히 대답한다.

"아아, 그렇구나."

"아줌마, 2시에 검진 끝난다고 했으니까 다시 해보세요."

"그럴게."

"정윤이 잘 지내죠?"

"그럼."

"보고 싶다."

그러자 다시 깔깔. 마음씨도 고운 아줌마다. 얼굴도 그만하면 평균 이상이어서 다른 남자가 채어가기 전에 아빠하고 도장을 찍어야 하는데.

"아가씨, 공깃밥 하나 더."

손님이 부르는 소리를 들었는지 아줌마가 얼른 통화를 끝내었고 서은아도 몸을 돌렸다. 지금까지 손님이 34명 들어왔다. 오늘은 이것저것 재수가 붙은 날이다.

3시 40분에 갑자기 식당 안으로 진우가 들어온다. 3시에 온다던 아버지는 아직 돌아오지 않았고 삼겹살을 안주로 시켜놓고 낮술을 마시던 손님 둘이 마악 나간 터라 한숨 돌리고 있던 참이다.

"응? 너 왜?"

오늘 진우는 4시부터 주유소 알바다. 진우 스케줄을 두르르 꿰고 있는 터라 서은아가 묻는다.

그러자 진우가 식당을 둘러보는 시늉을 했다.

"아빠는?"

"종합검진. 3시에 오신댔는데 늦네."

그러더니 서은아가 잊었다는 표정을 짓고 묻는다.

"밥 먹어라. 삼겹살 구워줄게."

"나, 가야 돼."

진우가 앉지도 않고 말하더니 주머니에서 접혀진 봉투를 내밀었다.

"받아."

"뭔데?"

했지만 서은아의 얼굴이 굳어졌다. 봉투를 본 순간에 짐작이 간 것이다.

"옷 사 입어."

하고 진우가 봉투를 흔들며 말하자 서은아는 눈을 치켜떴다.

"정말 이 자식한테는 농담도 못한다니까? 안마, 봉투 도로 안 넣어?"

22

"아이구, 이 가시내."

하더니 진우가 봉투를 옆쪽 테이블 위에다 던져 놓고는 한걸음 물러섰다. 역시 눈을 치켜뜨고 있다.

"가시내라 역시 오지랖이 좁다니까? 알았다, 하고 받으면 입술이 덧나냐? 정말 짜증나."

그 순간 몸을 돌린 진우가 바람을 일으키며 식당을 나갔다.

"왜 그래? 왜 싸워?"

주방에 있던 송씨 아줌마가 나오면서 물었으므로 서은아는 얼른 봉투를 집어 주머니에 넣는다. 먹먹해진 가슴을 심호흡으로 가라앉힌 서은아가 송씨 아줌마를 향해 빙긋 웃었다. 그러나 아직 목이 막혀서 말은 나오지 않는다.

서경태가 식당에 들어섰을 때는 오후 5시 반. 저녁 손님이 네 테이블이나 차있어서 서은아는 바쁘다. 그래도 주방에 들어가는 서경태에게 묻는다.

"아빠, 전화 받았어?"

정선주의 전화를 받았느냐고 묻는 것이다. 머리를 돌린 서경태가 시선이 마주치자 끄덕여 보였다.

"된장찌개 둘, 김치찌개 하나."

손님이 소리쳐 주문하는 바람에 서은아는 몸을 돌렸다. 오늘은 손님이 많다. 조금 전까지 45명을 세었는지 42명인지 헷갈렸다. 전표를 보면 알겠지. 주방에서 밑반찬을 내놓는 서경태와 마주보고 섰을 때 서은아가 말했다.

"아빠, 기가 막혀 죽겠어."

도무지 입이 근질거려 참을 수가 없다. 서경태의 시선을 받은 서은아가 말을 잇는다.

"진우가 있지? 세시 반에 갑자기 여기에 온 거야, 글쎄. 잠깐만."

그러고는 밑반찬을 내려놓고 주방 쪽 배식구로 갔더니 서경태는 등을 보인 채 찌개를 끓이고 있다. 안에 송씨도 있었으므로 서은아는 참을성 있게 기다린다. 이윽고 서경태가 몸을 돌리더니 김치찌개부터 가져왔다. 김치찌개를 쟁반에 내려놓은 서은아가 서둘러 말을 잇는다.

"글쎄 나한테 20만 원을 주고 가지 뭐야? 옷 사 입으라고 말이야. 아침에 내가 말한 것이 걸렸던 모양이지?"

그때 다시 서경태가 몸을 돌렸으므로 서은아도 김치찌개를 들고 테이블로 간다. 이제 진우 이야기를 했으니 아버지한테서 정 아줌마 이야기를 들을 순서다. 오늘만 같았으면 좋겠다. 손님도 많고 이야기 거리도 많은 날이다. 다시 쟁반에 된장찌개를 담으면서 서은아가 생각났다는 표정을 짓고 묻는다.

"참 종합검진 잘 받았어?"

"그럼."

서경태의 얼굴에 쓴웃음이 떠올랐다.

"인마, 이제서 물어?"

"아빠 혈압만 빼면 20대라며?"

"당근."

그러더니 목소리를 낮춘다.

"마음은 10대지."

"미쳐."

서은아는 몸을 돌린다. 그 말은 맞다. 정씨 아줌마한테 대하는 태도는 10

대다.

9시가 넘으면 술손님이다. 술손님은 오래 앉아있지만 술 마시느라고 이
것저것 시키지 않아서 소음만 참으면 한숨 돌릴 수가 있다. 송씨 아줌마는
돌아갈 준비를 하느라고 주방에서 꾸물거렸고 아버지는 보이지 않는 걸 보
니 뒷문 밖에서 담배를 피우고 있을 것이다. 9시 40분, 식당 안으로 윤신애가
들어선다.

"헬로."

하더니 윤신애가 주위를 두리번거렸다. 아버지를 찾는 것이다.

"앉아, 아빠 담배 피러 나가셨어."

서은아가 빈 테이블에 윤신애를 앉힌다. 윤신애는 서은아와 고등학교부
터 대학까지 동창이다. 지금은 3학년. 아버지가 주유소를 두 개나 갖고 있어
서 먹고 사는 데는 지장이 없다. 미리 연락을 하고 온 터라 서은아는 손목시
계를 본다. 테이블 하나에 남은 술손님 셋만 나가면 식당 문을 닫기로 아버
지하고 합의한 것이다. 그러고는 윤신애하고 둘이 딱 두 시간만 맥주를 마실
것이었다. 그때 주방에서 아버지가 나왔으므로 윤신애가 발딱 일어섰다.

"안녕하셨어요? 아버님."

"응, 신애 왔구나."

웃음 띤 얼굴로 다가오던 서경태가 주춤 발을 멈춘다. 서은아한테 담배
냄새를 들킬까봐 그런다. 서경태가 서은아에게 말했다.

"은아야, 가봐. 내가 뒷정리는 할 테니까."

서은아가 힐끗 술좌석을 보았다. 셋 중 두 명의 잔이 비워져 있었는데 옆
에 놓인 술병도 비었다. 이야기도 드문드문 나누는 것이 곧 일어날 것 같다.

"어서."

서경태가 다시 재촉 했으므로 서은아는 자리에서 일어섰다.

"오미연이는 6백 주고 코 올렸다더라."

카페에 들어가 맥주를 시켜놓은 윤신애가 맨 처음에 꺼낸 말이다. 쓴웃음만 짓는 서은아에게 윤신애는 말을 잇는다.

"소문이지만 젖가슴도 천오백 주고 올렸다고 해. 새로 나온 실리콘이래."

"그만."

손바닥을 펴 보인 서은아가 눈을 흘겼다.

"너 나한테 스트레스 주려고 돈 타령 하는 거지?"

"아냐, 내가 왜."

당황한 윤신애가 마침 날라 온 맥주병을 집어 들었다.

"그 기집애가 밥맛 떨어지게 설치고 다녀서 그래."

오미연은 영문과였고 윤신애는 국문과다. 같은 문과대 캠퍼스 안에서 자주 만날 수밖에 없다. 한 모금 병째로 맥주를 삼킨 서은아가 눈을 가늘게 떴다. 오미연과는 같은 영문과여서 김태현만 나타나지 않았다면 지금 셋이 이자리에 앉아 있을지도 모른다.

"참 오미연이가 또 남자 바꿨어."

다시 윤신애가 오미연 이야기를 꺼낸다.

"지금 연수원에 나가는 남자래."

"어디?"

"사법 연수원."

"지난번 남자는 의사랬지?"

"그래."

다시 한 모금 맥주를 삼킨 서은아가 입을 다물었다. 오미연도 고등학교 때부터 동창이었지만 친하지는 않았다. 오미연은 재벌급 기업체 소유주의 딸로 본인은 내색하지 않는 척 했지만 별명이 공주였다. 그래서 같은 반이었어도 서은아는 간격을 두고 지냈던 것이다. 성격이 밝은데다 담백한 서은아는 부담을 주지도 받지도 않으려는 성격이다. 그래서 자연스럽게 주변에 친구가 많이 꼬였는데 오미연이 오히려 접근 해온 적이 많았다. 오미연은 겸손한 척 했지만 오만했고 지는 것을 싫어했다. 아무리 감추려고 해도 그런 환경에서 자란 터라 표시가 나는 법이다. 그때 윤신애가 말한다.

"근데 말이야, 어제 있지?"

맥주병을 볼에 붙인 윤신애가 말을 잇는다.

"글쎄 어제 강의실 앞에서 그 왕재수를 만났는데 그게 네 얘기를 묻더라고."

"날? 뭐라고?"

눈을 크게 뜬 서은아가 물었지만 얼굴에는 웃음기가 떠올라 있다.

"너 내년 신학기에 복학 하느냐고 묻더라니까."

"그래서?"

"할 거라고 했지."

"……."

"그랬더니 글쎄."

어깨를 부풀렸다가 내린 윤신애가 말을 잇는다.

"내가 이런 얘기 너한테 안 하려고 했지만 혼자 삭히기에는 분하고 또……."

"사설은 그만."

이맛살을 찌푸린 서은아가 주먹으로 때리는 시늉을 하면서 말했다.

"본론을 말해."

"글쎄."

입안의 침을 삼킨 윤신애가 말을 잇는다.

"너한테 가서 전하래. 등록금이 준비 안 되면 대 주겠다고. 무상으로 말이야."

그때 서은아가 풀썩 웃었으므로 윤신애의 목소리가 높아졌다.

"거지같은 김태현이 때문에 둘 사이가 틀어질 이유가 없다고도 했어."

서은아가 다시 웃는다. 맥주병을 들고 한 모금을 삼킨 서은아를 향해 윤신애가 말을 이었다.

"글쎄, 그 년이 왜 이렇게 악랄해졌니? 아주 본색이 다 드러나고 있다니까."

"내가 연락 해볼까?"

눈을 가늘게 뜬 서은아가 정색하고 윤신애를 보았다. 윤신애가 긴장한다. 갑자기 윤신애가 찾아온 이유가 이 말을 전해주려는 것이었다. 서은아가 말을 잇는다.

"등록금 좀 달라고 말이야. 지금 식당 장사도 잘 안 되거든?"

윤신애가 긴가민가한 표정을 짓고 있었으므로 서은아의 표정이 더 차분해졌다.

"한 번 말을 뱉었으니 제가 안 내놓을 수는 없겠지?"

서은아가 물었지만 아직 윤신애는 대답하지 못 한다.

버스에서 내려 아파트 정문으로 들어가 담장 옆길을 걷던 서은아는 문득 하늘을 본다. 아파트 사이에 낀 하늘은 지저분한 남색이었다. 그 순간 눈이 흐려지더니 머리를 숙였을 때 눈물이 주르르 볼을 타고 흘러내린다. 손등으로 눈물을 닦은 서은아가 피식 웃었다. 술기운이 번져있기 때문이다.

"아유, 싫어."

혼잣소리처럼 말한 서은아가 걸으면서 어깨를 흔들었다. 목소리가 맑아서 누가 들으면 장난치는 줄 알겠다. 그러나 눈에서는 다시 눈물이 흘러내린다. 서은아는 머리를 들고 아파트 현관까지의 거리를 재었다. 50미터쯤 남았다. 그 동안에 눈물이 그치겠지. 이제는 눈물이 흘러내리도록 내버려둔 채로 서은아는 차분하게 걷는다. 윤신애 앞에서는 내색하지 않았지만 오미연의 말이 가시가 되어서 가슴에 꽂혀 있었던 모양이다. 그것이 이제야 눈물이 되어 흘러내린다.

"미친년."

앞쪽을 향한 채 서은아가 혼잣소리처럼 말한다. 그러자 가슴이 더 개운해졌다.

"개 같은 년."

오미연은 이쪽에 상처를 주려고 일부러 그렇게 말했을 것이다. 속없는 윤신애는 혼자 삭히기에는 분하다고 했지만 이쪽 반응을 보고 싶은 욕망을 참지 못했다. 그 순간 가슴이 서늘해지면서 또 눈물이 흘렀다. 이제는 춥다. 다 부질없다는 생각이 든다. 문득 외로워진 서은아가 머리를 들고 다시 하늘을 보았다. 여전히 지저분한 하늘이다.

삼촌 서경수는 아버지의 하나밖에 없는 동생인데 본인 말대로라면 팔자가 기구해서 이 모양 이 꼴이 되었다고 했다. 하긴 서경수는 전과 5범에 교도소에서 근 10년을 썩고 나왔으니 그럴 만하다. 본인 말을 들으면 죄명이 의분을 참지 못한 폭행, 사기꾼한테 위조 수표를 받아 쓴 죄 등이었지만 강간, 절도도 포함 되어 있다. 이것은 삼촌 친구가 아버지한테 하소연하는 이야기를 서은아가 다 들은 것이다. 서경수는 한 번 결혼했다가 2년 만에 갈라섰는데 아이는 없다. 숙모 되는 여자가 도망쳤다는 소리를 들었지만 서은아는 본 적도 없고 그 후로 서경수는 쭉 혼자 살았다. 그 서경수가 점심시간에 식당으로 찾아와 문가 테이블에 앉아있다. 오랜만이다. 주거도 일정치 않아서 월세방을 전전하는 모양인데 서은아는 6개월쯤 전에 식당 앞에서 한 번 만났을 뿐이다. 서경수는 아버지가 끓여준 된장찌개 그릇을 깨끗하게 비우더니 물 잔을 쥐고 식당 안을 둘러보았다. 11시 반이 되어가고 있었지만 아직 손님은 없다. 아버지는 주방에서 그릇을 씻는 모양이다. 그때 서경수가 서은아에게 묻는다.

"은아야. 너 내년에 복학 할 거냐?"

"아뇨."

대번에 머리를 저은 서은아가 정색하고 서경수를 보았다.

"그냥 시집이나 가려고요."

"허, 남자 있어?"

서경수의 두 눈이 둥그레졌다. 약간 검은 피부에 이목구비가 뚜렷한 호남, 체격도 좋고 화술이 유창해서 여자한테 인기가 좋은 것 같다. 지난번에 삼촌이 다녀갔을 때도 골목 입구에서 기다리던 여자가 있었다. 서경수의 시선을 받은 서은아가 외면했다. 번들거리는 눈이 싫었기 때문이다. 저런 용모, 저런 태도, 저런 목소리도 싫다. 그때 아버지가 다가왔다.

"다 먹었나?"

아버지가 묻더니 서경수를 지나 밖으로 나가면서 말한다.

"따라와."

그러고는 머리를 돌려 서은아를 보았다.

"나 10분만 나갔다 오마."

그때 자리에서 일어선 서경수가 웃음 띤 얼굴로 서은아에게 말했다.

"다음에 보자 은아야."

"안녕히 가세요, 삼촌."

머리를 숙이고 인사를 한 서은아가 저절로 긴 숨을 뱉는다. 문이 닫히고 가게에 혼자 남았을 때 서은아가 혼잣소리로 말했다.

"아빠가 불쌍해."

이번에도 삼촌은 아버지한테 돈 빌리려고 왔을 것이다. 마음 약한 아버지는 없다는 소리를 못 하고 50만 원이건 1백만 원이건 만들어 주지만 이놈의 짓은 끝도 없다. 자식한테 못난 삼촌 꼴 안 보이려고 밖에 나가 잔소리를 한 다음에 돈을 줄 것이다.

아버지는 10분후에 돌아왔는데 그때까지도 점심 손님이 들어오지 않았다. 어떤 날은 점심 손님을 딱 한 명 받은 적도 있었으므로 놀랄 일은 아니다.

"아빠, 기분 풀어."

아버지 뒤를 따라 주방으로 들어간 서은아가 말한다.

"아빤 복 받을 껴."

"너희들한테 볼 낯이 없다."

김치찌개용 돼지고기를 썰면서 아버지가 말했다. 뒤에서 본 아버지 어깨 뼈가 솟아 있으므로 서은아의 가슴이 찡했다.

"네 삼촌한테 백만 원 줬다."

"잘했어, 아빠."

"네 등록금 내려고 겨우 4백 모았는데 다시 3백이 되었어."

"아빠."

아버지 뒤로 다가간 서은아가 두 손을 뻗어 어깨를 주물렀다. 살이 없어서 뼈하고 가죽만 잡힌다.

"아빠, 나 일 년 더 쉴래."

안 다니겠다고 하려다가 서은아는 그렇게 바꿨다. 그러자 아버지가 머리를 돌려 서은아를 본다.

"안 돼."

정색한 아버지가 머리를 저었다.

"아직 넉 달 남았어, 넌 가야 돼."

"글쎄 1년만 더. 남자들은 군대 가서 기회를 기다리고 있는데, 뭐."

그때 점심 손님 둘이 들어섰으므로 서은아는 재빨리 주방을 나온다. 이제 한 번 말을 꺼냈으니 다음에는 더 쉬워질 것이다. 그러다가 가랑비에 옷 젖는다고 아빠는 승낙하게 된다.

오후 5시 반이 되었을 때 정 아줌마가 정윤이를 데리고 식당에 왔다. 오늘이 개교기념일이라 정윤이 학교를 쉰다고 했다.

"어머. 너, 날씬해졌다."

서은아의 칭찬에 정윤이 환하게 웃는다. 고2 때 가장 듣기 좋은 칭찬이 날씬해졌다는 말이었다. 아줌마는 주방으로 들어갔고 딸들은 홀에 남았다. 이른 저녁이어서 방금 들어온 손님 셋이 식사를 시작한 참이었다.

"언니, 오빠는?"

하고 정윤이 물었으므로 서은아가 피식 웃는다.

"인마. 너, 오빠 좋아하면 안 돼. 너 TV 연속극 흉내 내려고 그래?"

"언니도, 참."

얼굴이 빨개진 정윤이 몸을 비틀었다. 정윤은 진우를 잘 따랐다. 씩씩하고 호남형인 진우는 여자들한테 인기가 많았다. 서은아가 정윤을 문 쪽 테이블로 데려가 마주보고 앉았다.

"정윤아. 엄마한테 우리하고 같이 살자고 해봐."

정윤의 크게 뜬 눈이 반짝였고 서은아는 말을 잇는다.

"그럼 우리 다섯 식구가 참 재밌게 살 것 같지 않니? 돈이 많으면 뭘 하니? 같이 위해주고 사랑해주고 사는 것이 행복한 거지."

그때 문득 서은아의 가슴이 허전해졌다. 뭔가 빠진 것 같다. 그래서 심호흡을 했을 때 마침 손님이 다섯이나 들어왔다. 만세. 마침 일손이 두 배나 되어있는 참이다. 게다가 아줌마한테 장사 잘 되는 현장을 보여줄 수도 있게 되었다.

정 아줌마는 10시 반에 주방 설거지까지 해주고 정윤이와 함께 식당을 나갔다. 서은아가 식당 문을 잠그는 아버지의 뒤에서 묻는다.

"아빠, 잘 될 것 같아?"

"뭐가?"

허리를 편 아버지가 서은아를 보았다. 가로등 빛에 반사된 아버지의 얼굴이 피로해 보였으므로 서은아는 소리죽여 숨을 뱉는다.

"아줌마 말이야."

"뭘?"

앞장서 걷는 아버지의 뒤를 따르며 서은아가 빽 소리쳤다.

"작업 말이야!"

아버지가 대답하지 않아서 서은아는 더 열이 났다. 그래서 뒤에 대고 고시랑거린다.

"내가 어디까지 해줘야 돼? 난 정윤이한테 작업 다 해놨단 말이야. 정윤이도 우리하고 살고 싶다고 했어. 근데 아빠는…….."

그때 아버지가 몸을 돌렸으므로 서은아는 입을 다물었다. 아버지가 팔을 뻗어 서은아의 어깨를 감싸 안는다.

"놔! 영계 건드리는 노땅 같아."

서은아가 어깨를 흔들었을 때 아버지가 말했다.

"은아야, 쫌만 기다리라."

"뭘 기다려?"

그러자 아버지 목소리가 더 가라앉는다.

"우리 형편이 그렇잖아? 지금 너희들 등록금도 못 내 허덕이는데 어떻게 또."

"아유, 그만."

몸을 뗀 서은아가 골목을 앞장서 나올 때 뒤에서 아버지가 말을 잇는다.

"정윤 엄마도 이대로 지내는 것이 낫다고 하더구나. 나한테 짐을 더 지어주고 싶지 않다고 하더라."

서경태는 다시 담배 연기를 길게 베란다 밖으로 내뿜는다. 집안은 조용하다. 오전 12시 반, 은아와 진우는 각각 방에 들어가 있어서 베란다에서 보이는 거실은 비었다. 사는 게 힘들다고 생각하지는 않는다. 두 자식이 열심히, 착하고 성실하게 사는 모습을 보면 가끔 온몸이 자지러질 것 같은 행복감을 느끼는 것이다. 그렇다, 이게 행복이 아니고 뭔가? 돈이 조금 없다 뿐이지 세 가족이 서로 위하고 사는 지금 뭘 더 바란다면 욕심이다. 그러나 다시 담배 연기를 뱉은 서경태가 쓴웃음을 짓는다. 나이가 들면서 교활해지고 계산을 밝힐 수밖에 없는 자신을 떠올린 것이다. 정선주는 정윤이하고 둘이 6천만 원짜리 전셋집에 산다. 그래서 만일 두 가족이 합쳐진다면 당연히 이곳으로 옮겨 올 테니까 그 6천만 원이 수중에 남게 될 것이었다. 머리를 젓은 서경태가 혼잣말을 했다.

"안 돼, 절대로 끌어들이면 안 돼."

그러고는 덧붙였다.

"차라리 헤어지는 것이 나아."

은아한테는 정선주가 이대로 지내는 것이 낫다고 하더라고 말해 주었지만 실상은 그 반대다. 정선주는 합쳐서 남게 되는 전셋돈으로 더 좋고 큰 식당을 둘이 같이 해보자고 했던 것이다. 서경태는 간장종지에 담배를 비벼 껐다. 잘못되면 두 식구가 거덜 난다.

신(神)의 출현

2장

정장 투피스하고 셔츠까지 사는데 16만 원이 들었다. 그래서 내친김에 구두도 5만 원을 주고 사는 바람에 진우가 준 20만 원에서 만 원이 오버됐다. 요즘은 남대문이나 동대문 상가에 가면 명품 옷보다 절대 뒤지지 않는 옷을 그것도 반의반의 반값에 살 수가 있다. 그러나 서은아는 그것도 몇 년 만에 샀다. 지금까지는 시장에서 산 만 원에서 이만 원짜리 옷만 입고 다녔던 것이다. 베이지 톤의 재킷에 검정색 스커트는 제법 어울렸다. 키가 168이라 힐을 신을 필요까지는 없어서 검정색 단화를 신었고 백은 윤신애한테서 빌린 진짜 명품이다. 서은아가 커피숍으로 들어섰을 때 앉아있던 김태현의 얼굴이 환해졌다. 눈이 가늘어지더니 입을 딱 벌리면서 웃었는데 서은아는 김태현이 이렇게 웃는 건 처음 보았다. 그래서 앞에 앉은 서은아가 눈을 흘겼다.

"왜 그렇게 웃어?"

"너무 예뻐서."

김태현은 이런 표현도 자주 안 쓴다. 다가온 종업원에게 잠깐 기다리라면서 돌려보낸 김태현이 손목시계를 보았다.

"10시 반인데 슬슬 가보는 게 낫지 않을까? 길이 막히면 한 시간이 넘게 걸리거든."

"그래."

집에 11시 반에 가기로 한 것이다. 김태현의 집은 일산 교외의 전원주택이다. 자리에서 일어선 둘은 커피숍을 나왔다.

"누나도 와 있어."

주차장에서 나온 김태현이 조심스럽게 차를 차도로 진입시키더니 말했다. 김태현은 형제가 누나 한 명뿐이다. 누나는 약사였고 매형은 치과 의사라고 했다. 둘이 맞벌이를 하는데 호주머니를 각각 차고 있다는 것이다.

"야, 긴장하지 마."

힐끗 시선을 준 김태현이 다시 말했으므로 서은아는 쓴웃음을 짓는다.

"신데렐라가 왕자님 성에 가는 것 같아."

"왕자는 무슨."

김태현도 따라 웃었다.

"그래, 신발 한 짝 벗어놓고 가라."

"찾기나 할까?"

"당근. 그리고 넌 계모도 없잖아?"

"근데 왜 누나까지 온 거야? 오늘이 공휴일도 아닌데."

"누난 네 편이야. 내가 끌어들였어."

그러자 서은아가 정색하고 김태현을 보았다.

"무슨 말이야?"

"네 이야기 다 했다고. 누난 내편이 되기로 약속했어."

"무슨 말인지 모르겠네."

그러자 차의 속력을 줄인 김태현이 말을 잇는다.

"너 휴학 했다고 안 했으니까 그냥 3학년이라고 해."

"……."

"상관없어. 물어보지도 않겠지만 말이야."

"……."

"아버지는 식당 운영하고 계신다고 말해놓았어."

"……."

"봐주라. 너는 내가 처음 부모한테 데려가는 여자라고."

김태현의 아버지는 은행 임원으로 퇴직한 후에 부동산 임대업을 하고 있다고 했다. 차안에는 한동안 엔진소리만 들린다. 김태현이 힐끗거렸지만 서은아는 앞쪽만 바라본 채 입을 열지 않는다.

"잘 왔어."

아버지 김영훈 씨가 웃음 띤 얼굴로 다시 말한다. 그 옆에 앉은 어머니 이윤희의 표정도 밝다. 일산 교외에 위치한 전원주택의 앞쪽은 작은 개울이었고 그 건너편은 산이다. 그들은 1층 베란다에 앉아 있었는데 넓은 정원의 잔디가 노랗게 시들었지만 잘 다듬어졌다. 이윤희가 눈을 가늘게 뜨고 서은아를 보면서 말했다.

"예쁘구나. 과연 우리가 기다린 보람이 있다."

"글쎄 내가 뭐랬어? 저 자식이 나 닮아서 여자 보는 눈이 높다고 했잖아?"

웃으면서 김영훈이 말했을 때 누나 김수민이 쟁반에 음료수를 담아들고 다가온다.

"아유, 내가 조 서방 데려왔을 땐 아빠는 집에 들어오지도 않더니."

김수민이 음료수 잔을 내려놓으면서 말하자 김영훈은 소리 내어 웃는다.

"인마, 그때하고 같냐? 난 지금 백수란 말이다."

"백수는 무슨. 맨날 바쁘다고 하더만 별일이네."

이윤희가 말 했을 때 잠자코 있던 김태현이 교통정리를 한다.

"아버지, 어머니. 그렇게 중구난방 하시면 어떡해요? 이제 스케줄대로 진행하시죠. 그럼 밥 먹으러 갈까요?"

"그래, 잘 난 놈아."

김수민이 말했고 이윤희가 받는다.

"그래, 밥 먹자."

화목한 가정이다. 아무 걱정 없는 가정. 김태현의 눈짓을 받은 서은아가 따라 일어서며 소리죽여 숨을 뱉는다.

아버지 김영훈은 호인이다. 그리고 서은아를 바라보는 눈빛이 따뜻했다. 말은 불쑥불쑥 뱉지만 배려 해주려는 분위기가 느껴졌다. 그러나 어머니 이윤희는 부드럽고 섬세한 용모에 얼굴에는 잔잔한 웃음을 띠고 있었지만 가끔 눈빛이 스치고 지나갔다. 서은아에게 이야기를 거는 것은 주로 이윤희였고 김태현이 말한 대로 누나 김수민이 가운데서 막아주었다. 가정부 둘이 차린 점심상은 그야말로 진수성찬이었다. 점심을 마치고 다시 베란다로 나와 앉았을 때 이윤희가 생각났다는 표정을 짓고 묻는다.

"참, 아버님은 아직 젊으신데 재혼 안 하셔?"

모두의 시선이 모여졌고 이윤희가 얼굴을 펴고 웃는다.

"딸 결혼 시키시면 더 외로우실 텐데."

"아직요."

서은아가 머리를 저었다. 순간 식당 주방에 서있는 꾀죄죄한 아버지의 모습이 떠올랐으므로 서은아의 어깨가 늘어졌다.

"아버진 재혼하실 생각이 없으세요."

"저런."

그러자 김수민이 나섰다.

"엄만 별 걱정을 다 해. 그러고 보니 내 쪽 사돈한테는 왜 가만있는데? 우리 시어머니 혼자 계신 지 10년 되었잖아? 엄마가 좀 나서봐."

"애, 여자는 혼자도 살아. 남자가 문제지."

"누가 좀 우리 시엄마 데려갔으면 좋겠어. 우리 귀찮게 안 하게."

"이 자식이 별 소리 다 한다."

하고 김영훈이 나섰고 화제가 다른 데로 빠졌으므로 서은아는 소리죽여 숨을 뱉는다. 머리를 든 서은아는 김태현과 시선이 마주쳤다. 그러자 김태현이 슬쩍 웃는다.

"잘 다녀왔어?"

그렇게 물은 아버지가 바로 몸을 돌리더니 김치찌개 냄비에다 파를 넣는다. 오후 5시 반, 테이블에는 식사 손님이 여섯이다. 서은아가 아버지의 뒷모습에 대고 말했다.

"응, 모두 날 좋아해서 혼났어."

아버지는 듣기만 했고 서은아는 말을 잇는다.

"난 너무 인기가 좋은가봐, 아빠."

오늘 김태현의 집에 간다고 했더니 아버지는 좌불안석이었다. 아침부터 그야말로 허둥지둥, 갈팡질팡, 집에다 휴대폰을 두고 나오질 않나 양말도 한

짝은 뒤집어 신었다가 신발 신을 적에 발견되었다. 그러고는 서은아하고 시선을 마주치려고 하지 않았다. 서은아 본인은 식당까지 같이 와서 차분하게 일하다가 김태현을 만나러 갔던 것이다. 오늘은 아침부터 알바로 뛰는 송 아줌마가 다가오더니 서은아에게 묻는다.

"더 놀다오지 식당에는 왜 돌아와?"

입이 싼 송 아줌마한테는 친구 집에 초대받아 놀고 온다고 한 것이다. 그때 아버지가 김치찌개 냄비를 앞에 놓으면서 말했다.

"그래, 오늘은 쉬어라. 아줌마도 오셨으니까 네가 도울 필요는 없다."

아줌마가 찌개를 들고 테이블로 갔을 때 서은아는 다시 등을 보인 아버지에게 말했다.

"아빠, 나 하나도 기 안 죽었어."

아버지가 주춤하더니 잠자코 파를 썰었고 서은아는 말을 잇는다.

"그리고 난 아직 스물둘이야. 결혼하려면 5년은 더 기다려야 돼."

"……."

"아빠, 겁낼 것 없어. 나 어디로 안 갈 테니까 말이야."

그때 아버지가 몸을 돌렸으므로 이제는 서은아가 등을 보인 채 테이블 쪽으로 나온다. 마침 손님이 둘 들어왔다.

"오늘 10시에 송 아줌마 오라고 했다."

아침밥을 먹으면서 아버지가 말했으므로 서은아가 머리를 든다.

"또? 왜?"

"지난번 종합검진 결과 받는 날이 어젠데 깜빡 잊었어."

"아, 그렇구나."

"12시까지는 식당에 갈 거다."

수저를 내려놓은 아버지가 이제는 진우에게 말했다.

"너 토요일, 일요일은 일 나가지 마."

"응? 왜?"

밥을 먹다 말고 진우가 눈을 둥그렇게 떴다. 그러자 아버지가 똑바로 진우를 본다.

"집에서 쉬거나 공부를 하란 말이다. 운동을 해도 된다. 네가 그렇게 일 안 해도 네 등록금은 맞출 수가 있어."

"아니, 아빠. 그래도 누나 등록금……."

"그만."

손바닥을 펴 보인 아버지의 목소리가 단호해졌다.

"누나 등록금도 내가 다 알아서 할 거다. 너희들한테 말 안 했지만."

어깨를 부풀렸다가 내린 아버지가 말을 잇는다.

"그 동안 내가 좀 모은 돈이 있어."

서은아가 잠자코 일어나 개수대에 가서 섰다. 거짓말이다. 아버지 통장 잔고는 자신이 뻔히 알고 있는 것이다. 아버지가 다른 주머니를 차고 있을 리는 없다. 그때 등 뒤에서 아버지의 목소리가 이어졌다.

"그러니까 너 인마. 어지간히 하란 말이다. 젊은 놈이 돈독 오른 놈처럼 그렇게 메마르게 살면 안 된다. 쓸 줄도 알아야 잘 벌게 되는 거다."

오랜만에 아버지가 말을 길게 한다. 그래서인지 진우도 가만히 듣고만 있다. 서은아는 소리죽여 숨을 뱉는다. 사흘 전에 김태현의 집에 다녀온 후부터다. 아버지는 더 자주 담배를 피웠고 더 말이 많아졌다. 본인은 분위기를 밝게 만들려는 의도겠지만 너무 서툴다. 그것이 다 눈에 보이는 것이다.

"아이고, 어서 오십쇼."

서경태가 진료실로 들어서자 담당의 박세환이 반색을 했다. 서경태의 심장혈관센터 주치의 이대영과 동기여서 그런지 친절하다. 이번에 종합검진을 받을 때도 자세히 설명을 해주었는데 솔직히 이런 의사는 요즘 보기 힘들다. 서경태가 앞쪽에 앉았을 때 박세환이 자료를 보면서 말한다.

"별 이상은 없습니다. 혹시 담배 태우시던가요?"

"예, 조금." 했다가 얼굴을 일그러뜨린 서경태가 힐끗 박세환을 보았다.

"하루에 반 갑 정도 태웁니다."

"폐는 아직 건강합니다."

그러더니 박세환이 문득 생각이 났다는 표정을 지으며 묻는다.

"오신 김에 CT 촬영까지 하실랍니까?"

"CT 촬영요?"

"예, 컴퓨터 단층 촬영 말입니다."

"그건 왜요?"

"종합검진에선 빠져 있지만 그것까지 해보시는 게 낫습니다."

"비싼가요?"

하고 서경태가 묻자 박세환이 얼굴을 펴고 웃는다.

"얼마 안 됩니다."

그러더니 손목시계를 보면서 말한다.

"바로 끝납니다. 건강검진에 CT 촬영이 꼭 들어가야 하는데 이건."

박세환이 전화기를 들고는 누군가에게 확인을 하고나서 다시 서경태를 보았다.

"지금 CT 촬영실로 가시면 됩니다. 결과는 며칠 후에 말씀 드리지요."

그러고는 박세환이 머리를 끄덕이며 웃는다. 다 끝났다는 표시였다.

"어머, 아줌마."

11시가 되었을 때 정선주가 들어섰으므로 서은아가 반겼다.

"갑자기 웬일이세요?"

"오늘 검진 결과 받으러 병원 가신다고 아버지한테 들었어."

주방에는 송 아줌마가 와 있었으므로 정선주가 목소리를 낮춘다.

"마침 이 근처에 일도 있고 해서."

식당 안에는 이른 점심 손님이 두 테이블 다섯이나 되었다. 서은아가 밝은 표정으로 말한다.

"12시까진 오신다고 하셨어요. 잘 오셨어요, 아줌마."

정선주가 주방으로 들어가더니 송 아줌마와 인사를 나누었다. 둘은 여러 번 만난 터라 나이가 많은 송 아줌마가 언니 소리를 듣는다.

"아이구, 왔어? 근데 사장님이 웬일이래? 오늘은 알바 둘이나 쓰고?"

송 아줌마의 떠들썩한 목소리가 들렸다. 눈치 빠르고 입 빠른 송 아줌마는 벌써 인근 알바 식당에 소문을 다 냈을지도 모른다.

아버지가 CT 촬영인지 뭔지 때문에 두 시간쯤 늦을 것이라는 연락이 왔으므로 서은아는 마침 들른 정선주와 함께 점심 손님을 치뤘다. 점심 손님이 꽤 많아서 정선주가 때맞춰 와준 셈이었다. 손님이 대부분 빠져나간 오후 1시 반경에 정선주와 서은아는 식당 안쪽 테이블에서 마주보며 앉았다. 홀에는 식사를 끝내가는 손님 세 명이 남았다. 잠시 외면하고 있던 정선주가 조금 굳어진 얼굴로 서은아를 보았다.

"은아, 우리하고 같이 살래?"

"그럼요."

조금도 주저하지 않고 서은아가 환해진 얼굴로 대답한다.

"우리 같이 살면 더 행복할 것 같아요."

서은아의 얼굴이 상기되었고 말끝이 떨렸다.

"돈은 많이 못 벌지만 우리 다섯 식구는 잘 어울릴 수 있을 것 같거든요."

"나도 정윤이하고 상의 해봤는데."

이제는 정선주의 얼굴도 환해졌다. 정선주가 말을 잇는다.

"정윤이도 같이 살고 싶대."

"너무 착해요, 정윤이는."

"내 전세금을 빼다가 좀더 목 좋고 큰 식당으로 옮기면 잘 될 수 있을 것 같아."

"전 잘 모르지만 아버지가 그건 반대 하실 걸요?"

그러자 정선주가 이를 드러내고 소리 없이 웃는다.

"그건 나하고 아빠하고 둘이 결정할 일이야."

정선주가 손을 뻗어 서은아의 손을 쥐었다.

"난 네가 대학을 마치도록 할 거야. 내 전세금을 빼내 등록금을 댈 거라구."

"그러지 마세요."

그 순간 서은아의 얼굴이 굳어졌고 어금니를 물어서 볼의 근육이 드러났다. 머리를 저은 서은아가 손을 빼내면서 일어섰다.

"싫어요, 절대로. 그건 공평하지 않아요."

그날 밤, 식당 문을 닫기 전에 서은아는 먼저 나왔다. 송 아줌마는 10시에 먼저 갔으므로 식당 안에는 아버지와 정선주 둘이 남았다. 둘이 같이 있게 하려고 먼저 나온 것이다. 밤 11시가 조금 넘은 시간이다. 버스 정류장으로 다가가던 서은아는 가방속의 휴대폰 벨소리를 들었다. 휴대폰을 꺼내 본 서은아가 귀에 붙였다. 김태현의 전화였던 것이다.

"응, 오빠."

하루에 서너 번은 통화를 했는데 주로 서은아가 먼저 전화를 하는 편이다. 김태현이 서은아의 일을 방해하지 않으려고 통화권을 맡겼기 때문이다.

"일 끝났어?"

김태현의 부드러운 목소리를 듣자 서은아는 저절로 심호흡을 했다.

"응, 혼자 집에 가는 길이야."

"혼자?"

"응."

"아버지는?"

"연애 중."

"누구? 아, 그, 식당 알바 아줌마야?"

"그래."

김태현에게도 정선주 이야기를 한 것이다. 서은아의 목소리가 밝아졌다.

"아버지가 결혼하면 내 짐이 덜어지겠어. 마치 아들 장가보내는 기분이야."

"이게 돌았군."

그러더니 김태현이 생각난 듯 말한다.

"오늘 점심때 어떤 여자 둘 안 왔어?"

"여자 둘?"

걸음을 늦춘 서은아가 묻는다.

"누군데? 아니, 무슨 말이야?"

"저기."

조금 망설이던 김태현이 말을 잇는다.

"내가 어머니한테 식당 이름을 말해 주었거든? 어머니가 자꾸 묻길래······."

"······."

"위치하고 상호만 대충 알려 주었는데 이모하고 친구가 둘이 거길 간 모양이야."

"······."

"가서 밥 사먹고 왔다던데. 거기서 너도 보고."

"······."

"내가 화를 냈더니 어머니는 그냥 알아본 거니까 별일 없다고는 했지만······."

"······."

"이야기를 안 하려다가 너한테 미안해서 그런다. 너, 절대로 나는······."

"됐어, 오빠."

해놓고 서은아가 심호흡을 했다.

"나, 차타야 되거든? 내일 다시 이야기해."

버스 정류장에는 아직 도착하지도 않았지만 서은아는 휴대폰을 귀에서 떼었다. 예상 못 한 것은 아니다. 어머니는 아마 학교에 연락해서 지금 휴학 중이라는 사실도 확인했을지도 모른다. 버스 정류장에 선 서은아가 문득 쓴 웃음을 짓는다. 자신의 가슴이 담담해져 있다는 것을 느꼈기 때문이다. 그러고 보면 이쪽은 김태현 집안과의 혼인 문제에 거의 신경을 쓰지 못하는 상황이다. 당장은 아버지와 정 아줌마와의 결합이 중요했고 그 다음은 먹고 사는 문제, 그리고 그 다음은 복학, 김태현 집안 따위는 끝 순위다.

"우리, 합쳐요."

머리를 든 정선주가 말했다. 식당 안이다. 문을 안에서 잠그고 바깥 외등을 꺼놓은 식당 안은 잠깐 동안 짙은 정적에 덮였다. 식탁에 마주앉은 둘의 시선이 부딪쳤다가 떨어졌다. 다시 정선주가 말을 잇는다.

"같이 고생하면서 살아요. 난 호강은 바라지 않으니까, 서로 의지하면서 믿고 살 수 있는 사람만 있으면 돼요."

"마음만은 고마운데."

하고 서경태가 말을 꺼냈을 때 정선주가 말을 자른다.

"내가 이렇게까지 말하는데 핑계 대려면 없었던 일로 하십시다."

"……"

"그것은 나에 대한 애정이나 관심이 없다는 증거죠. 내가 뭘 원하지도 않는데 미적거릴 이유가 없다고 보거든요?"

그러고는 정선주가 똑바로 서경태를 본다.

"어때요? 하실래요?"

정선주의 시선을 받던 서경태가 마침내 쓴웃음을 지었다.

"그러지."

"아이고, 아니꼬워라."

"미안해."

팔을 뻗은 서경태가 정선주의 손을 쥐었다.

"내가 정윤 엄마한테 애정이 없어서가 아냐. 오히려 그만큼 더 소중했기 때문에 더 신중했던 거야."

"신중했다가 여자 다 놓치겠네."

"고마워. 날 선택해줘서."

"그럼 우리 언제 자는 거죠?"

"응?"

무슨 말인지 눈을 크게 떴던 서경태가 얼굴을 일그러뜨리며 웃는다.

"그거야 언제든지."

"혹시 그거 이상 있는 거 아니에요?"

"이 여자가 가만 보니까."

식당 안 분위기가 갑자기 이상해졌다. 서경태가 정선주의 붉어진 얼굴을 바라보며 말한다.

"정윤엄마가 이런 때도 있구먼 그래. 전혀 다른 분위기인데?"

"당신이 너무 돌부처 같으니까 그렇죠."

"그건 걱정 안 해도 돼. 자신 있으니까."

"그럼 오늘 보여줘 봐요."

그러더니 정선주가 자리에서 일어나며 말한다. 두 눈이 번들거리고 있다.

"여기서요."

벽으로 다가간 정선주가 홀의 스위치를 꺼버렸으므로 주위는 어두워졌다. 주방에서 흘러나온 빛이 사물 윤곽을 드러내고 있을 뿐이다.

다음날 셋이 둘러앉아 아침밥을 먹을 때 서경태가 입을 열었다.

"저기 말이다."

머리를 든 서은아는 아버지의 시선이 비껴나 있는 것을 보고는 금방 짐작을 했다. 진우는 열심히 밥만 먹는다. 서경태가 말을 이었다.

"나 정 아줌마하고 같이 살았으면 좋겠는데 너희들 생각은 어떠냐?"

"으응?"

입안에 음식을 가득 문 진우가 눈을 둥그렇게 떴을 때 서은아가 말했다.

"대찬성. 아빠, 언제 짐 옮길 건데?"

"아니, 그건."

당황한 서경태가 더듬거렸다.

"아직 그렇게 까지는……."

"난 정윤이하고 같은 방 쓰고, 아빤 아줌마하고 같은 방 쓰면 되니까 문제될 건 없어."

"아빠, 결정한 거야?"

뒤늦게 진우가 나섰지만 자리에서 일어선 서은아가 결론을 냈다.

"넌 끼어들 것 없어. 정윤이가 너 좋아하는 것 같으니까 그것 하나만 단속 잘 하면 돼."

"아니, 그, 그게……."

아버지를 닮아 조금 내성적인 진우의 얼굴이 금방 붉어졌다. 서경태도 입맛을 다시면서 입을 열지 않는다. 개수대로 다가간 서은아가 대못을 박듯이 말한다.

"이제 날 잡아서 짐 옮기는 일만 남았어. 그 다음에 식을 올리든지 여행을 가든지 맘대로 하라고."

그리고 그날 아버지와 함께 식당으로 나간 서은아는 먼저 와 있는 정선주를 보았다. 요즘 알바는 송 아줌마였기 때문이다. 서은아의 표정을 본 아버지가 말한다.

"참, 앞으로 집이 멀지만 아줌마가 와주기로 했다."

"아줌마가 뭐야, 아빠."

정선주를 향해 눈웃음을 쳐 보인 서은아가 주방으로 향하며 말한다.

"오늘부턴 엄마로 부를 테니까 아빠도 그렇게 불러."

뒤쪽에 선 아버지와 정선주의 표정은 보지 못했지만 서은아는 틀림없이 알아맞힐 수 있었다. 아버지는 눈 주위가 붉어졌을 것이고 정선주는 웃음을 머금었을 것이었다.

오후 3시가 되었을 때 서은아는 낯선 번호가 찍힌 휴대폰 전화를 받았다. 한바탕 점심 손님을 치르고 나서 홀 청소를 하고 있던 참이었다.

"여보세요?"

서은아가 묻자 수화구에서 낮고 부드러운 여자 목소리가 울렸다.

"서은아양. 나야, 태현이 엄마."

"어머."

깜짝 놀란 서은아가 허리를 펴고는 무의식중에 문 쪽을 보았다. 그러고는 입구 쪽으로 다가가 두리번거리며 밖을 살피면서 묻는다. 무의식적인 행동이다.

"안녕하셨어요? 어머님."

"응, 그래. 잘 있었지?"

"네, 어머님."

"지금 바빠?"

"아니에요, 어머님."

그때서야 몸을 돌린 서은아가 안쪽을 본다. 아버지와 정선주는 주방에 있다. 그때 이윤희가 말했다.

"그럼, 나 잠깐 만날까? 난 지금 그쪽에서 가까운 미도마켓 옆 커피숍에 있거든?"

서은아는 심호흡을 했다. 미도마켓은 걸어서 3분 거리의 대형마켓이다. 그래서 이 근처 사람들의 이정표 노릇을 한다.

"네, 금방 나갈게요. 어머님."

전화를 끈 서은아가 주방으로 다가가 아버지의 등에 대고 말했다.

"아빠, 누가 찾아와서 그런데 30분만 나갔다 올게."

그러자 아버지대신 정선주가 대답했다.

"여긴 걱정 말고 가봐. 무슨 30분이야? 세 시간 있어도 돼."

"미안해, 불러내서."

서은아가 다가서자 자리에서 일어선 이윤희가 웃음 띤 얼굴로 말한다.

"아니에요, 안녕하셨어요?"

허리를 굽혀 인사를 한 서은아가 조심스럽게 앞쪽에 앉았다. 종업원이 다가왔으므로 각각 커피와 녹차를 시키고 나서 먼저 이윤희가 말했다.

"태현이한테서 이야기 들었지? 혹시 오해 할까봐서 찾아왔어. 태현이 이모가 극성스럽긴 하지만 착해. 그리고 다녀와서 어떻게나 은아 칭찬을 하든지."

이윤희가 얼굴을 활짝 펴고 웃는다.

"이젠 완전히 은아 팬이 되었다니까?"

머리를 숙인 채 서은아는 그날 점심때 다녀간 두 여자를 떠올려 보았지만 머릿속에 남지 않았다. 그날 점심 손님은 많기도 했다. 손님 얼굴이 전혀 떠오르지 않는다. 그때 이윤희의 말이 이어졌다.

"그런데 졸업 하려면 앞으로 2년 남았지?"

이것이다. 머리를 든 서은아가 똑바로 이윤희를 보았다. 어느덧 자신의 얼굴에도 이윤희와 비슷한 모양의 웃음이 떠올라 있는 것을 뒤늦게야 깨닫는다. 이 아줌마한테 지금 3학년 재학 중이라고 거짓말을 했다. 김태현이 말했지만 수정하지 않은 것이다. 이 아줌마는 지금 그것을 지적하고 있다.

"네, 어머님."

서은아가 또렷하게 말했을 때 이윤희는 다시 웃는다.

"괜찮아. 그럼 내년에 복학 할 건가? 우리 태현이가 얼마나 기다려야 할지 몰라서 그래. 하긴 급하면 재학 중에 결혼할 수도 있겠지만……."

그때 서은아가 입을 열었다.

"아니에요. 전 내년에도 복학 못 할 것 같아요. 제 동생 등록금도 내야만하고 또 식당 영업이 잘 안 되거든요."

서은아는 이윤희의 얼굴에서 웃음기가 천천히 사라져 가는 것을 보았다. 그러자 자신의 가슴이 비슷한 속도로 가라앉아가는 것을 느낀다. 서은아는 말을 잇는다.

"그리고요. 전 태현 오빠하고 꼭 결혼하겠다는 생각이 없습니다. 좋아는 하지만요. 우선 제 생활이 불안정해서요."

그러고는 서은아가 웃음 띤 얼굴로 이윤희를 보았다.

"저 앞으로 태현 오빠 만나지 않겠어요. 저 때문에 어머님까지 신경 쓰시게 만들기는 싫거든요. 그리고 죄송해요 어머니. 식당 일을 하는데도 학교 다닌다고 거짓말을 해서요."

"……."

"잘해야 하루 몇만 원 버는데 일요일도 없이 일해서 한 달 150만 원 가져가고 있거든요. 저 대신 알바를 쓰면 손에 쥐는 게 몇 십만 원 뿐이죠. 그러니 전 식당 일을 해줘야 돼요."

"……."

"저 일 때문에 먼저 갈게요, 어머님."

시킨 커피가 나왔지만 서은아는 손도 대지 않고 자리에서 일어섰다. 이윤희가 시선을 들었지만 입을 열지는 않는다. 얼굴 표정도 굳어있다.

김태현의 번호가 휴대폰 액정 화면에 뜬 순간 서은아는 숨을 삼켰다. 오후 8시 반, 저녁 손님이 한바탕 휩쓸고 지난 후에 술손님 두 테이블이 남아있었다. 주방에 나란히 선 서경태와 정선주는 등을 보인 채 이야기에 여념이 없다. 구석 쪽으로 다가간 서은아는 휴대폰을 귀에 붙였다.

"여보세요."

"응, 은아야."

밝은 김태현의 목소리를 듣는 순간 서은아는 어금니를 물었다가 푼다. 김태현은 어머니가 왔다간 사실을 모르고 있는 것 같다.

"너 오늘도 11시에 끝나?"

하고 김태현이 물었으므로 서은아는 마음을 가다듬는다.

"모르겠어. 근데 왜?"

"내가 그 놀이터에서 기다릴게. 늦더라도 신경 쓰지 마."

"오빠, 안 돼."

"응? 왜?"

침을 삼킨 서은아가 말을 이었다.

"내가 좀 바빠서 그래."

일단은 만나는 횟수부터 줄이고 나서 떼는 방법을 연구 하는 것이 상책이다. 전에도 두 번 인연을 뗀 경험이 있었던 터라 서은아는 그 방법을 다시 사용하기로 했다. 핑계를 대고 만나주지 않으면 저쪽은 몇 번 안달을 하다가 지쳐 떨어졌다. 그리고 안달을 할수록 이쪽은 더 싫어지는 현상이 일어나니 일석이조. 그때 김태현이 말한다.

"그래? 그럼 할 수 없고."

"미안해, 오빠."

"네가 시간이 나면 연락해. 기다릴게."

"그럴게."

"엄마가 네 칭찬 많이 하더라."

난데없었으므로 서은아는 숨만 쉬었고 김태현의 말이 이어졌다.

"이번 겨울에 널 데리고 양평 별장에 놀러가자고 했는데."

"어머니께서?"

"그렇다니까?"

"어쨌든 미안해."

얼굴에 쓴웃음이 배어 나왔지만 서은아는 정중하게 말한다.

"그럼 바빠서, 이만."

휴대폰을 주머니에 넣은 서은아가 무심결에 주방 쪽으로 머리를 돌렸다가 서경태의 웃는 얼굴을 보았다. 그 순간 가슴이 탁 막힌 느낌이 들었으므로 서은아는 주먹으로 심장 근처를 가볍게 쳤다. 옆에 선 정선주도 마주보며 웃는다.

정선주는 계약 기간이 석 달 남아 있었지만 집주인과 집을 내놓기로 합의를 했다. 동네 부동산은 한 달 안에 계약이 될 것이라고 자신했다니 두 식구가 합쳐지는 날짜는 한 달도 안 남은 셈이다. 그래서 요즘은 정윤이가 학교 끝나면 식당에 들러 늦은 야참을 먹고 정선주하고 함께 돌아가기도 했다. 점심시간이 지난 오후 2시 반경, 서경태는 주머니에 든 휴대폰의 진동을 느끼고는 꺼내 보았다. 화면에 뜬 번호가 낯설었으므로 머리를 기울였던 서경태가 휴대폰을 귀에 붙였다.

"여보세요."

"서경태씨 휴대폰이죠?"

확인하는 사내 목소리도 생소했다.

"예, 그렇습니다만."

"여긴 동방병원입니다. 그때 검진을 받으신 담당의 박세환이고요."

"아아, 예."

서경태의 가슴이 가라앉는다. 그때 컴퓨터 단층 촬영을 하고 나서 열흘쯤이나 지났다. 병원에 가봐야겠다 하면서 미루다가 잊은 것이다. 그때 박세환이 말했다.

"오늘 시간 있으십니까? 한번 병원에 와 주셨으면 합니다만."

"왜요?"

했다가 헛기침을 하고난 서경태가 다시 묻는다.

"무슨 일 있습니까?"

"아니, 뭐. 그런데 몇 시에 오실 거죠?"

휴대폰을 쥔 손에 힘을 준 서경태가 조금 망설이다가 대답했다.

"다섯 시쯤 가도 되겠습니까?"

"그럼요, 기다리겠습니다."

그러더니 박세환이 생각난 듯 덧붙인다.

"뭐, 기운 내시구요."

진료실로 들어선 서경태는 박세환과 함께 심장혈관센터 전문의 이대영이 앉아 있는 것을 보았다.

"아니, 선생님이 여긴."

그러자 이대영이 입술 끝만 올리면서 웃는다. 이대영과는 3년을 알고 지냈다.

"그냥요."

서경태가 자리에 앉았을 때 박세환과 이대영이 서로의 얼굴을 보았다. 그러나 시선을 떼었어도 둘은 입을 열지 않는다. 둘을 번갈아 보던 서경태가 물었다.

"무슨 일 있습니까?"

그러자 이대영이 헛기침을 하더니 먼저 입을 열었다.

"서 선생님은 췌장암 말기입니다."

눈만 크게 뜬 서경태가 얼굴이 하얗게 굳어졌다. 그때 이번에는 박세환이 말을 잇는다.

"여러 번 확인을 했습니다만 틀림없습니다. 혹시 요즘 몸무게가 줄어들거나 배가 아프시진 않았습니까?"

"구역질이 자주 났고 배가 가끔 아프긴 했는데."

서경태가 겨우 말했을 때 두 의사는 서로의 얼굴을 보았다. 심호흡을 한 서경태가 이마에 번진 땀을 손등으로 닦고 나서 묻는다.

"췌장암 말기라면 수술해야 됩니까?"

서경태가 자신의 말이 떨려 나오는 것을 듣는다.

병원 앞쪽 정원에는 벤치가 놓여 있어 환자들이 나와 담배를 피우거나 바깥 구경을 했다. 서경태가 앉은 벤치 주위에도 서너 명의 환자가 둘러서서 담배를 피우고 있었는데 진한 농담을 주고받는다. 서경태는 담배 연기를 깊게 빨아들이고 나서 길게 내뿜는다. 박세환은 냉정을 찾고 나더니 수술해도 가망이 없다고 했다. 그대로 두는 것이 오히려 더 낫다는 것이다. 이대영도 거들었는데 이런 상태라면 집에서 정양을 하는 것이 가장 나은 방법이라고 했다. 이미 둘은 말을 맞춘 것 같았다. 다시 담배 연기를 뱉은 서경태가 문득 쓴웃음을 짓는다. 얼마나 살 수 있을 것 같냐고 물었더니 대답은 박세환이 했다. 6개월이라는 것이다. 그러면 한 달 후에 정선주와 합치고 나서 다섯 달 함께 사는 셈이 된다.

"6개월이라."

저도 모르게 혼잣소리로 말한 서경태가 머리를 숙여 자신의 배를 내려다본다. 멀쩡하다. 체중은 빠졌지만 요즘은 식욕이 일어나는 중이었다. 구역질이 나는 건 본래 민감한 체질 때문이었고 복통은 오래전부터 가끔씩 일어났다가 사라졌기 때문에 대수롭지 않게 생각했었다. 서경태의 머리에 문득 서은아의 얼굴이 떠올랐다. 그 순간 가슴이 미어지는 느낌이 들면서 목이 멘

다. 서은아의 얼굴이 웃는 모습으로 바뀐 순간 눈에서 주르륵 눈물이 쏟아졌다. 불쌍한 자식, 가족의 행복을 위해서는 제 몸을 아끼지 않는 놈인데. 그놈 가슴에 깊은 상처를 주게 되었다. 다시 진우의 얼굴이 떠올랐고 눈물이 계속해서 흐른다. 두 자식의 가슴만 아프게 만들지 않는다면 지옥에 떨어져도 좋겠다. 내가 죽는 건 두렵지 않다. 남은 두 자식 걱정뿐이다. 두 놈이 상처받고 고생하며 살 것을 생각하면 눈을 감지 못하겠다. 그때 주위가 조용해진 것을 느낀 서경태가 머리를 든다. 서경태의 모습을 본 환자들이 말을 그치고는 제각기 외면한 채 서있었기 때문이다.

9시경이 되어서 돌아온 서경태가 식당을 둘러보더니 웃었다. 식당에는 술손님이 네 테이블이나 차지하고 있었기 때문이다. 그 중 셋이 돼지갈비를 안주로 시켰다. 매상이 오르는 메뉴였다. 서경태의 웃음을 본 서은아의 표정도 밝아졌다.

"아빠, 지금까지 64만 원이야."

"요즘은 50만 원 돌파를 자주 하는구나."

서은아의 어깨를 툭 치며 서경태는 주방으로 향했다.

"아빠."

바짝 뒤에 붙은 서은아가 묻는다.

"병원에선 뭐래?"

"응, 이상 없다고."

주방으로 들어서면서 서경태가 힐끗 시선을 주었다.

"정상이래."

"좋았어."

머리를 끄덕인 서은아가 서경태를 향해 한 쪽 눈을 감았다가 떴다.

"요즘 꿈자리가 뒤숭숭 했거든."

다음날 10시 반이 되었을 때 음식 재료를 받고난 서경태가 정선주에게 말했다.

"나 잠깐 친구 좀 만나고 올게."

"친구요?"

눈을 동그랗게 떴던 정선주가 곧 활짝 웃는다.

"친구 만나러 가시는 건 첨 보았네. 어서 다녀오세요."

그러나 서경태가 웃지도 않았으므로 정선주는 정색했다.

"농담 했어요."

"아냐."

그러고는 힐끗 주방 쪽을 보았다. 마침 주방에 들어간 서은아가 뭔가를 씻고 있는 중이었다.

"은아한테는 당신이 말해줘."

"알았어요. 점심 손님은 우리가 받을 테니까 시간 구애받지 말고 다녀오세요."

"고마워."

그러고는 서경태는 서둘러 밖으로 나갔으므로 정선주가 멍한 표정이 되어서 뒷모습을 본다.

"왜요?"

어느새 주방에서 나온 서은아가 다가와 묻는 바람에 정선주가 머리를 돌렸다.

"아버지 친구 만나러 가셨어."

"친구? 누군데요?"

"그건 말씀 하시지 않았는데."

"별일이네."

쓴웃음을 지은 서은아가 정선주를 본다.

"아빠 친구 거의 안 만났는데. 혹시 엄마하고 재혼할 생각을 하니까 결혼 식에 부를 친구들 섭외 하려고 그런가?"

"에이, 설마."

따라 웃은 정선주가 서은아를 흘겨보았다.

"아빠가 어디 그런 분이야?"

"요즘 아빠가 엄청 달라졌으니 그럴 가능성도 있죠."

그때 11시도 안 되었는데 손님 둘이 들어섰으므로 이야기는 그쳤다.

"어서 오세요."

거의 동시에 인사를 한 둘의 표정은 밝다.

"동방 병원에서 CT 촬영을 하셨다고요?"

담당의가 묻더니 머리를 기울이고 서경태를 보았다.

"그런데 왜 또 하십니까?"

"확인 해볼 것이 있어서 그렇습니다."

서경태가 간절한 표정으로 의사를 보았다.

"한 번만 확인해 주십시오."

"혹시."

입맛을 다신 의사가 주저하다가 묻는다.

"무슨 진단을 받으셨습니까?"

"아닙니다."

했다가 서경태는 손등으로 이마의 땀을 닦는다.

"부탁합니다. 그냥 촬영해서 결과를 알려주실 수 없으십니까?"

"좋습니다."

머리를 끄덕인 의사가 자판을 두드리더니 서경태에게 말했다.

"11시 반에 촬영 예약 해놓았습니다."

"결과는 언제 알 수 있을까요?"

"그것은."

다시 입맛을 다신 의사가 말을 잇는다.

"제가 특별히 봐 드리는 겁니다. 내일 오후 2시쯤 오시면 알려 드리지요."

"감사합니다."

자리에서 일어선 서경태가 허리를 꺾어 절을 했다. 의사는 고등학교 동창 이영모의 친구라고 했다. 서경태는 오랜만에 이영모에게 연락을 해서 이곳 대원병원의 CT 촬영을 다시 한 번 받으려는 것이다.

수화구에서 김태현의 목소리가 울린다.

"나 지금 식당 아래쪽 편의점에 있어."

놀란 서은아가 출입구 쪽을 보았다. 편의점은 식당에서 50미터도 안 된다. 김태현이 말을 이었다.

"잠깐이면 돼. 10분, 응? 은아야, 나 여기서 기다릴게."

사정하듯 말한 김태현이 서은아의 대답을 듣지 못하자 말투가 급해졌다.

"나, 식당으로 가도 돼?"

오후 9시 40분, 식당에는 술손님 한 테이블이 남았고 주방에 나란히 선 서경태와 정선주는 그릇을 씻는 중이다. 서은아가 입을 열었다.

　"기다려, 나갈게."

　휴대폰을 주머니에 넣은 서은아가 힐끗 주방 쪽을 보고는 식당 밖으로 나간다. 김태현과 만나지 않은 지는 20일쯤 되었다. 그날 김태현의 집에 초대를 받은 후부터 만나지 않은 것이다. 좁은 일차선 도로를 걸으면서 서은아는 다시 날짜 계산을 한다. 김태현의 어머니 이윤희 여사가 다녀간 지 오늘로 일주일이 되었다. 이모라는 여자가 다녀간 지는 열흘째, 요즘은 김태현하고 소통을 하지 않았다. 아마 나흘쯤 되었을 것이다. 그전에는 김태현의 문자 메시지가 와 있으면 이쪽도 응답 메시지를 보낼 정도였다. 이렇게 조금씩 간격을 벌리다가 떼어내는 것이 가장 부드럽다. 만나서 이유를 대고 묻는 소동은 휴대폰이 없었던 중세기 방식이다. 편의점 앞에 서 있던 김태현이 서은아를 보더니 서둘러 다가왔다. 점퍼 차림에 야구 모자를 쓴 것을 보면 회사에서 집에 들렀다가 나온 것 같다. 다가선 김태현이 팔을 뻗어 서은아의 손을 잡는다.

　"은아야, 우리 어머니 만났지?"

　대뜸 물었던 김태현이 대답도 기다리지 않고 말을 잇는다.

　"저녁때 어머니한테서 이야기 들었어. 은아야, 그날 무슨 일 있었지?"

　"이거 놔."

　하고 손을 빼낸 서은아가 얼굴을 펴고 웃는다.

　"별일 없었어. 그리고 이왕 말이 나왔으니 말인데 그 집 식구들은 너무 오버하시는 것 같아. 그래서 이 정도에서 끝내는 게 낫겠어."

　한마디씩 또박또박 말한 서은아가 똑바로 김태현을 보았다.

"너무 좋으신 분들이야. 하지만 난 두 번 다시 만나 뵙고 싶지가 않아. 그러니까 오빠도 오늘 이 시간부터 끝냈으면 해."

"은아야, 네가 오해한 것 같은데. 우리 어머니는 그저 네 학교……."

"학교가 어쨌다고 야단이야?"

다시 쓴웃음을 지은 서은아가 말을 잇는다.

"그만해. 내가 휴학 중이란 걸 속여서 죄송하다고 했어. 그러니 그것으로 이젠 끝내자고."

"어머닌 그저……."

"나 갈게."

몸을 돌린 서은아가 손을 들어 보인다.

"마침 잘 찾아와줬어. 작별 인사를 산뜻하게 할 수 있도록 해줘서 고마워. 안녕."

"야, 은아야."

하고 김태현이 불렀지만 발을 떼면서 서은아는 대답하지 않는다. 일차선 도로는 차량까지 주차되어 있는데다 통행인이 많아서 어수선했다. 그래서 뒤에 서 있는 김태현의 시야를 금방 가릴 것이었다.

신(神)의 출현

3장

"아, 오셨어요?"

대원병원의 담당의 한영만은 서경태를 보더니 웃음 띤 얼굴로 맞는다. 그러나 시선이 금방 비껴갔으므로 서경태는 어깨를 늘어뜨렸다. 앞쪽 자리에 앉은 서경태는 심호흡을 했다. 입을 벌리면 뭔가 빠져 나갈 것만 같아서 겁이 났다. 그래서 호흡만 고르고 있었는데 한영만이 먼저 입을 열었다.

"췌장암 말기 맞습니다."

시선을 든 서경태를 외면한 채 한영만이 말을 잇는다.

"제가 이 영상 자료를 암센터에 보내 확인까지 했습니다. 췌장암 전문의로 제 친구가 있거든요."

"······."

"말기라고 했습니다. 동방 병원에서도 그렇게 말씀 들으셨죠?"

"예, 그건."

서경태가 겨우 그렇게 대답했을 때 한영만이 처음으로 서경태를 보았다.

"암센터에 가시겠습니까?"

"거기 가면 더 좋아집니까?"

불쑥 서경태가 묻자 한영만은 길게 숨을 뱉는다.

"같은 암 환자끼리 있는 것이 정서적으로 도움이 된다고들 합니다."

"……."

"기운을 내세요. 인체는 의학이나 과학으로 설명할 수 없는 기적이 일어나거든요."

"……."

"동방 병원에선 수술 하라고 하던가요?"

"아니, 그건……."

"이 정도 증상이면 집에서 정양하는 것이 낫다고 제 친구가 그러더군요."

볼펜 끝으로 모니터 화면에 나온 영상을 톡톡 두드리면서 말을 잇는다.

"희망을 잃지 않으시는 것이 중요합니다. 저로서는 그 말씀밖에 드릴 수가 없네요."

"감사합니다."

자리에서 일어선 서경태가 한영만에게 허리를 굽혀 절을 했다. 엉겁결에 따라 일어선 한영만이 머리를 숙였다 들었을 때 서경태의 등이 보였다. 그래서 한영만은 어깨를 늘어뜨리면서 소리죽인 숨을 뱉는다.

버스 뒷좌석에 앉은 서경태는 수첩을 꺼내들고 적기 시작했다.

1) 생명보험.

2) 정선주 떼어 놓기.

3) 가게정리.

4) 재산정리.

재산정리까지 써놓고 이맛살을 찌푸리면서 재산정리 부분을 지웠다가 다시 옆에다 썼다. 재산이라고 할 것이 아파트 한 채하고 가게 보증금뿐이었기 때문이다. 생명보험은 3년 전에 은아와 진우를 공동 상속인으로 3억짜리를 들어 놓았는데 이제 둘이 성인이 되었으니 지급 받기에 지장은 없을 것이지만 확인을 해야 한다. 식당 보증금은 5천이다. 아파트는 두 남매가 살아야 할 테니 당장 현금화 할 수는 없다. 그러니 두 남매한테 떨어지는 돈은 보험금에다 보증금이다. 보험금은 금방 나올 것인가? 그리고 식당 보증금도 금방 빠질 수 있을까? 그때 문득 정선주의 얼굴이 떠올랐다. 그 여자도 참 팔자가 기구하구나. 어렵게 인연을 만들어 다시 한 번 남자하고 살 작정을 한 것이 나 같은 놈한테 걸리다니. 어떻게 생명 보험금을 더 타낼 수는 없을까? 지금 생명보험에 들면 안 될까? 서둘러 연구를 해야겠다. 그러나 차분하게, 당장 정선주 집 옮기는 것부터 막아야할 텐데 어떻게 해야 하나? 마지막 순간까지 아이들이나 정선주한테 암 이야기는 꺼내고 싶지가 않다. 남매나 정선주한테 마음 준비를 시켜 놓아야 한다. 갑자기 죽는다면 충격이 클 테니까. 아니지, 갑자기 죽는 것이 마음 고생을 덜 시키는 것이 아닐까? 그런데 몸은 어떻게 되는 건가? 점점 약해져서 쓰러진다면 다 알게 될 것이 아닌가? 그렇다면 자살 하는 것이 낫지 않을까? 아니, 그럼 보험금이 안 나올지 모른다. 갖가지 생각을 하는 동안에 버스는 식당 근처의 사거리에 도착했다.

　점심시간이 되어 갈 무렵인 11시 20분경에 주방에 있던 정선주가 홀로 나왔다. 손님 한 테이블이 막 도착한 때여서 물 잔을 놓고 주문을 받은 서은아가 주방의 서경태에게 전표를 넘겼다. 그때 정선주가 서은아에게 눈짓을 하더니 구석자리로 먼저가 기다린다. 주방에서 안 보이는 사각지대였다.

"무슨 일인데요?"

다가선 서은아가 웃음 띤 얼굴로 묻는다. 정선주의 표정이 조금 굳어져 있었지만 대수롭지 않았다. 요즘 아버지와 정선주 사이가 워낙 좋았기 때문이다.

"저기 말이야."

정선주가 서은아의 얼굴에서 시선을 떼고 말했다.

"혹시 한 여사라고 알아?"

"한 여사요?"

머리를 기울인 서은아가 다시 묻는다.

"모르겠는데 왜요?"

"아버지하고 아는 분 같은데."

하더니 정선주가 외면한 채 말을 잇는다.

"오늘까지 세 번째야. 아버지한테 한 여사 전화가 온건."

"무슨 일인데요?"

"내가 어떻게 알아?"

시선을 든 정선주가 정색하고 되물었으므로 서은아는 당황했다. 이제는 서은아를 향한 채 정선주가 말을 잇는다.

"일 하시다 말고 전화를 받고는 구석으로 가서 소곤대는데 말이야."

"무슨 말을……."

"글쎄, 아 한 여사하고는 돌아서서 소곤대니 알 수가 있어야지."

"……."

"그래서 조금 전에 내가 한 여사가 누구냐고 물었더니 그냥 좀 아는 사람이라고만 하시는데."

마침내 정선주의 눈에 눈물이 고였다. 금방이라도 넘쳐 떨어질 것만 같다. 그때 서은아가 말했다. 결연한 표정이다.

"걱정 마세요. 아버진 여자관계에 있어서는 결백했으니까요. 제가 알아볼 테니까 신경 쓰지 마세요."

그러고는 쓴웃음을 지었다.

"오해 하시면 안 돼요. 제가 아빠는 보장 한다니까요? 여자 문제라니, 기가 막혀."

이제는 서은아가 얼굴을 활짝 펴고 웃는다.

"점심시간 끝나고 해결 할게요."

"아빠, 한 여사가 누구야?"

점심 손님이 홀에 두 테이블 남아 있었지만 새 손님은 없다. 그래서 주방으로 들어온 서은아가 대뜸 그렇게 묻는다. 그릇을 씻던 서경태가 힐끗 시선을 주더니 잠자코 하던 일을 계속한다. 정선주는 홀의 구석에 서 있었으므로 이쪽에서는 보이지 않는다. 그러나 지금 가슴을 졸이고 있을 것이다.

"누구냐고. 빨리 말해."

서은아의 목소리가 높아졌다. 그러고 보니 요즘 아버지의 행태가 수상했다. 지금까지 한 번도 친구 만나려고 나간 적이 없었던 아버지가 두 번이나 그것도 점심때 식당을 비우지를 않나. 집에서도 뭔가를 수첩에 끄적거리다가 서은아가 보면 감추기도 했다. 그리고 또 있다. 정신이 산만해져서 주문한 요리를 잘못 내놓은 적이 세 번이나 있었다. 한 번도 없었던 일이다. 담배도 많이 피운다. 가끔 서은아나 진우를 힐끗거리는 시선이 왠지 선뜩했다. 그럼 아줌마 말대로 딴 여자 문제 때문인가? 서은아가 똑바로 서경태를 보았다. 그러고는 낮게 묻는다.

"아빠, 솔직히 말해. 무슨 일야?"

그러자 서경태가 머리를 돌려 서은아를 보았다. 그 순간 서은아는 어깨를 늘어뜨렸다. 아버지의 얼굴은 여위었다. 피부도 더 검어진 것 같다. 그때 서경태가 말했다.

"맞아. 아빠, 여자가 있어."

기가 막힌 서은아가 입만 딱 벌렸고 서경태의 말이 이어졌다.

"어떻게 갑자기 이렇게 되었구나. 몇 년 전에 아빠가 사귀던 여자인데 갑자기 미국으로 가더니 얼마 전에 돌아온 거야."

"……"

"너한테는 말 안했지만 결혼까지 약속한 사이였다. 나한테 기다려달라고 했는데 내가 그 약속을 지키지 못한 거지."

"……"

"그 여자는 나 때문에 미국 생활을 청산하고 돌아왔다는구나. 그래서……"

"그만."

서경태의 말을 막은 서은아가 한 걸음 더 떨어졌다. 그러고는 침이라도 뱉을 것 같은 표정을 짓고 서경태에게 말한다.

"도대체 남자들은 왜 이따위야? 하나같이 제 생각만 하고 말이야. 그렇게 참을성이 없어서 어떻게 하겠다는 거야?"

그러더니 바람을 일으키며 몸을 돌렸다.

"더 늦기 전에 정리해."

주방으로 정선주가 들어선 것은 그로부터 30분쯤 후였다. 정선주가 외면한 채 말한다.

"은아한테서 대충 이야기 들었어요."

"저기, 그것이."

하고 서경태가 한 걸음 다가섰을 때 정선주는 그만큼 비켜섰다.

"저 오늘 일찍 가야겠어요. 정윤이가 일찍 온다고 해서."

"아, 그건."

그러자 정선주가 주방 구석에 놓인 가방에 옷을 담으며 말한다.

"우리 좀 시간을 갖고 다시 생각해보는 게 낫겠어요."

"정윤엄마……."

"내일부턴 송 아줌마를 다시 불러 일 시키세요."

"……."

"내가 연락드릴 테니까 그때까지 우리 좀 생각하기로 해요."

짐을 다 꾸린 정선주가 주방을 나가면서 한마디를 더 했다.

"당신 여자 문제까지 걸려 있다니 기가 막혀서 그래요."

정선주가 주방을 나가자 서경태는 두 손으로 도마를 누르고는 마침 썰어놓은 파 뭉치를 본다. 계획대로 되었지만 가슴이 미어지는 중이다. 정선주의 가슴에는 배신감과 미움이 담겨 있을 테니 나중에 받을 상처에 비한다면 아무것도 아닐 것이다. 잘 되었다. 저렇게 착한 여자를 끌고 들어가 상처를 줄 바에는 배신자, 분수도 모르는 놈, 더러운 놈이라고 욕을 얻어먹는 것이 낫다. 정선주가 나가는 것을 보았을 텐데도 서은아는 주방으로 들어오지 않는다. 아마 은아도 화가 나 있을 것이다. 그래서 바로 정선주한테 이야기를 해주었겠지. 서경태의 시선이 도마 옆에 놓인 식칼에 머물렀다. 커다랗고

예리한 칼이다. 한동안 칼을 내려다보면서 서경태는 움직이지 않는다.

"미안하다."

다음날 아침을 먹으려고 식탁에 둘러앉았을 때 서경태가 말했다.

"응? 뭐가?"

수저를 쥔 진우가 물었으므로 서은아는 코웃음을 쳤다.

"새 엄마가 들어오려다가 만 사건을 말하는 거야. 아빠 여자관계가 발각이 되었거든. 그래서 파토가 되었어."

"여자관계? 그건 또 무슨."

이맛살을 찌푸린 진우가 서은아를 노려보았다.

"아빠 여자관계가 있어? 별꼴이네."

"글쎄 말이다."

"누군데?"

"미국으로 갔던 여자가 돌아왔단다."

"미국 여자는 아닐 거고, 그래서 그 여자하고 살기로 한 거야? 정윤이 엄마는 발로 차고?"

"몰라. 살지, 안 살지."

오락가락 하던 진우의 시선이 곧장 서경태에게로 박혔다.

"아빠, 어떻게 할 거야?"

"좀 봐야겠어."

서경태가 겨우 말하고는 젓가락을 내려놓는다. 요즘은 식욕이 뚝 떨어져서 밥을 몇 술밖에 먹지 못한다. 소화도 잘 안되고 자주 어지럽다. 병원에서 췌장암 진단을 받고난 후부터 이런 증상이 심해진 것이다. 마치 진단이 신호 같다. 그 전만 해도 멀쩡했었다. 두 남매의 시선을 받은 서경태가 입을 열었다.

"내가 정리 좀 해야겠어. 내 주변을 말이야. 그러고 나서……."

"당연히 그래야지."

서은아가 쌀쌀맞은 표정을 짓고 말을 받는다.

"이게 뭐야 도대체? 갑자기 장래를 약속했다는 아줌마가 미국에서 날아오다니? 또 다른 아줌마가 이번에는 프랑스에서 날아오는 거 아냐?"

"아따."

이맛살을 찌푸린 진우가 서은아의 말을 막는다.

"그 여자 말 심하네. 애인이 없는 것 보다는 있는 게 낫고 하나 있는 것 보다는 둘이 낫다고 누가 말했다던데, 뭐."

"시끄러, 이 자식아."

"기집애들은 남자 속을 몰라."

"너 죽을래?"

둘이 티격태격하는 바람에 숨을 돌린 서경태는 벽에 걸린 달력을 보았다. 췌장암 통보를 받은 지 15일이 지났다. 6개월은 살 것이라고 했으니 180일에서 165일이 남은 셈이다. 그리고 숙제 중 한 가지는 정리가 되어가는 중이다.

커피숍 안으로 들어선 최대식이 서경태를 보더니 눈을 둥그렇게 떴다.

"아이고, 형님."

다가온 최대식이 서경태의 손을 쥐더니 묻는다.

"형님, 어디 편찮으십니까?"

"아냐, 앉아."

대충 얼버무린 서경태가 마주보고 앉더니 지그시 최대식을 보았다. 최대
식은 서경태의 직장 후배였는데 지금은 보험회사 영업사원이다. 서경태가
아내를 잃고 직장을 그만둔 사연까지 다 아는 사이였고 생명보험도 최대식
한테 들어놓았던 것이다. 커피를 시킨 둘이 건성으로 일상 이야기를 주고받
다가 이윽고 서경태가 헛기침을 했다.

　　"내가 췌장암 말기야."

　　"아이고."

　　대번에 최대식이 신음소리를 냈지만 뭔가 예상하고는 있었던 듯 바로 눈
의 초점이 맞춰졌다.

　　"형님, 보험금 3억은 나옵니다. 걱정 안하셔도 됩니다."

　　"수취인이 남매야, 괜찮아?"

　　"그럼요. 은아하고 진우가 성인 되었지 않습니까? 그대로 나옵니다."

　　그러고는 최대식이 길게 숨을 뱉는다.

　　"형님, 언제까지라고 합니까?"

　　"6개월이라고 했는데 벌써 24일 지났어. 156일 남았어."

　　"형님, 날짜 세시면 안 됩니다."

　　정색한 최대식이 머리를 젓는다.

　　"절대로 세지 마십시오. 제가 업무상 이런 일 많이 겪지만 그렇게 날짜 세
시다가 더 빨리 가시는 분 여럿 겪었습니다."

　　"……."

　　"그리고 그 날짜 믿을 게 못됩니다. 3개월 시한부 통보받고 30년을 더 산
사람도 만났습니다."

　　"……."

"정리 한다면서 이곳저곳 돌아다니는 것도 제 생각이지만 좋지 않습니다. 그냥 하던 일 그대로 하다가 가시는 게 제일 낫다는 생각이 듭니다."그러더니 갑자기 최대식의 눈에 눈물이 고였고 곧 주르르 떨어졌다.

"아이고, 내가."

손등으로 눈을 닦은 최대식이 외면한 채 말을 잇는다.

"형님 인생도 참 기구하네요. 형수님을 그렇게 보내시고 어린 자식 돌본다면서 회사 그만두고 나가시더니 췌장암이라니요."

"그래도 애들 성인이 될 때까지 잘 키웠지 않나? 하느님이 보살펴 주신거지."

"형님도, 참."

다시 눈을 닦은 최대식이 붉어진 눈으로 서경태를 보았다.

"하느님 원망을 하지 않으시네요?"

"내가 왜 원망을 하나? 이만큼 해주신 것만 해도 은혜일세."

"나아, 참."

"그런데 말이네."

어깨를 치켜 올렸다가 내리면서 긴 숨을 뱉은 서경태가 말을 잇는다.

"아우님, 난 애들 고생 시키고 싶지가 않아. 그래서 그러는데."

"무슨 말씀입니까?"

"내가 하루가 다르게 몸이 약해져. 식욕도 없고 아침에 일어나기가 힘이 들어."

"그럼 입원을."

하고 했다가 말을 멈춘 최대식이 서경태를 보았다.

"형님, 어떻게 하시려는 겁니까?"

"내가 쓰러지면 애들이 고생이야. 하루하루 죽어가는 제 애비 보면서 가슴을 태울 것이고 그것을 보는 나도 못 견딜 것 같단 말이네. 서로가 고통이지."

"……."

"그땐 내가 힘이 없어서 내 의지대로 뭘 못할 것 같고, 그래서."

"……."

"내가 만일 교통사고라도 나서 죽는다면 애들이 충격은 크겠지만 고생은 덜하겠지 안 그런가?"

"형님, 안됩니다."

머리까지 젖은 최대식의 얼굴이 굳어졌다.

"그러지 마십시오, 형님."

"내가 아우님한테 물어보고 싶은 건 말이네."

서경태가 눈을 치켜뜨고 묻는다.

"만일 내 교통사고가 의도적인 자살로 판명이 된다면 보험금이 안 나오는 건가? 그것을 알고 싶네."

"자살은 곤란합니다, 형님."

"그럼 애들 끝까지 고생시키고 죽어야 한단 말인가?"

"끝까지 희망을 버리지 마십시오."

"하루하루 조금씩 죽어가고 있네."

다시 길게 숨을 뱉은 서경태가 말을 잇는다.

"이러다 기력이 떨어지면 꼼짝하지 못하고 애들만 고생 시키게 돼. 아우님, 날 좀 도와주게."

서경태의 표정은 간절했다.

저녁 손님이 한바탕 나간 후면 아버지는 요즘 친구 만난다면서 나간다. 그 친구는 뻔하다. 미국에서 온 아줌마일 것이다. 홀에는 저녁식사에다 소주를 시킨 손님 한 테이블 셋이 남았다. 지친 송 아줌마는 주방 구석에 앉아 담배를 피우는 중이었고 서은아는 안쪽 테이블에 턱을 고이고 앉아 있었다. 그때 식당 문이 열리면서 윤신애가 들어선다.

"응, 어서와."

서은아가 웃음 띤 얼굴로 윤신애를 맞았다.

"미안해, 늦어서."

손목시계를 보는 시늉을 하면서 윤신애가 말했다. 8시 50분이다. 약속 시간보다 20분 늦었다.

"나야 여기서 일하고 있는데 늦고 자시고가 어딨니?"

서은아가 앞에 있는 윤신애의 위아래를 훑어보는 시늉을 했다.

"옷, 예쁘다."

"걔한테 비교하면 넝마 수준이지."

대뜸 말을 받던 윤신애가 힐끗 서은아를 보았다. 걔는 오미연을 말하는 것이다. 그리고 윤신애의 옷 수준에 비교하면 서은아 차림이 넝마가 된다. 쓴웃음을 지은 서은아가 주방 쪽을 보았다.

"아버님은?"

"친구 만나러 나가셨어."

"오늘 몇 시에 끝나니?"

"왜? 일 있어? 잠깐 들렀다 간다더니?"

서은아가 묻자 윤신애는 입맛을 다신다.

"한 잔 마시고 싶어서 그래."

"여기서 마실래?"

서은아가 묻자 윤신애는 눈을 흘겼다.

"미쳤니?"

"괜찮아. 아빤 두 시간쯤 후에나 올 테니까."

자리에서 일어선 서은아가 윤신애를 향해 한쪽 눈을 감았다 떴다.

"내가 여기 여사장이다, 어쩔래?"

"오미연이 말이야."

예상했던 대로 소주를 두 잔 마시고나서 윤신애가 오미연 이야기를 꺼내었다. 잠자코 시선만 주는 서은아를 향해 윤신애가 말을 잇는다.

"요즘 그 기집애 바빠."

"당연히 그렇겠지."

"그런데."

심호흡을 한 윤신애의 시선이 다시 서은아를 스치고 지나갔다.

"내가 이런 말을 해도 되는지 모르겠네."

서은아는 윤신애의 얼굴이 돌려져 있는 것을 보고는 짜증이 났다.

"야야, 말해. 걔가 또 내 등록금 내준다고 하든? 이젠 용돈까지 댄다고 한 거야?"

조금 목소리를 높였더니 윤신애가 쏟아내듯 말한다.

"태현 오빠하고 만나. 그것도 공공연하게 학교 앞 우리들이 잘 가는 카페로 태현 오빠를 불러서."

윤신애가 힐끗 서은아의 눈치를 보았다.

"다 너한테 정보가 들어가라는 시위야."

"……."

"나도 두 번이나 보았지만 차마 너한테 묻지 못하겠더라."

"……."

"소문으로는 너하고 태현 오빠가 끝났다던데, 맞아?"

"맞아."

차분하게 머리를 끄덕인 서은아가 한 모금에 소주를 삼키고는 말한다.

"끝났는데 누구 만나는 거 무슨 상관이 있니? 그건 뉴스거리도 못 돼."

"그럼."

하고는 윤신애가 망설이는 것이 어떻게 끝났느냐고 묻고 싶은 눈치였지만 서은아는 말해주지 않았다. 솔직히 김태현이 오미연을 만난다는 사실에 전혀 감동을 받지 않은 것이다. 아무 느낌이 없다. 술잔을 든 서은아가 문득 윤신애를 보았다.

"난 먹고 살기가 바빠서 그런다. 한가하게 연애질할 여유가 없단 말이야. 그래서 너희들 노는 것이 딴 세상처럼 보인다."

서은아는 윤신애가 앞으로 오지 않을 것 같은 예감이 들었다. 환경 차이가 점점 더 벌어지고 있기 때문이다.

"형."

하면서 서경수가 배식구에서 부르는 바람에 서경태는 깜짝 놀라 몸을 돌렸다.

"아니, 형."

서경태의 모습을 본 서경수가 눈을 크게 떴다.

"형, 왜 이렇게 갑자기 말랐어요?"

"별거 아니다."

하고 해놓고 서경태가 홀을 보았다. 오후 4시여서 홀은 텅 비었다. 송씨 아줌마하고 은아는 잠깐 한가한 시간을 이용해서 뒷문으로 쓰레기 정리하러 나갔으므로 식당 안에는 둘뿐이다. 서경태는 주방에서 나와 서경수와 테이블을 사이에 두고 마주 앉는다.

"형, 어디 아파요?"

서경수가 다시 묻자 서경태는 이맛살을 찌푸렸다.

"아니라니까 그러네."

손바닥으로 얼굴을 쓸어본 서경태가 묻는다.

"내가 정말 그렇게 보이냐?"

"예, 한 달 사이에 엄청 말랐어요."

"그래?"

심호흡을 한 서경태가 지그시 서경수를 보았다.

"그래, 또 무슨 일이냐?"

"그냥 지나가다 들렀어요."

시선을 내린 서경수가 우물쭈물 했다.

"어떻게 사시는가 궁금도 하고……."

"넌 지금 어디서 사는데?"

"친구 집에 있다가 나왔는데……."

"네 나이가 마흔다섯이다, 이놈아."

하고 해놓고 갑자기 어지러웠기 때문에 손바닥으로 이마를 받친 서경태가 잠시 가만히 있는다. 그때 서경수가 말했다.

"형, 내가 사고를 쳤는데요."

서경태는 잠자코 시선만 주었고 서경수는 외면한 채 말을 잇는다.

"술 마시다가 친구 동서 되는 놈을 쳤는데 이가 다섯 대가 부러지고 턱뼈가 깨졌어요. 그래서 형사 고소를 당했는데."

"……."

"합의금으로 치료비 1천만 원만 내면 고소 취하 한다고 해서요."

"……."

"이번이 마지막입니다, 형님. 내가 죽을 때까지 형님 앞에 나타나지 않을 테니까."

그때 갑자기 서경태의 입에서 웃음소리가 났으므로 서경수가 머리를 든다. 서경태가 검고 마른 얼굴을 일그러뜨리며 웃는다.

"뭐라고? 죽을 때까지 나타나지 않겠다고 그랬냐?"

다시 시선을 내린 서경수가 어금니를 문 듯 볼 근육이 굳어졌다. 한 달 전에 돈 백만 원을 받아가면서 앞으로는 절대 나타나지 않을 것이라고 맹세까지 했던 것이다. 그때 생활비만 조금 대주면 곧 전자회사 대리점을 친구하고 같이 운영할 것이라고 했다. 서경태가 손바닥으로 배를 누르며 말했다.

"나, 돈 없다. 손님도 줄어들었고 은아 내년에도 복학 시키지 못하겠다."

그러자 서경수가 번쩍 머리를 든다. 물기가 많은 두 눈이 번들거리고 있다.

"형, 한 번만 봐 주세요."

"이젠 내가 능력이 안 된다."

"형, 이 가게 계약서만 갖고도 1천만 원은 빌릴 수 있어요. 이자는 제가 낼게요."

"이 개새끼."

마침내 서경태의 입에서 욕설이 터져 나왔다.

"이놈, 네가 인간이냐!"

버럭 소리친 서경태가 일어섰다.

"나가! 이놈아! 앞으로 두 번 다시 내 눈 앞에 나타나지 마!"

서경태가 소리쳤을 때 따라 일어선 서경수가 눈을 부릅떴다.

"아이, 시발. 더럽게 지랄하네."

잇사이로 말한 서경수가 손을 허리에 얹고 말을 잇는다.

"천만 원만 내라니까? 내 성질 알잖아?"

"뭐야?"

하고서 서경태가 주방으로 달려 들어가다가 갑자기 문지방에 걸려 쓰러졌다. 그때 송 아줌마와 서은아가 주방 뒷문으로 들어왔다.

"아빠."

놀란 서은아가 달려와 서경태를 부축했다. 그때 서경태가 악을 썼다.

"저놈! 경찰을 불러라! 어서! 경찰!"

"삼촌."

그때서야 홀에 서있는 서경수를 발견한 서은아가 불렀을 때 서경태가 다시 소리친다.

"은아야! 어서 112를 불러! 저놈은 강도다! 사람이 아냐!"

그때 서경수가 몸을 돌려 식당을 나간다. 서은아는 서경수의 뒷모습을 본채 멍한 표정이 되었다. 눈을 부릅뜨고 있는 서경수의 모습이 선뜩했기 때문이다.

"지금도 일하고 계신다구요?"

담당의사 윤기준이 진찰대에 누워있는 서경태에게 놀란 표정으로 묻는다. 40대 중반의 윤기준은 본래 심장혈관센터의 주치의였던 이대영의 선배로 친절했다. 서경태가 암 전문센터로 옮기지 않고 같은 동방병원 내의 암전문의에게 몸을 맡긴 것도 이왕이면 익숙해진 병원에서 치료받고 싶었기 때문이다. 그리고 6개월 시한부 선고를 받고나서 어디나 마찬가지 일 것이라는 생각이 들기도 했다. 한 마디라도 더 따뜻한 말을 해주는 병원이 나은 것이다.

"좀 쉬셔야 할 텐데."

지난번에 찍은 단층 촬영 화면을 보면서 윤기준이 어두운 표정으로 말한다.

"많이 나빠졌어요. 어때요? 요즘 식사는 잘 드십니까?"

"아뇨, 조금씩 밖에……."

"약은 다 드시지요?"

"예, 다 먹습니다."

윤기준은 서경태하고 만나면 시간에 쫓기는 기색을 보이지 않는다. 그래서 서경태는 마음이 놓이고 할 이야기는 다 한다. 서경태가 문득 생각 난 것처럼 묻는다.

"선생님, 6개월 통보를 받고 오늘까지 68일이 지났습니다. 그럼 112일이 남았나요?"

그러자 윤기준이 의자를 당겨 바짝 다가앉는다.

"남매가 있다고 하셨죠?"

"예. 큰애가 딸인데 스물둘이고 작은애는 스무 살짜리 사내요."

둘을 이야기 할 때 서경태의 눈에 물기가 번졌지만 얼굴은 웃는다. 머리를 끄덕인 유기준이 똑바로 서경태를 내려다보았다.

"이대로 가면 한 달쯤 후에 쓰러지실 수가 있습니다. 그럼 일어나지 못하세요."

"각오하고 있습니다."

"남매한테 아직 말 안하셨죠?"

"예, 매일 편지를 쓰긴 하는데……."

"말씀 하셔야 할 텐데. 남매도 성인이 다 되었지 않습니까?"

"미안해서 그럽니다."

마침내 눈가를 흘러내린 눈물이 귀 쪽으로 떨어졌다. 서경태가 말을 잇는다.

"몇 번이나 시도를 했지만 못했어요."

"제가 불러서 해드릴까요?"

"아닙니다."

정색한 서경태가 손까지 젓더니 진료대에서 몸을 일으켰다.

"제가 하겠습니다."

"많이 나빠지셨어요."

조심스럽게 말한 윤기준이 힐끗 서경태에게 시선을 준다.

"이 상태로 가면 두 달 버티기도 어려우실 것 같아요."

그러더니 갑자기 머리를 젓고 말한다.

"그렇게 여섯 달, 두 달 따위의 의사 말에 신경 쓰시면 안 됩니다. 저는 서 선생님이 지금도 일을 하시고 자식들한테 말씀을 안 하셨다고 해서 좀 급하다는 의미로 말한 것이니까요."

유기준이 서경태의 등에 대고 덧붙인다.

"희망을 잃지 마세요, 절대로."

그러나 돌아오는 버스 안에서 서경태는 수첩을 꺼내어 2개월이라고 적는다. 그 옆에 괄호를 치고 60일이라고도 썼다. 오늘 아침까지 112일이 남아 있었는데 순식간에 52일이 사라졌다. 수첩에는 매일 매일의 몸 상태와 은아와 진우를 향한 이야기가 적혀 있었는데 유언이나 같다. 서경태는 매일 유언을 쓴 셈이다. 서경태는 소리죽여 숨을 뱉고 나서 다시 수첩에다 한 달, 30일이라고 썼다. 윤기준이 한 달쯤 후에 쓰러질 수도 있다고 했기 때문이다. 그러면 서있을 시간은 한 달 남은 셈이다.

"너 알바 안 해?"

식당으로 들어선 진우에게 서은아가 묻는다. 진우는 대답도 않고 두리번거렸다. 오후 4시여서 식당 안에는 두 남매와 주방에 있는 송씨 아줌마까지 셋뿐이다.

"아빠 아줌마 만나러 나갔어."

진우가 묻기도 전에 서은아가 말했다.

"요즘은 매일 나간단다."

남매는 테이블에 마주앉아 서로의 얼굴을 본다. 그때 진우가 불쑥 묻는다.

"누나, 아빠가 좀 이상해진 것 같지 않아?"

"응?" 했다가 눈을 가늘게 뜬 서은아가 머리를 끄덕였다.

"그래, 한가한 때면 매일 밖으로 나가. 요즘 들어서는 하루도 빼놓지 않고 나가는 거야."

"아니, 그보다."

진우가 굳어진 얼굴로 서은아를 본다.

"아빠 말이야, 너무 말랐지 않아?"

"응, 그건 그래. 얼굴도 검어졌고."

맞장구를 쳤던 서은아가 생각난 듯 말했다.

"그러고 보니까 내 앞에서 아빠가 밥 먹는 거 못 보았어."

"오늘 새벽에 말이야."

주위를 둘러본 진우가 말을 잇는다.

"내가 화장실에 가려고 했더니 안에 아버지가 들어가 있었어."

"그래서?"

"그런데 안에서 구역질 하는 소리가 나는 거야. 그것도 꽤 오래, 아주 고통스럽게 말이지. 아무래도 안 되겠다 싶어서 화장실 앞으로 다가서서 막 아빠를 부르려고 했더니."

잠깐 말을 멈춘 진우가 흐려진 눈으로 서은아를 본다. 그러더니 말을 이었다.

"아빠가 울고 있었어. 울면서 뭐라고 했는데 잘 듣지는 못했어. 난 갑자기 겁이 나서 슬그머니 내 방으로 돌아와 버렸어. 그렇지만 아침밥 먹을 때 보니까 아빠는 아무 내색도 않는 거야."

"……."

"그것이 마음에 걸려서 일을 할 수가 있어야지. 그래서 알바 빼먹고 온 거야."

"왜 울었을까?"

서은아가 혼잣소리처럼 말했다가 문득 머리를 돌려 진우를 보았다.

"하긴 이상한 점이 하나둘이 아냐. 식당에서 나하고 같이 밥을 먹은 적이 없어. 맨날 먼저 먹거나 나중에 먹지."

"……."

"왜 구역질을 했을까? 그리고 왜 울었을까? 술도 먹지 않았는데. 요즘 맨날 한이라는 아줌마 만나러 나가는데 말이야."

"요즘 아빠 웃는 거 못 봤어."

하고 진우가 말한다.

"뭔가 이상해."

"삼촌 때문인가?"

하고 했다가 서은아가 길게 숨을 뱉는다.

"우린 맨날 아빠 봐서 몰랐는데 오랜만에 식당에 온 단골 아저씨가 아빠를 보더니 깜짝 놀라는 거야.

너무 말랐다면서 어디 아프냐고."

"……."

"그랬더니 아빠는 요즘은 마른 게 건강한 것이라고 했어."

"아빠, 어디 아픈가?"

진우가 혼잣소리처럼 묻더니 머리를 들고 서은아를 보았다. 수심이 덮인 얼굴이다.

"누나가 잘 좀 살펴봐."

배를 칼끝으로 후벼 파는 듯한 통증이 왔으므로 서경태는 허리를 굽히면서 이를 악물었다. 통증은 오래 계속 되었다. 찢고 찢고 또 찢는다. 얼굴에 땀방울이 맺히기 시작하더니 눈에 눈물이 고였고 마침내 이를 갈아야만 했다.

"아이고."

마침내 잇사이로 낮은 비명이 터진다. 길가에 쪼그리고 앉은 서경태는 이제 온몸을 불불 떨었다. 지나던 행인들이 주춤거렸다가 곧 제 갈 길을 간다. 오후 5시 반, 식당 근처의 버스 정류장에 내렸다가 통증이 온 것이다. 조금씩 통증이 가셔지기 시작했지만 온몸이 늘어져서 일어날 기력이 없다.

"괜찮으세요?"

멈춰 선 중년 여인이 걱정스런 표정으로 물었으므로 서경태는 이를 악물고 일어섰다. 그러고는 얼굴을 일그러뜨리며 웃는다.

"예, 갑자기 배탈이 나서."

그 순간 주르르 눈물이 흘러내렸으므로 당황한 서경태가 외면했다. 중년 여인도 놀란 듯 서둘러 발을 뗀다.

"아이구 하느님."

다시 발을 떼면서 서경태가 헐떡이며 말한다. 손등으로 눈물을 씻은 서경태는 턱을 치켜들었다. 지나는 사람들이 힐끗거렸다.

"제발 덕분에 이러다가 푹 쓰러져 죽게 해주십시오."

앞쪽을 향한 채 서경태가 웅얼거리며 말한다. 한 걸음씩 발을 떼면서 서경태는 말을 이었다.

"제 두 자식한테 길게 상처를 주지 않는다면 저는 어떻게 죽어도 좋습니다."

"아빠, 그 아줌마 좀 만나게 해줘."

불쑥 서은아가 말했으므로 서경태가 머리를 들었다. 주방에는 둘뿐이다. 오후 9시 반, 손님이 9시가 되었을 때 딱 끊기는 바람에 조금 전 송씨 아줌마도 일찍 돌려보냈다. 서경태의 시선을 받은 서은아가 말을 잇는다.

"맨날 그 아줌마 만나면서 왜 한 번도 여기로 데려오지 않아?"

"나중에."

다시 설거지를 시작한 서경태가 건성으로 말했다. 그러자 서은아가 다시 묻는다.

"아빠, 그럼 아빠 나갈 때 내가 같이 가서 만나면 안 돼?"

"안 돼?"

"왜?"

"글쎄, 그냥."

그때 서은아가 이맛살을 찌푸리며 서경태를 보았다. 이마에 땀이 가득 배어나 있는 것이다. 설거지대 옆의 마른 수건을 집어 서경태의 이마에 붙이면서 서은아가 묻는다.

"아빠, 어디 아파?"

"내가 왜?"

수건을 낚아챈 서경태가 이마를 닦으면서 번들거리는 눈으로 서은아를 보았다.

"좀 피곤해서 그런다."

"아빠, 아프지 마."

"글쎄, 안 아프다니까."

수건을 던진 서경태가 다시 설거지를 시작하다가 문득 머리를 돌려 서은아를 보았다.

"은아야."

"응?"

시선이 마주쳤을 때 서경태의 눈동자가 흔들렸다. 그러더니 머리를 돌리면서 말했다.

"아니다, 아무것도."

"56일. 오늘 설거지를 할 때 은아가 그 아줌마 만나게 해달라고 한다. 놀라서 안 된다고 했더니 같이 가서 만나자고 했다. 뭔가 의심하는 것 같다. 은아야. 내 딸, 은아야. 네 눈을 보면서 나는 당장 죽고 싶었단다. 네 가슴에 상처를 주게 된다니, 이것을 어떻게 하면 좋단 말이냐? 은아야, 아빠가 정말 미안해."

그렇게까지만 쓰고 서경태는 수첩을 덮는다. 언제나 몸에 지니고 다니는 수첩이다. 잘 때도 베개 밑에다 놓고 화장실에 갈 때도 팬티 사이에 끼고 나간다. 은아나 진우에게 하고 싶은 말은 모두 수첩에 적는 것이다. 그것으로 위안은 조금 되지만 요즘은 쓰다가 자주 운다. 밤 12시 반, 집안은 조용하다. 담당의 윤기준에게 부탁해서 진통제 처방을 받은 덕분에 통증은 견딜만하게 되었다. 그러나 몸이 급격하게 쇠약해진 것을 느낄 수 있다. 이젠 걷는 것도 힘이 든다. 한 달쯤 전부터 식욕이 떨어지더니 지금은 하루에 밥은 반 그릇도 먹지 못하고 윤기준이 처방해준 영양제로 연명하고 있다. 침대에 반듯이 누운 서경태가 천장을 본다. 그때 문득 요즘 자신이 웃어본 적이 없다는 것을 깨달았다. 내 생각만 하느라고 집안 분위기는 신경 쓰지 않았던 것이다. 내일 아침에는 웃어보리라. 죽을 때 죽더라도, 다시 팔을 뻗어 머리 밑에 둔 수첩을 집은 서경태가 펜을 고쳐 쥐더니 56 옆에 -30을 적었다. 나머지는 26이다. 그렇다. 26일이 남았다. 윤기준이 말해준 서있는 날이다. 윤기준은 한 달쯤 후면 쓰러져 일어나지 못한다고 했던 것이다. 벌써 4일이 지났다.

식탁에 앉은 서은아와 진우가 서경태를 노려보고 있다.

"왜?"

마침내 서경태가 묻자 서은아가 대답했다.

"아빠 밥 먹는 거 보려고."

"나아, 참."

그래놓고 서경태는 어젯밤 스스로에게 약속한 일을 떠올렸다. 웃음. 서경태가 이를 드러내며 환하게 웃는다.

"그래, 먹자."

그 순간 서은아와 진우가 끌려든 것처럼 따라 웃는다. 아 얼마나 사랑스러운가? 가슴이 미어지는 것 같은 느낌과 함께 눈물이 쏟아지려고 했으므로 서경태는 수저에 밥을 듬뿍 담아 입에 넣는다. 밥알이 모래알 같았고 입 안에는 침이 부족했다. 그래서 서은아가 끓여놓은 된장국을 세 수저나 떠 넣고서야 밥 한 숟갈을 삼켰다.

"다 먹어."

서경태에게 눈을 떼지 않으면서 서은아가 말한다.

"오랜만이네. 아빠 밥 먹는 거 보는 거 말이야."

진우가 싱글거리며 거들었다. 그렇게 다섯 숟갈을 떠먹었을 때 이마에 땀방울이 배이면서 구역질이 나오기 시작했다. 이를 악물었지만 쏟아질 것 같다. 그래서 웃음 띤 얼굴로 일어선다.

"화장실에."

천천히 화장실로 걸어간 서경태가 문을 닫고 나서 변기의 물부터 내렸다. 그 순간 위안에 든 모든 것이 한꺼번에 입 밖으로 쏟아져 나온다. 검다. 그리고 핏덩이도 섞여 있다. 뱃속은 잠깐 개운해졌지만 다음 순간 눈에서 눈물이 뚝뚝 떨어졌다. 입 안에서 피비린내가 난다. 다시 한 번 물을 내린 서경태가 입안을 헹구고는 얼굴까지 씻었다. 그러고는 다시 웃음 띤 얼굴로 화장실을 나온다.

"나 5시 반에는 돌아올게."

식당을 나가면서 서경태가 말했다.

"무슨 일 있으면 연락하고."

"알았어."

막 손님이 나간 식탁을 치우던 서은아가 머리를 들고 서경태를 본다.

"아빠, 오늘도 아줌마하고 저녁 먹고 올 거야?"

"아마 그럴 거다."

건성으로 대답한 서경태가 밖으로 나가자 서은아는 서둘러 주방으로 들어섰다.

"아줌마, 나도 잠깐 나갔다 올게요."

"응? 그래."

주방에 놓은 TV를 보면서 송 아줌마가 대답했다. 서경태가 나가자마자 담배를 피워 물었으므로 코에서 연기가 흘러나온다. 오후 3시 10분전이다. 점심 손님이 나가고 나면 서경태는 외출해서 저녁 시간이 될 때 들어온다. 미국에서 온 아줌마를 만나 이른 저녁을 먹고 돌아오는 것이다. 서둘러 식당을 나온 서은아는 막 골목 왼쪽으로 꺾어가는 서경태의 뒷모습을 보았다. 오늘은 서경태를 미행해서 미국에서 온 아줌마의 정체를 확인할 작정이었다.

식당에서 2백 미터쯤 떨어진 곳에 상가 공사장이 있다. 꽤 큰 건물을 짓고 있어서 주위는 어수선 했는데 담장도 제대로 쳐놓지 않았다. 서경태는 천천히 공사장 옆쪽으로 다가가면서 엊그제 유심히 봐둔 지하 주차장 공사 현장을 내려다본다. 지하 4층쯤 되는 깊이의 주차장 바닥은 시멘트 포장이 다 되었다. 어수선하게 흩어진 자재들 사이로 회색빛 시멘트 바닥이 눈에 딱 붙여진 듯 떨어지지 않는다.

"거기, 위험해요."

안전모를 쓴 현장 요원이 지나면서 건성으로 말했다. 서경태가 서있는 곳은 안전 펜스도 설치되지 않은 곳이다. 몸을 던지기만 하면 된다. 다시 발을 떼면서 서경태는 길게 숨을 뱉는다. 오늘은 D-22일이다. 디데이는 윤기준이 말한 서있는 한계일이다. 그러나 꼭 디데이에 결행 하라는 법은 없다. 서있는 동안, 그러니까 디데이 안에 죽으면 된다. 이곳 아파트 공사 현장은 그 장소 중의 하나일 뿐이다.

서은아는 서경태가 상가 공사장을 지나 아래쪽으로 내려가는 뒷모습을 본다. 공사장 주위에는 벌써부터 임대한다는 현수막이 어지럽게 걸려 있었는데 아버지는 혹시 이곳 상가를 임대할 계획인지도 모른다는 생각을 했다. 이곳에서 장사를 하면 골목 끝 쪽의 식당보다는 장사가 잘 될 것이다. 터벅터벅 걷던 아버지가 모퉁이의 찜질방 안으로 들어섰으므로 서은아는 머리를 기울였다. 아버지가 그 아줌마를 찜질방 안에서 만나기로 했단 말인가? 찜질방 앞에서 망설이던 서은아는 마침내 티켓을 끊어 들고 안으로 들어섰다. 안은 예상보다 넓었고 평일인데도 손님이 많았다. 가운 차림으로 이곳저곳을 기웃거리던 서은아는 마침내 한쪽 구석에 누워있는 아버지를 보았다. 아버지는 반듯이 누워 있었는데 옆을 지나면서 보니까 눈을 딱 감았다. 감은 눈이 움푹 들어가 있어서 가슴이 아팠지만 서은아의 발걸음은 가벼웠다. 찜질방에서 농땡이를 치다니.

신(神)의 출현

4장

'D-12일' 가만히 서있기만 하는데도 다리가 후들거리고 땀이 흐른다. 은아와 진우 앞에서 내색하지 않기가 너무 힘들다. 12일을 버티지 못할 것 같다. 아무 영문을 모르고 있는 은아와 진우를 보면 가슴이 답답해서 다 쏟아버리고 싶은 충동이 일어난다. 당연히 두 놈은 절망하겠지. 그러면 나도 목숨을 끊지 못하고 두 놈과 함께 그 긴 기간을 보내야만 한다. 두 놈은 하루하루 내 생명이 꺼져 가는 것을 옆에서 지켜보는 고통을 겪어야만 할 것이다. 12일 안에 끝낸다. 그 전에 두 놈한테 사건 대비를 하도록 하는 것이 최우선이다. 그러고 나서 세 곳 중에서 한 곳을 택해 떠나면 된다. 수첩을 접은 서경태가 머리를 돌려 바깥 홀을 보았다. 오전 10시 40분, 방금 식재료상 박씨가 다녀갔기 때문에 송 아줌마와 서은아는 재료를 정리하고 나서 홀의 테이블에 한가하게 앉아있다. 그때 이쪽에 등을 보이며 앉아있던 은아가 몸을 돌렸다. 서경태가 황급히 시선을 돌렸지만 늦었다. 서은아의 시선이 막 비껴지던 서경태와 마주쳤다. 자리에서 일어난 서은아가 주방으로 들어왔다.

"아빠, 도대체 요즘 뭘 그렇게 쓰는 거야?"

서경태의 뒤에 선 서은아가 묻는다. 다행히 목소리에 웃음기가 섞였다.

"아줌마는 아빠가 시 쓴다는데, 맞아?"

"그래, 맞다.

개수대에 놓인 파를 다듬으면서 서경태가 대답했다.

"나 좀 보여줘." 하면서 서은아가 옆으로 다가와 섰다. 서은아한테서 옅은 체취가 맡아졌다. 아 벌써 이만큼 컸구나. 새삼스럽게 그런 생각이 떠오른 순간 서경태의 입이 터졌다.

"은아야, 너, 꿋꿋하게 살아야 돼."

"응?"

눈을 동그랗게 떴던 서은아가 피식 웃는다.

"그거야 당근이지. 아빤 내가 약한 여자처럼 보여?"

"난 널 믿어."

서경태가 번들거리는 눈으로 서은아를 보았다.

"넌 아빠를 한 번도 실망시킨 적이 없단다. 너한테 항상 고맙다."

"알면 됐네."

"난 행복해, 은아야."

"어휴."

갑자기 한숨을 뱉은 서은아가 몸을 돌리면서 말한다.

"어른들은 왜 이렇게 다 똑같이 신파적일까?"

서은아가 주방을 나가는 기척을 들으면서 서경태는 등이 추워지는 것 같은 외로움을 느낀다. 그러나 몇 마디 말을 뱉었다는 것으로 위로를 받는다.

모르는 번호였으므로 서은아는 이맛살을 찌푸리며 잠깐 휴대폰을 본다.

그러다 마침내 휴대폰을 귀에 붙였다.

"여보세요."

"서은아?"

여자 목소리, 수상한 예감에 서은아가 몸을 굳혔을 때 여자가 말을 잇는다.

"나, 오미연."

순간 서은아가 저도 모르게 쓴웃음을 짓는다. 이쪽의 무반응이 견딜 수가 없었단 말인가? 이 속물, 허영에 들뜬 창녀 같으니. 그러나 서은아의 목소리는 차분하게 나온다.

"어머, 웬일이니? 네가 전화를 다 하고."

"네가 보고 싶어서."

"별일이네. 너, 나한테 절교 선언 했잖아?"

그러자 수화구에서 낮은 웃음소리가 울린다.

"그래, 맞아. 근데 그 절교 원인이 해소가 되었거든."

"너 내가 식당에서 일하는 동안 공부 많이 한 것 같다. 어려운 말 잘 하는 것 보니까 말이야."

"당연하지, 뭐."

서은아는 소리죽여 숨을 뱉으면서 벽시계를 본다. 낡은 벽시계가 오후 6시 반을 가리키고 있다. 이른 저녁 시간이었지만 손님은 한 사람도 없고 아버지는 아직 돌아오지 않았다. 아버지를 두 번 미행 했지만 두 번 다 찜질방에 들어가는 바람에 당분간 미행은 포기한 상태. 미국 아줌마 찾는 것은 다음으로 미뤘다. 진우한테 찜질방 이야기를 했더니 모처럼 소리 내어 웃었다. 그때 오미연이 말을 잇는다.

"저기, 내 이야기 들었지?"

"아니?"

했지만 서은아는 그것이 무슨 이야기인지 짐작을 했다. 이 속물은 기어코 그 사실을 내비쳐야 직성이 풀리는 종자다.

"내 생일 파티에 널 데려오라고 윤신애한테 이야기 했는데."

"……."

"어때? 올거야?"

"너 왜 그러니?"

서은아가 정색하고 묻자 오미연이 웃음섞인 목소리로 대답했다.

"태현 오빠도 올 거야."

"……."

"너, 나 유치하다고 생각하지?"

"미친년."

마침내 서은아가 잇사이로 말한다. 내친김에 서은아는 몇 마디 더했다.

"너같이 미친년은 박물관에 갖다 놔야 돼, 전화 끊어."

휴대폰을 귀에서 뗀 서은아가 길게 숨을 뱉는다. 그러자 오미연보다 김태현에 대한 분노가 지글지글 끓어오른다. 그 많은 여자 중에서 저런 미친년하고 붙다니, 병신 같은 놈.

육교 높이는 6미터 정도였지만 아래쪽에 차량 통행이 많았다. 더구나 육교의 왼쪽 난간 일부분이 부서져서 비닐로 덮어 놓았는데 건드리기만 해도 쓰러질 것이었다. 바로 이곳이다. 식당에서 3백 미터쯤 떨어진 로타리. 비닐과 함께 밑으로 떨어지면 지나던 차가 치어줄 것이었다. 맨 땅에 떨어져도 살 가망은 희박하다. 서경태는 힘들게 육교 계단을 올라 비닐 옆을 천천히 지나간다. 아래쪽으로 기세 좋게 내달리는 차량들에게 친근감이 느껴졌다. 오후 6시 50분, 오늘까지 세 번째 이곳을 지나고 있다. 처음 이곳을 발견했을 때가 D-17일 이었으니 닷새째 육교 난간이 부서진 채 그대로 방치해두고 있는 셈이다. 해당 관청의 늑장 처리가 고맙다. 서경태는 머리를 들고 심호흡을 했다. 그러자 배에 격심한 통증이 온다. 이제는 마취제도 소용이 없다. 가슴 아랫부분은 내 육신이 아닌 것처럼 느껴진다. 악마가 들어가 있으면서 마구 난도질을 해대는 것 같다.

"아이고, 하느님."

잇사이로 신음하면서 서경태는 육교 계단을 내려간다. 그러고는 거사일을 빨리 잡아야겠다고 결심한다. D-10일이지만 다리에 힘이 있을 때 떨어져야 한다. 앞으로 이틀, 길어야 사흘 안에 끝내도록 하자. 그렇게 마음먹었더니 마음이 급해졌고 걸음이 빨라졌다.

'D-9일, 오늘은 진우도 식당에서 일하라고 했다. 알바를 식당에서 하라고 했더니 고분고분 따른다. 오늘은 세 식구가 모여서 이야기를 할 것이다. 세상사는 이야기, 죽음 이야기도 언뜻 내비칠 작정이다. 어지러워서 이만.'

"웬일이래?"

서경태가 방에서 꾸물거리는 동안에 진우가 서은아에게 묻는다. 오늘은 토요일, 진우는 수업이 없다. 대신 주유소와 편의점 두 곳 알바를 뛰는데 서경태가 식당일을 하라고 한 것이다.

"글쎄, 하긴 네 얼굴을 밤에만 언뜻 보니까 그런가보다."

아침 뉴스를 보던 서은아가 리모컨으로 TV를 끄면서 말했다. 오전 8시 10

분이다. 소파에 앉은 진우가 다시 안방을 힐끗거리면서 말한다.

"어젯밤에 말이야. 내가 TV를 보는데."

서은아의 시선을 받은 진우가 목소리를 낮췄다.

"언뜻 머리를 드니까 아빠가 화장실 앞에 서서 나를 빤히 바라보고 있지 않겠어?"

그러고는 진우가 이맛살을 찌푸린다.

"왠지 기분이 찜찜했어."

"왜?"

서은아가 정색하고 진우를 본다.

"아빠가 쳐다보는데 왜 기분이 찜찜해?"

"글쎄, 나도 몰라."

"미친놈."

"방에 들어가 누워도 아빠 시선이 떠올라. 참 슬픈 얼굴 같기도 하고, 또."

"또 뭐?"

라고 했을 때 안방 문이 열리면서 서경태가 나오는 바람에 이야기가 끊겼다.

식재료를 놓고 나간 박씨와 엇갈려서 손님들이 들어선다. 10시 반이니 아침 손님이다. 사내 셋.

"어서 오세요."

인사를 했던 서은아가 눈을 동그랗게 떴다. 맨 뒤의 사내는 삼촌 서경수였기 때문이다.

"어머, 삼촌."

서은아가 불렀지만 서경수의 표정은 차다. 가운데 테이블에 앉은 서경수가 서은아에게 말한다.

"아빠 좀 나오시라고 해."

그때 주방에 있던 서경태가 배식구로 서경수를 보았다. 서경태가 서둘러 밖으로 나왔고 뒤를 진우가 따른다. 진우는 지난번 소동을 모른다.

"너 왜 또 온 거냐?"

하고 서경태가 갈라진 목소리로 물었을 때 놀란 진우가 둘의 얼굴을 번갈아 본다. 그때 낯선 두 사내 중 하나가 서경태에게 말했다.

"형님 되시죠? 여기 앉으시죠."

"아니, 난 바빠서."

라고 해놓고 서경태가 서경수에게 눈을 부릅뜨고 말한다.

"나가라. 너하고 인연 끊었으니까 경찰 부르기 전에 나가."

그때는 주방에 있던 송 아줌마까지 나와 서있다. 송 아줌마는 지난번의 소동을 본 것이다. 그때 다른 사내가 말했다. 짧은 머리에 눈매가 날카로운 40대 사내였다.

"그럼 서서 들으쇼. 서경수가 당신 가게를 담보로 우리한테서 1천5백을 빌려갔는데 여기 차용증이 있고."

사내가 주머니에서 서류 한 장을 꺼내 테이블 위에 탁 소리가 나게 내려놓는다. 그러고는 서경태를 똑바로 보았다.

"여기 전세 계약서에 서경태 씨가 사인을 한 서류도 있수다."

그러고는 다시 한 장의 서류를 꺼내더니 기운차게 놓았다.

"뭐요? 전세 계약서에 내가 사인을 했다고?"

서경태가 비명 같은 소리를 지르더니 다가가 전세 계약서라는 서류를 내려다보았다. 그 순간 서경태가 머리를 흔들면서 외친다.

"이건 가짜야! 계약서가 아냐! 내 사인도 아니라고! 저놈이 사기를 친 거야! 위조를 한 거라고!"

"말도 안 돼."

그렇게 말한 것은 서경수였으므로 서은아는 경악했다. 서경수가 쓴웃음을 짓고는 말을 잇는다.

"아니, 형. 제 손으로 사인 해놓고 갑자기 오리발 내놓으면 어쩌라는 겁니까?"

"이 나쁜 놈아!"

하고 서경태가 소리쳤을 때 서은아가 앞으로 다가섰다.

"넌 삼촌도 아냐! 사기꾼, 날강도야! 이 도둑놈아! 우리 아빠가 언제 사인을 했어? 지난번에 돈 천만 원만 달라고 했을 때 112 신고를 하겠다니까 도망갔지 않아? 그러고는 아빠 사인을 위조해서 돈 빌려놓고 여길 찾아와?"

날카로운 목소리가 식당 안을 울렸을 때 진우가 이번에는 사내들의 테이블 앞으로 다가섰다. 얼굴이 하얗게 굳어져 있다.

"나가! 다 나가! 나가지 않으면 가만 안 둘 거야! 이 개새끼들아!"

진우가 목청이 터질 것처럼 소리쳤을 때 서경수가 일어나면서 손을 휘둘러 진우의 뺨을 쳤다. 그때 서경태가 주방으로 달려 들어갔다. 그러더니 고기 다지는 커다란 칼을 집어 들고 나온다. 순식간에 일어난 일이었다.

"다 쥑인다!"

서경태가 달려들었을 때 사내 하나가 의자를 집어 들었지만 진우의 발길에 채어 테이블과 함께 넘어졌다.

"아빠!"

서은아가 비명처럼 소리를 질렀지만 달려들던 서경태는 사내 하나가 내던진 의자에 맞아 주저앉았다.

"사람 살려!"

갑자기 동네가 떠나갈 것 같은 비명을 지른 것은 송 아줌마다. 송 아줌마가 미친 듯이 식당 밖으로 뛰쳐나가더니 밖에서 소리쳤다.

"살인이야! 강도야! 강도가 들었소!"

송 아줌마의 악쓰는 소리가 들렸을 때 사내들은 당황했다.

"오늘은 간다."

사내 하나가 몸을 빼어 밖으로 달려 나가면서 서경태에게 말했다.

"그럼 법으로 따져서 네 동생 놈부터 사기로 집어넣을 테니까."

그러자 남은 사내 하나가 서경수의 목덜미를 움켜쥐더니 같이 밖으로 내달렸다. 어느새 테이블 위에 놓여있던 서류는 보이지 않는다.

"너희들 잘 들어라."

서경태가 입을 열었다. 오늘은 점심 손님을 받지 않고 문 앞에 오후 4시에 문을 열겠다는 쪽지를 붙여 놓았다. 그러고는 송 아줌마한테 하루 일당을 다줘서 보내놓고 세 식구는 빈 식당 테이블에 둘러앉았다. 오전 11시 반이다. 서경태는 이마 왼쪽에 반창고를 두 개나 붙였고 진우는 한쪽 뺨이 부었으며 서은아는 울어서 눈이 붉다. 가늘게 숨을 뱉은 서경태가 말을 잇는다.

"저놈을 절대로 가깝게 다가오게 해서는 안 된다, 명심해라."

눈을 부릅뜬 서경태가 한 마디씩 또박또박 말한다. 이마의 땀방울을 손등으로 닦은 서경태가 말을 잇는다.

"말이 나온 김에 말인데 내가 죽으면 보험금이 나온다. 그 보험증서가 어디 있는지는 은아가 잘 알고 있지?"

"아빠도 참."

이맛살을 찌푸린 서은아가 서경태의 말을 막는다. 그러자 서경태가 목소리를 높인다.

"내 말 들어."

그래놓고 서경태는 이런 분위기를 조성해준 서경수가 잠깐 고맙게 느껴진다. 서경태의 말이 이어졌다.

"내가 죽으면 바로 보험회사 최대식 아저씨한테 연락을 해. 은아야, 너 그 아저씨 알지?"

"아빠, 그만해."

이번에는 진우가 소리쳐 말한다. 눈을 치켜뜬 진우가 서경태를 노려보았다.

"삼촌 일 가지고 맘 약해져서 무슨 말을 하는 거야?"

"조용."

손을 들어 진우의 말을 막은 서경태가 다시 서은아를 보았다.

"너희들 앞으로 3억이 나온다. 그 돈은 절대로 네 삼촌 되는 놈이 손을 못 대도록 해야 한다, 알았지?"

"알았어, 아빠."

마침내 서은아가 대답했을 때 서경태는 길게 숨을 뱉는다.

"사람은 꼭 죽는단다. 언제 죽을 지 알 수가 없으니 미리 대비를 해두려고 그러는 거다."

"글쎄, 알았다니까!"

진우가 다시 소리쳤을 때 서경태가 팔을 뻗어 진우의 뺨을 만진다. 서경수가 귀빰을 때린 부분이다.

"내 아들, 누나하고 우애 있게 잘 지내야 돼. 누나 잘 돌보고."

"아빠!"

참을 수 없다는 표정을 짓고 서은아가 벌떡 일어섰으므로 서경태는 얼굴을 일그러뜨리며 웃는다.

"내가 마음이 약해져서 그랬다, 미안."

"아무래도 이상해."

서경태가 식당을 나갔을 때 서은아가 굳어진 표정으로 말한다. 식당 안에는 진우와 둘뿐이다.

"나 어디 좀 다녀올게."

자리에서 일어선 서은아가 말하자 진우는 시선만 준다. 가라앉은 표정이다. 나갈 채비를 한 서은아가 벽시계를 보았다. 오전 11시 50분이다. 서경태가 오늘은 처음으로 찜질방에 가서 쉬고 오겠다면서 나갔다. 오늘은 뭐 하러 나가는지 미행할 경황도 없다.

"어디 가는 거야?"

진우가 등에 대고 물었으므로 서은아는 머리만 돌리고 대답한다.

"응, 잠깐 알아볼 데가 있어."

조금 전까지만 해도 진우에게 말하려고 했다가 서은아는 포기했다. 식당을 나온 서은아는 곧장 택시를 잡는다. 내일이다. 육교를 건너면서 서경태가 눈을 치켜뜨고 속으로 다짐한다. 난간에는 아직도 비닐 덮개가 덮여졌고 통행인이 근접하지 못하게 쳐진 테이프도 더 느슨해졌다. 그것을 보니 아무한테라도 고맙다는 인사를 하고 싶어졌다. 결행 시간은 오후 7시가 좋겠다. 차량 통행이 많은 시간이어서 떨어지기만 하면 틀림없다. 주머니에 신분증과 은아와 진우의 연락처를 적은 쪽지 외에는 다 버릴 것. 수첩은 오늘밤에 태운다. 유서 비슷한 글은 샅샅이 찾아 없애야만 한다. 화장이나 장례 절차 따위는 말 않기로 하자. 은아와 진우가 그쯤은 알아서 처리 해주겠지. 문제는 동생 경수다. 그놈이 접근하지 못하도록 해야 되는데, 오늘 찾아온 놈들은 경수와 공모한 사기꾼들이 분명하다. 은아와 진우가 야무지게 그놈들을 막아내야 할 텐데. 육교 계단을 하나씩 밟아 내려가면서 서경태는 불쑥 살의를 느낀다. 가능하다면 죽기 전에 동생 경수 놈을 죽이고 싶다. 그 거머리 같은 놈이 은아와 진우에게 달라붙을 것을 생각하자 온몸에서 열이 났다. 내일 오후 7시다. 만 하루쯤 남았구나. 정신 똑바로 차려야 한다.

"제가 서경태씨 딸인데요."
하면서 서은아가 인사를 하자 이대영은 놀란 듯 눈을 크게 떴다.
"아. 그럼, 그 서경태씨."
하더니 앞쪽에 놓인 의자를 손으로 가리킨다.
"앉으세요. 저기 아버님은⋯⋯."
말을 그친 이대영이 심호흡을 하고나서야 제대로 서은아를 보았다.
"그런데 무슨 일로."
오늘 이대영은 진료가 없는 날이다. 그래서 진료의사 명단에는 빠져 있었는데 오후 3시의 강의 준비를 하려고 진료실에 나와 있었던 것이다. 서은아가 긴장한 표정으로 이대영을 보았다. 아버지의 심장혈관센터 전문의인 이대영은 처음 만나지만 이름은 자주 들었다. 서은아가 입을 열었다.
"저기요. 아버지한테 무슨 일 없는 거죠?"

이대영의 시선을 받은 서은아가 서두르듯 말을 잇는다.

"아버지가 좀 이상해서요."

"……."

"몸도 갑자기 마르시고 자주 토하세요. 시간만 나면 누우시고요."

"……."

"아버진 아무것도 아니라고만 하시는데 정말 그런가요?"

"……."

"선생님. 말씀 좀 해주세요."

서은아의 얼굴이 일그러졌다. 그때 홀린 듯한 표정을 짓고 있던 이대영이 입맛을 다시고 나서 묻는다.

"모르고 계셨군요?"

이번에는 서은아가 눈만 크게 떴으므로 이대영이 길게 숨을 뱉고 나서 말한다.

"내가 이 말씀을 드릴 수밖에 없네요."

"……."

"아버님이 끝까지 감추고 계시려는 것 같은데 그러시면 안 될 것 같아서요."

"……."

"암 전문의한테서 내가 자세히 듣고 있습니다. 아버님은 췌장암 말기로 이제 몇 달 못 사십니다."

순간 서은아의 얼굴이 하얗게 굳어졌지만 입이 악물려져 있다. 그때 이대영의 말이 이어졌다.

"암 전문의한테 가보시지요. 윤기준 선생이라고 지금 진료중일 겁니다."

그러고는 이대영이 다시 긴 숨을 뱉는다.

"왜 그래?"

다시 진우가 물었지만 서은아는 손으로 얼굴을 가린 채 테이블에 앉아 움직이지 않는다. 식당 안에는 두 남매뿐이다. 오후 3시 반, 조금 전에 식당으로 들어선 서은아가 털썩 의자에 앉더니 이러고 있는 것이다. 앞으로 다가선 진우가 이제는 눈을 치켜뜨고 소리쳤다.

"야, 말 안 할 거야? 무슨 일이야!"

그러나 서은아는 오히려 테이블에 머리를 박고 엎드려버렸다. 그러더니 어깨가 들썩인다. 소리를 내지 않고 우는 것이다. 그때 진우가 서은아의 어깨를 움켜쥐고 흔들었다.

"너, 죽을래? 정말 짜증나게 할 거야?"

더 목소리를 높였을 때 서은아가 머리를 들었다. 예상대로 얼굴이 눈물범벅이 되어있다. 서은아가 눈을 크게 뜨고 진우를 본다. 눈물이 볼을 따라 흘러내리고 있다.

"진우야, 아빠가 췌장암이란다."

목소리는 젖었지만 차분했다. 진우가 입만 반쯤 벌린 채 나무토막처럼 굳어졌고 서은아가 한 마디씩 말한다.

"췌장암 말기래. 석 달쯤 전에 통보를 받았는데 우리한테 속이고 있었던 거야."

"……"

"몇 달 남지 않았다고 했어."

"……"

"아빠가 그랬던 것도 다 이유가 있었던 거야."

"……."

"담당의사 만났는데 지금 아주 위험한 상태래. 한 달쯤 남았다고 했어."

"거짓말."

겨우 입을 연 진우가 천천히 머리를 저으면서 말한다.

"거짓말이야. 믿을 수 없어."

"진우야."

그때 진우의 눈에서도 주르르 눈물이 흘러내렸다. 그러나 눈동자는 또렷했고 목소리도 흔들리지 않는다.

"말도 안 돼. 아빠가 그렇게 될 리는 없어. 아냐, 아니라고."

"내 말 잘 들어."

자리에서 일어선 서은아가 똑바로 진우를 보았다.

"우리가 아빠를 어떻게 해야 할지 얼른 결정을 해야 돼. 내가 병원에서 듣고 왔다고 말을 하는 것이 낫겠니? 아니면 모른 척하고 아빠 시중을 들까?"

이제 진우가 숨도 죽였고 서은아의 말이 이어진다.

"아빠는 우리 걱정시키지 않으려고 끝까지 병을 숨긴 거야. 마지막 순간까지 우리한테 상처를 적게 주려고 말이지. 담당 의사가 그러는데 아빠는 저러다 곧 쓰러진대. 진우야, 우리 아빠한테 어떻게 해야 되겠니?"

다시 서은아의 눈에서 눈물이 흐른다. 식당 앞에 선 서경태는 이맛살을 찌푸린다. 오전에 오후 4시에 문을 열겠다는 쪽지가 '금일휴업'으로 바뀌어져 있었기 때문이다. 서경태가 식당 안으로 들어서자 서은아가 맞았다.

"아빠, 잘 쉬었어?"

서은아는 웃음 띤 얼굴이다.

"응, 근데." 하고 서경태가 말을 이으려고 할 때 주방에서 진우가 나왔다.

"아빠, 집에 가자."

"아니, 문에다 왜 휴업이라고 써 붙인 거냐?"

겨우 틈을 낸 서경태가 묻자 서은아가 다가와 팔을 잡았다.

"아빠. 나 다 컸어."

서은아의 강한 눈빛을 받은 서경태가 숨을 삼킨다. 그때 진우가 다가와 다른 쪽 팔을 쥔다. 놈의 악력이 세다.

"아빠, 집에 가자."

"인마, 손님은 어떻게……."

"아빠, 나도 다 컸어."

진우도 그렇게 말했지만 서은아하고는 달리 얼굴이 일그러지더니 마침내 두 눈에서 눈물이 쏟아진다. 하지만 서경태의 팔을 쥔 악력은 더 강해졌다. 그때 서은아가 똑바로 서경태를 바라보며 말한다.

"아빠, 사랑해."

눈을 치켜뜬 서은아가 말을 잇는다.

"이제 우리한테 기회를 줘야 돼, 아빠."

'빌어먹을.'

물론 이건 서경태가 속으로 한 말이다. 지금 서경태는 아파트로 돌아와 침대에 누워있다. 세 식구는 집까지 택시를 타고 오면서 아무 말도 하지 않았다. 아파트에 들어섰을 때 진우는 서경태를 침대까지 끌고 가더니 강제로 옷을 벗겨 파자마로 갈아 입혔다. 서경태가 잠깐 화를 냈지만 막무가내였다. 서경태는 식당 안에서부터 사태를 짐작하긴 했다. 그러나 묻기에는 겁이 나서 가만히 시키는 대로만 했다. 벽시계가 오후 5시 10분을 가리키고 있다. 이 시간에는 창자가 찢어질 것 같은 통증이 왔는데 오늘은 잠잠하다. 두 놈은 지금 밖에서 뭘 하고 있는지 조용하다. 도대체 어떻게 알게 되었을까? 이렇게 잡혀있다면 내일 저녁 7시의 결행은 물 건너가게 되지나 않을까? 그때 방문이 열렸으므로 서경태의 가슴이 덜컹 내려앉는다. 서은아와 진우 두 놈이 같이 들어온다.

"아빠, 약 어딨어?"

차분해진 얼굴로 서은아가 물었지만 진우는 옷장 서랍을 열고 뒤지기 시작한다. 눈만 크게 뜬 서경태에게 서은아가 말을 잇는다.

"내가 담당의사 선생님하고 상의를 했는데 당분간은 집에서 약을 먹으면서 지내도 된다고 했어."

"여기 있다."

진우가 약봉지를 찾아 들면서 소리쳤다. 그러나 여전히 화가 난 표정이다. 그때 서경태가 상반신을 일으키며 말한다.

"너희들. 담당의한테서 무슨 말을 들었는지 모르지만 나는……."

"시끄러." 하고 서은아가 말을 잘랐으므로 서경태는 입을 다물면서 침을 삼킨다.

서은아가 눈을 치켜뜨고 말한다.

"다 아니까 그 이야기 그만. 아빠가 왜 그랬는지도 안단 말이야. 그러니까 그만 둬."

그때 진우가 서은아에게 묻는다.

"이 약 말이야. 담당의한테 어떻게 먹느냐고 누나가 물어볼래?"

하더니 눈이 찢어질듯이 서경태가

누운 침대를 흘겨보았다.

"난 아빠 목소리도 듣기 싫으니까 말이야."

눈을 감은 서경태는 길게 숨을 뱉는다. 그러자 가슴이 편안해지더니 갑자기 목이 메었다. 감은 두 눈에 물기가 가득 차는 것이 느껴진다. 그 순간 입 밖으로 뱉지 못한 말이 머릿속에 나열되었다.

'하느님, 바로 지금 죽게 해줍시오.'

긴장이 풀린 때문일 것이다. 소변이 마려웠지만 몸을 일으킬 수가 없다. 어깨를 비틀어 상반신 한쪽을 세웠지만 그것으로 끝이다. 상반신이 무너지듯이 침대위에 떨어지기를 세 번째. 그때 방바닥에 요를 펴고 자던 진우가 눈을 떴다.

"아빠, 왜?"

벌떡 용수철이 튕겨지듯이 일어서는 진우를 보자, 서경태의 얼굴에 저절로 쓴웃음이 떠올랐다. 다가온 진우에게 서경태가 말한다.

"나 몸 좀 일으켜주라."

"알았어."

가볍게 서경태의 몸을 일으킨 진우가 묻는다.

"일어나 앉게?"

"화장실."

그러자 진우가 서경태의 한쪽 팔을 치켜들더니 냉큼 부축해 일으킨다. 밤 11시 반이다. 밖으로 나오자 소파에 앉아있던 서은아가 놀란 듯 눈을 크게 떴다. 그러나 입을 열지는 않는다. 서경태가 한 발짝씩 발을 떼면서 말했다.

"갑자기 발이 저려서 그런다."

그러나 가슴이 미어지고 있다. 오늘이 D-9일. 디데이가 9일 빨라졌단 말인가?

　'D-8일. 어제 다 들통이 났다. 어떻게 들통이 났는지 모르겠다. 두 놈은 일절 말을 하지 않고 의연하게 받아들이려고 한다. 그러나 겉만 그럴 뿐 아직 여린 애들이다. 하느님, 제 계획이 무리였을까요? 은아는 내가 왜 그랬는지도 안다고 했지만 앞으로 애들한테 길게 고통을 줄 것을 생각하니 막막하다.' 거기까지 수첩에다 쓴 서경태가 수첩을 접어 베개 밑에 넣고는 침대에서 몸을 일으켰다. 그러고는 두 다리를 딛고 일어섰다. 다리에 힘이 남아 있는 것이 느껴진다. 방문을 연 서경태가 밖으로 나왔을 때 소파에 앉아있던 서은아와 진우가 놀라 다가왔다.

　"아빠, 괜찮아?"

　둘이 양쪽 팔을 움켜쥐고는 서은아가 묻는다.

　"괜찮다."

　잡힌 팔을 뿌리치려는 듯 어깨를 흔들면서 서경태가 소파로 다가가 앉았다. 두 남매가 앞쪽에 나란히 앉더니 잠자코 시선만 준다. 그 순간 서경태는 둘이 다 컸다는 생각을 한다. 둘의 가라앉은 눈빛이 그 증거일 것이다. 견디겠다는 의지가 두 눈에 드러나 있다. 어금니를 물었던 서경태가 입을 열었다.

　"그래. 아빠 한 달쯤 남았다고 한다."

　서경태는 자신의 목소리가 차분한 것을 듣고는 용기가 난다. 둘도 눈을 크게 뜬 채 가라앉은 표정이다. 서경태가 말을 이었다.

　"너희 둘을 힘들게 하지 않으려고 숨겼어. 가능한 한 끝까지 숨기다가 짧은 시간 안에 죽을 작정이었는데."

쓴웃음을 지은 서경태가 머리를 저었다.

"잘 안되네. 고통은 참을 수 있겠는데 감정 조절이 힘들더라."

"그건 우릴 무시한 거야."

서은아가 낮게 말한다. 서경태의 가슴에 시선을 준 채 서은아가 말을 이었다.

"아빠 계획대로 했다면 우린 아빠를 용서하지 못 했을 거야."

"근데 말이다."

서은아와 진우를 돌아보며 말했지만 아무도 시선을 마주치지 않았다. 서경태의 말이 이어졌다.

"아빠 다리에 힘이 있는 동안은 일을 하고 싶은데 너희들 생각은 어떠냐?"

"무슨 일?"

그래도 단순한 진우가 먼저 서경태를 보았다. 겨우 진우의 시선을 잡은 서경태가 서두르듯 말했다.

"식당 일 말이다."

"안 돼." 하고 서은아가 나섰지만 서경태가 필사적으로 달려들었다.

"그것이 아빠한테 활력을 준단다. 아직 다리에 힘이 있는데도 누워 있는 건 죽는 걸 기다리는 것 같아서 견딜 수가 없구나. 그래서 그런다."

이제 서은아도 시선만 주었고 서경태의 목소리에 더 열기가 더해졌다.

"내가 견딜 수 없을 때는 너희들한테 말을 할 테다. 그러니까 아빠 소원대로 놔두지 않을래?"

둘은 대답하지 않았고 서경태의 가슴은 희망으로 두근거렸다. 기회는 남아있다.

'D-7일, 오늘부터 다시 식당에서 일을 하기로 했다. 송씨 아줌마를 다시 부르기로 했는데 진우도 알바 그만두고 식당에 온다니 할 수 없다. 은아가 조건을 내걸었는데 쓰러지는 즉시 병원에 갈 것이며 아플 때 참고 있는 것도 용납을 못 한다는 것이다. 아프면 아프다고 하라고 했다. 만일 그렇지 않을 경우에는 그 즉시로 식당문 을 닫는대나? 말하는 것이 아주 매몰찼다. 이만.'

이틀을 쉬고 식당을 열었기 때문인지 점심시간이 되기 전부터 손님이 많았다. 서경태는 주방에서 송씨와 음식을 만들었고 서은아와 진우는 홀을 맡았다.

"오늘은 기록 세우겠네."

오후 2시까지 테이블이 계속 차 있는 것을 본 송씨가 서경태에게 말한다.

"봐, 전표가 60장이 넘어. 이렇게 나가단 오늘 1백장 넘겠어요."

꽂혀진 전표를 눈으로 가리키며 송씨가 말했을 때 서경태는 이를 악물었다. 창자를 칼로 후비는 것 같은 통증이 몰려왔기 때문이다. 다음 순간 다리가 후들거렸고 얼굴에서 땀이 솟아났다. 얼굴 피부가 뻣뻣하게 굳어진 느낌이 들면서 온몸의 기력이 빠져나간다.

"아이그."

잇사이로 신음을 뱉은 서경태가 손을 들어 다 끓인 김치찌개 그릇을 들어 배식구에 놓았다. 배식구까지 세 걸음을 걷는데도 죽을 힘을 다 써야만 했다.

"사장님, 괜찮수?"

어느새 옆으로 다가온 송씨가 걱정스런 표정으로 물었을 때 서경태는 얼굴을 일그러뜨리며 웃는다. 이제 얼굴은 땀으로 범벅이 되어 있었고 억지로 웃느라 입술 끝이 퍼들퍼들 떨렸다.

"나 배가 아파서 화장실에 좀."

서경태가 눈을 치켜뜨고 말했으므로 송씨는 머리를 끄덕인다. 송씨는 아직 아무것도 모르는 것이다.

"어서 다녀와요."

화장실은 뒷문으로 나가 골목 끝의 빌딩 뒷문으로 들어가야 나온다.

골목 끝 쪽의 쓰레기통 앞으로 다가간 서경태가 주머니에서 수첩을 꺼내 잘게 찢는다. 배의 통증은 더 심해져서 허리가 반쯤 굽혀졌고 입에서는 낮은 신음이 쉴 새 없이 터져 나왔지만 수첩을 착실하게 찢고 또 찢는다. 이윽고 수첩을 다 버린 서경태가 이를 악물고는 골목을 나왔다. 눈을 치켜 뜬데다 얼굴은 고통으로 일그러졌으며 땀으로 흠뻑 젖은 처참한 몰골에 지나던 사람들이 놀라 몸을 비킨다. 서경태는 서둘러 발을 떼었다. 목표는 육교, 거리는 3백 미터, 이제 할 일은 다 했다. 은아와 진우는 아빠의 내막을 알게 되었으며 마음 준비도 조금은 갖춰졌을 터. 이제 천만다행으로 경수 놈이 와준 덕분에 그 분위기를 이용해서 아빠 사후의 처리 방법에 대해서도 이야기 해줄 기회를 갖게 되었다. 한 걸음 한 걸음을 뗄 때마다 배를 칼로 난자를 당하는 것 같았지만 서경태는 악착같이 걷는다. 이쯤 고통을 참지 못하겠는가? 아이들한테 긴 고통을 주느니 내가 3백 미터를 살점 하나씩 떼면서 걷는 게 낫다. 입에서 쉴 새 없이 신음이 나왔지만 서경태는 개의치 않는다. 오늘 식당 문을 연 것도 이 기회를 잡기 위해서였던 것이다. 은아야, 진우야, 내 사랑하는 자식들아. 아빠가 미안해. 정말 미안해. 눈에서 땀인지 눈물인지 모르는 물이 뚝뚝 떨어지고 있다. 그러나 서경태는 악착같이 발을 떼고 나간다.

"아빠는?"

116

서은아가 묻자 송씨는 파를 썰면서 대답했다.

"배가 아파서 화장실에 가셨어."

머리를 든 송씨가 서은아를 보았다.

"배가 많이 아프신 것 같았어. 글쎄, 얼굴이 땀에 젖어 있더라니까⋯⋯."

송씨의 말이 끝나기도 전에 서은아가 뒷문을 열고 밖으로 나왔다. 좁은 골목은 텅 비었다. 골목 끝 쪽의 건물로 달려간 서은아가 뒷문을 열고 들어간다. 헐떡이며 남자 화장실 앞에 선 서은아가 소리쳤다.

"아빠! 거기 있어?"

화장실에서 소변을 보던 사내 하나가 놀라 바지 지퍼를 올리면서 나온다.

"아빠! 안에 있어?"

다시 소리쳤던 서은아가 남자 화장실로 들어갔다. 안은 비었다. 소변구 세 개에 양변기 두 개가 놓인 남자 화장실 안에는 아무도 없다. 육교가 보인다. 거리는 이제 1백 50미터쯤이 되었다. 절반은 온 것이다. 배의 통증이 조금 약해진 대신 기력이 쭈욱 빠져 나가고 있어서 한 걸음 떼기가 힘들다. 서경태는 헐떡이며 한 걸음씩 발을 떼었다.

"아저씨, 괜찮으세요?"

옆을 지나던 청년이 걸음을 늦추면서 묻는다. 진우 또래였는데 얼굴에 걱정스런 기색이 가득했다. 갑자기 진우 생각이 난 서경태의 눈에서 왈칵 눈물이 쏟아졌다.

"아, 괜찮아요."

서경태가 헐떡이며 말했다. 손등으로 눈물을 닦은 서경태가 일그러진 얼굴로 웃는다.

"괜찮으니까 먼저 가요, 고마워요."

그러자 주춤거리던 청년이 곧 걸음을 크게 떼어 앞질러 간다. 그러나 몇 걸음 가다가 한번 머리를 돌려 뒤돌아보았다. 어금니를 문 서경태가 어깨를 늘어뜨리며 말한다.

"은아야, 진우야, 미안해."

이제 육교는 1백 미터쯤으로 다가왔다.

"넌 찜질방에 가봐!"

진우에게 소리쳐 말한 서은아가 반대쪽으로 달렸다.

"누나! 넌 어디로 가는데? 하고 진우가 뒤에서 소리쳤지만 서은아는 대답하지 않는다. 아버지는 핸드폰을 받지 않는다. 도대체 어디로 갔단 말인가? 이 상황에서 예전처럼 찜질방에 가서 누워 있을 것 같지는 않았다. 그래서 그쪽으로 진우를 보낸 것이다.

"아빠, 가지마."

정신없이 사방을 둘러보면서 뛰던 서은아의 입에서 저절로 그렇게 말이 나온다. 서은아의 눈에서 눈물이 흘러내렸다.

"아빠!"

한낮이다. 서은아가 와락 소리치자 주위의 행인이 일제히 시선을 주었다. 그러나 서은아는 상관하지 않는다. 눈물을 뿌리면서 서은아가 다시 서경태를 부른다.

"아빠!"

그때였다. 달리던 서은아는 머릿속이 하얗게 비워지는 느낌을 받는다. 그러더니 자신의 입에서 저절로 터져 나오는 소리를 들었다.

"신이시어!"

첫 번째 전설
신(神)의 출현

5장

다음 순간 서은아는 육교의 계단을 올라가는 아버지를 보았다. 아버지의 모습이 눈앞에 선명하게 떠오른 것이다.

"아빠!"

우뚝 멈춰선 서은아가 소리쳤다. 그러자 주위의 남녀가 모두 서은아를 보았다. 그 순간 서은아는 육교위에 올라섰다. 아버지가 눈을 둥그렇게 뜨고는 사방을 두리번거리는 모습을 본다. 이쪽의 부르는 소리를 들은 것 같다. 서은아는 눈앞에 떠오른 육교가 어디인가를 알았다.몸을 돌린 서은아가 그쪽으로 서둘러 걸으면서 말한다.

"아빠, 안 돼. 거기 서 있어."

그러자 아버지가 머리를 젓는다.

"미안하다, 은아야. 난 이게 최선이야."

아버지의 눈에서 눈물이 흘러내렸다. 울면서 혼잣소리를 하는 아버지의 주위로 사람들이 힐끗거리며 지났다. 아버지 앞쪽에 비닐로 덮여진 부서진 육교 난간이 있다. 서은아의 걸음이 빨라졌다. 그러고는 눈을 치켜뜨고 말한다.

"아빠, 거기 앉아."

그러자 아버지가 육교 끝에 쪼그리고 앉았다. 그때 서은아의 배에선 뜨거운 기운이 솟구치더니 곧 식도를 타고 올라오는 느낌을 받는다. 서은아가 눈앞에 뜬 아버지의 영상에 대고 말했다.

"아빠, 아빠 몸의 암 세포는 이제 사라졌어. 다 나았단 말이야."

"은아야."

쓴웃음을 지은 아버지가 쪼그리고 앉은 채 머리를 저었다.

"날 위로하지 마, 아빤 괜찮아."

"아빠, 일어서 봐."

그러자 아버지가 일어섰다. 그때 아버지의 얼굴에 당혹감이 덮였다.

"아빠는 이제 나았다니까."

발을 떼면서 서은아가 단호하게 말한다.

"신이 도와주신거야."

"어떻게 된 거냐?"

육교 위에 그대로 선 채 기다리던 서경태가 다가온 서은아에게 물었다. 창백해진 얼굴로 눈을 크게 뜨고는 서은아를 낯선 사람처럼 바라보았다. 서은아가 손을 뻗어 서경태의 팔을 쥐었다.

"아빠."

어느덧 붉게 달아오른 얼굴로 서은아가 서경태를 바라보았다.

"아빠 배 아프지 않지?"

"그렇구나."

서경태가 손바닥으로 배를 쓸면서 쓴웃음을 지어보였다.

"갑자기 배가 개운하네."

"이젠 아빠 다 나았어."

"그런데 너."

눈을 크게 뜬 서경태가 서은아를 빤히 보았다.

"내가 여기 있는 줄 어떻게 알았어? 그리고 또, 너, 아까……."

"아까 내가 한 말 기억나?"

대뜸 서은아가 묻자 서경태는 눈을 껌벅였다.

"뭘 말이야?"

"신이 도우셨다고 한 말."

"그, 그랬지."

서경태가 심호흡을 하고나서 묻는다.

"네가 마치 내 눈 앞에서 말하는 것 같았다. 그런데 네가 알고 있었다니."

"내가 그렇게 했거든."

그래 놓고 서은아가 흰 이를 드러내며 활짝 웃는다.

"나도 왜 이렇게 되었는지 모르겠어. 아빠, 내 능력이 어디까지인지도. 하지만 분명한 것 한 가지는 아빠 췌장암이 없어졌다는 거야. 아빤 이제 멀 쩡해."

서경태가 식당 안으로 들어섰을 때 서진우는 우두커니 서서 바라만 보았다.

"미안하다."

웃음 띤 얼굴로 말한 서경태가 다가가 진우의 어깨를 움켜쥐었다.

"아빠가 다 나은 것 같다, 멀쩡해."

"무슨 말이야?"

뒤따라 들어선 서은아에게 진우가 묻는다. 서경태를 보자 진우는 걱정은 가시면서 동시에 화가 솟구쳐 오르는 상황이다. 그래서 얼굴이 일그러져 있다. 진우의 시선을 받은 서은아가 환하게 웃는다.

"말 그대로야. 아빠 병 다 나았어."

"누가 그래?"

"내가."

해놓고 서은아가 옆쪽 테이블에 앉더니 진우에게 앞을 가리켰다.

"앉아."

진우가 앞쪽 의자에 앉고 서경태도 옆자리에 앉는다. 식당 안은 조용했다. 둘의 시선을 받은 서은아가 말을 이었다.

"갑자기 신통력이 생긴 것 같아"

진우의 시선이 흔들렸지만 서경태는 열중하고 있다. 어느덧 얼굴을 굳힌 서은아가 어깨를 올렸다 내리면서 길게 숨을 뱉는다.

"아빠를 부르고 나서 난데없이 입 밖으로 '신이시어!'하고 말이 튀어 나오는 거야. 그러고 나서 눈앞에 아빠 모습이 보였어."

서은아의 시선이 서경태에게로 옮겨졌다.

"아빠 모습을 보고나서 소리쳤지. 그랬더니 아빠한테 내 말이 들렸어. 그리고 아빠는 내 말에 따르는 게 보였어."

"네가 나한테 앉으라고 했는데."

침을 삼킨 서경태가 크게 뜬 눈으로 서은아를 보았다.

"나도 모르게 내 몸이 앉는 거다. 앉고 나서 놀랐다."

그때 서은아가 말을 잇는다.

"아빠 암세포를 없애야겠다고 마음먹은 순간에 난 아빠 뱃속에 뜨거운 기운이 들어가는 장면을 보았어. 그래서 아빠한테 암세포가 사라졌다고 말해준거야."

"그래, 내 몸이 이렇게 개운한 건 처음이다. 날아갈 것만 같구나."

그리고 입맛을 다신 서경태가 주방 쪽을 보았다.

"배가 고프구나."

"도무지 무슨 말인지."

이맛살을 찌푸린 진우가 투덜거렸을 때 서은아가 자리에서 일어서며 말한다.

"아빠가 증거야. 어쨌든 아빠 밥부터 먹이고 다시 이야기 해. 나도 내 능력이 어디까지인지 모르니까."

아버지가 이렇게 밥을 맛있게 먹는 것은 처음 보았다. 서은아와 진우는 홀린 듯한 표정을 짓고 그것을 본다. 둘의 시선을 멋쩍어 하면서도 서경태는 먹는 것을 계속했다. 주방으로 돌아온 서은아는 심호흡부터 했다. 그러고 나서 혼잣말로 말한다.

"고맙습니다."

그 대상이 누군지 불분명했지만 서은아가 이제는 두 손을 모아 쥐고 말했다.

"정말 고맙습니다."

서은아는 이제 앞쪽의 벽을 응시한 채 자신의 능력을 점검해내려고 한다. 아버지의 암세포가 생각 한 번으로 제거 된 것은 분명하다. 자신의 생각이 그대로 전달되는 것도 확인 되었다.

"내 능력은 어디까지인가?"

혼잣말로 말한 서은아가 문득 머리를 들고 밖을 보았다. 그때 진우의 뒷모습 절반이 보인다. 진우는 아직도 아버지 옆에 서서 밥 먹는 모습을 바라보는 중이다.

"아빠가 정말 살았어."

그 순간 진우의 목소리가 들렸으므로 서은아는 숨을 죽인다. 다시 진우의 목소리가 이어졌다.

"누나 말이 맞는 것 같아. 이렇게 밥 먹는 것 좀 보아. 암 세포가 다 없어진 모양이야."

그때서야 서은아는 지금 귀에 들리는 진우의 목소리가 바로 마음속의 떠오른 생각이라는 것을 안다. 옆에서 보이는 진우의 입이 꾹 닫혀져 있었기 때문이다. 서은아는 길게 숨을 뱉는다. 또 하나의 능력이 확인되었다. 다른 사람의 머릿속 생각을 알 수가 있는 능력이다.

다음날 아침, 푹 자고 일어난 서경태의 얼굴은 환했다. 하룻밤이 지났을 뿐인데도 푹 꺼져있던 눈에도 살이 돋아난 것 같다. 그리고 무엇보다도 행동에 활기가 있다. 이리저리 움직이는 모습이 기운이 넘치는 것이다.

"내가 밥 차릴 테니까 너희들은 가만 있거라."

아침 7시 반이다. 오늘은 잠이 많은 진우도 일찍 깨었는데 서경태는 두 남매가 식사 준비를 거들지도 못하게 했다. 파를 썰면서 서경태가 말을 잇는다.

"기적이다. 은아가 기적을 일으킨 거다."

124

머리를 돌린 서경태가 소파에 앉아있는 남매를 보았다. 순간 서은아는 숨을 삼킨다. 아버지의 눈에서 눈물이 흘러내리고 있었기 때문이다. 그러나 아버지의 목소리는 밝다.

"난 밤새도록 생각했지만 그냥 이 기적을 믿고 받아들이기로만 했다."

동네에 대형 마트가 있다. 백화점 수준은 아니지만 5층 건물에 유명 브랜드 가게가 많았는데 서은아는 이곳에서 물건을 사본 적이 없다. 그러나 시간 보내기는 좋았기 때문에 가끔 찾아가 구경은 했다. 오전 10시 반, 서은아는 마트 3층의 여성의류 매장에 서있다. 오늘 이곳에 온 것은 옷구경 하려고 온 것이 아니다. 시간 보내려고 온 것도 아니다. 서은아는 너무 좋을 때, 또는 뭔가 큰 감동을 받았을 때 혼자 있고 싶은 충동을 느낀다. 지금 이곳에 온 것도 그 때문이다. 이 행복감을 혼자서 즐기고 싶은 것이다. 유명 브랜드 매장 앞을 지나던 서은아의 시선이 매장 직원의 시선과 마주쳤다. 순간 매장 직원의 얼굴에 웃음이 떠올랐지만 목소리가 들린다. 그러나 입은 꾹 닫혀져 있다.

"어휴, 2층 세일 하는 데나 가시지 여긴 왜 왔니?"

걸음을 멈춘 서은아는 웃음 띤 얼굴로 직원을 보았다. 직원의 목소리가 이어 들린다.

"왜? 뭘 사려고? 니 수준으로 안 될 걸? 네가 입은 건 만 원짜리 시장 제품 같은데 여긴 최소 50이야."

그때 서은아가 입을 열었다.

"머리는 다 나았어요?"

"네?"

깜짝 놀란 듯 여자가 눈을 크게 떴을 때 서은아가 다시 묻는다.

"거기 여섯 바늘이나 꿰맸지 않았나요?"

서은아의 시선이 여자의 왼쪽 머리로 옮겨지자 당황한 여자가 손바닥으로 머리를 덮는 시늉을 했다.

"아, 네."

이틀 전 밤에 여자는 남자 친구한테 떠밀려서 건물 벽에 머리를 박았다. 머리 가죽이 찢어져 여섯 바늘이나 꿰매는 바람에 난리가 났었는데 물론 그럴만한 이유가 있다. 결혼을 약속한 남자 친구를 놔두고 딴 남자와 만나는 현장이 발각되었기 때문이다. 그래서 현재 두 남자가 다 떠나간 상태. 이제는 여자가 조심스런 표정으로 서은아를 본다.

"그럼, 그 안태 병원에 계신 분이세요?"

서은아가 그때 치료했던 병원의 간호사냐고 묻는 것이다. 여자의 시선을 받은 서은아가 쓴웃음을 짓고 말했다.

"뭐, 그렇다고 해두죠."

다시 발을 뗀 서은아는 자신의 능력을 확인한다. 마음만 먹으면 눈앞의 대상에 대한 자료가 순식간에 머릿속에 입력이 되는 것이다. 마치 자신이 겪은 것처럼 샅샅이 떠오른다.

"아니, 도대체……."

말을 잇지 못한 윤기준이 영상 차트를 보더니 다시 서경태의 아랫배를 보았다. 그러고는 머리를 젓는다. 두 눈을 치켜뜬 데다 입도 반쯤 벌어져서 정신이 나간 표정이다. 겨우 입을 다물었던 윤기준이 서경태에게 말했다.

"없어졌어요, 종양이. 사방으로 번졌던 암세포가 그야말로 지우개로 깨

끗이 지운 것처럼

　사라졌다니까요?"

　윤기준은 CT 촬영 결과를 말하고 있는 것이다. 심호흡을 하고 난 윤기준이 정색하고 서경태를 보았다.

　"이건 기적이라고 표현할 수밖에 없겠네요. 닷새 전만해도 암세포가 가득 덮여 있었거든요. 내가 지금 꿈을 꾸는지 의심스러울 정돕니다."

　"저도 그렇습니다."

　마침내 떨리는 목소리로 서경태가 말했다. 서경태는 상기된 얼굴로 윤기준을 보았다.

　"저한테 이런 기적이 일어날 줄 몰랐습니다, 선생님."

　"이건 학회에 보고를 해야겠는데."

　눈을 가늘게 뜬 윤기준이 말을 잇는다.

　"혹시 어제 어떤 음식을 드셨는지, 또는 어떤 일이 일어났는지 저한테 다 말씀 해주실 수 있습니까?"

　"아, 그건."

　허리를 편 서경태도 정색하고 윤기준을 보았다.

　"아무 일도 없었습니다. 아무것도 먹지 않았고요. 그저 자고 일어나니까 이렇게 되었다니까요?"

　사실대로 이야기 해주면 은아가 견디지 못하게 될 것이다. 아무리 흥분되어 있다고 해도 그쯤 앞뒤는 잴 수 있는 서경태인 것이다. 서경태가 머리까지 저으며 말을 잇는다.

　"그냥 기적입니다, 선생님."

커피숍에 앉아있던 서은아는 진동으로 울리는 휴대폰을 내려다본다. 발신자는 윤신애였다. 오후 3시, 조금 전에 확인차 병원에 갔던 아버지한테서 전화를 받고난 후라 서은아의 가슴은 아직도 뛴다. 아버지는 병원에서 암세포가 사라졌다는 확인을 받자 그때서야 기적을 실감한 것 같았다. 서은아에게 울면서 고맙다는 말만 되풀이 했는데 아버지도 좀이 쑤셔서 집에 있기는 싫은 것 같았다. 바람 좀 쏘이고 저녁때 돌아온다고 했다.

"응, 웬일이니?"

전화기를 귀에 붙인 서은아가 물었지만 이미 윤신애의 얼굴이 떠오르면서 머릿속에 든 생각이 다 읽혀졌다.

"응, 그냥 궁금해서."

윤신애가 웃음 띤 목소리로 말했지만 표정은 멀쩡했다. 그런 꼴은 처음 보았기 때문에 서은아는 눈썹을 모은다. 윤신애가 말을 이었다.

"오미연이 생일이 내일이야. 그런데 그 기집애가 나만 보면 널 데리고 오라는 거지 뭐니?"

서은아는 듣기만 했고 제풀에 흥분한 윤신애의 목소리가 높아졌다.

"김태현을 옆에 낀 제 모습을 너한테 보이려는 속물근성이지. 유치찬란해서 소름이 끼쳐. 김태현이도 같은 부류야. 유유상종이지. 내가 이런 말 전하지 않으려고 했는데 하도 화가 나서 그 기집애 욕이나 하려고 전화한 거야."

"나한테도 전화 했어."

서은아가 말하자 윤신애가 깜짝 놀라는 시늉을 한다.

"어머나, 언제? 뭐라고 그래?"

"며칠 전에. 지 생일 파티에 오라고."

"미친년, 나쁜 년."

"걔한테 내가 간다고 전해."

"어머나."

소스라치게 놀란 윤신애의 얼굴이 서은아의 눈앞에 떠 있다. 서은아가 그 얼굴을 보면서 차분하게 말한다.

"그렇게 사정하는데 가보지 뭐."

전화기를 귀에서 뗀 서은아의 얼굴에 쓴웃음이 떠오른다. 눈앞에 윤신애가 전화기의 버튼을 누르는 것이 보인다. 오미연에게 보고하려는 것이다. 윤신애는 요즘 오미연과 단짝이 되어서 하루 12시간 이상씩 붙어 다닌다. 그때 서은아가 갑자기 생각이 난 것처럼 혼잣소리를 한다.

"죄송해요. 제 능력을 조금 쓸게요."

"이제 돈만 좀 있으면 우리 가족은 행복해질 텐데."

집에 돌아온 진우가 말은 그렇게 했지만 얼굴은 환했다. 오후 6시 반, 아버지는 지금 돌아오는 중이었고 진우는 야간 알바를 빼먹고 집에 왔다. 주유소에서 기름 넣고 있을 기분이 아니라는 것이다. 진우가 주방에 서있는 서은아 뒤로 다가와서 말한다.

"어이, 마술사 누나. 돈 좀 만들어내는 기술은 없니?"

"시꺼."

했지만 몸을 돌린 서은아가 웃음 띤 얼굴로 진우를 보았다.

"너 돈이 그렇게 아쉬워?"

"당근이지."

눈을 크게 뜬 진우가 서은아를 쏘아보며 말한다.

"내가 하루에 알바 두 개 뛰고 얼마 받는지 알아? 5만 원이야, 5만 원."

손가락을 쫙 펴 보인 진우가 말을 잇는다.

"빌어먹을. 한 달 백만 원 벌려면 목구멍에서 단내가 난다고, 이 마술사야."

"내가 어떻게 해줘?"

"도둑질이나 강도, 사기 치라고 하지는 못 하지. 하지만 멀쩡한 돈이 있지 않을까? 응?"

하고 진우가 바짝 다가섰다. 눈썹을 모은 진우가 똑바로 서은아를 본다.

"예를 들면 나쁜 놈이 잃어버린 돈뭉치라든가. 뇌물로 줄 돈을 숨겨놓은 곳이라든가 말이야. 그런 돈을 네 마술로 찾아낼 수 없는 거야?"그러자 머리를 든 서은아가 벽을 바라보면서 말했다.

"응, 있구나."

그 순간 얼굴이 하얗게 굳어진 진우는 입만 딱 벌렸고 서은아의 말이 이어졌다.

"찾으러 가자."

"어, 어디로?"

진우가 더듬거리며 묻자 서은아는 몸을 돌려 방으로 들어선다.

"나 옷 갈아입고 나올 테니까 기다려. 여기서 가까워."

대답대신 진우는 침만 삼켰다.

"저기 있다."

서은아가 턱으로 앞쪽을 가리켰을 때 진우의 몸은 나무토막처럼 굳어진다. 걸음도 갑자기 뼈가 어긋난 것처럼 어그적거렸다. 오후 7시 반, 주위는 어두워졌다. 그리고 이곳은 봉천동 주택가의 맨 안쪽 개발 예정지여서 일부 주택은 헐렸고 사방에 공사 팻말이 붙여져 있었는데 좁은 일차선 도로에는 통행인도 한두 명뿐이다. 진우는 서은아가 가리킨 쪽을 향해서 조심스럽게 다가간다. 어둠 속에서 길가에 주차된 중형차 한 대가 드러났다. 타이어도 주저앉았고 폐차다.

"빨리 걸어."

서은아가 진우의 어깨를 밀었다.

"폐차야. 그리고 주인도 없어."

폐차 뒤에 다가선 서은아가 진우에게 말했다.

"트렁크 열려 있으니까 열어."

진우가 트렁크를 열자 어둠속에서도 커다란 가방이 드러났다.

"꺼내 갖고 가자."

서은아가 가방 끈을 쥐면서 말한다.

"어서."

다른 쪽 손잡이를 쥔 진우가 서은아와 함께 가방을 들어내었다. 검정색 헝겊 가방은 무거웠다. 부피도 커서 안에 든 무게는 50킬로도 더 되는 것 같다. 서은아와 진우는 가방 손잡이를 나눠 쥐고 돌아 나온다. 도로에는 인적이 뚝 끊겼고 주변의 단층 주택들은 모두 불을 켜지 않았다. 으스스한 분위기다. 그때 진우의 불안감을 덜어 주려는 듯이 서은아가 말했다.

"가방 안에 현금하고 달러, 엔화까지 합해서 20억쯤 들었어."

놀란 진우가 주춤거렸으므로 서은아가 얼굴을 펴고 웃는다.

"바보야. 돈 주인은 지금 미국으로 도망갔어. 그리고 이 돈이 어디에 있는지도 몰라. 왜냐하면 이 돈 가방을 운반하던 비서가 가로챈 것이기 때문에."

진우의 시선을 받은 서은아가 다시 제가 묻고 제가 대답했다.

"그럼 그 비서는 어디에 있느냐고? 가방을 저 차 트렁크에 숨겨놓고 잠깐 어딜 다녀오다가 교통사고로 죽었어. 그게 열흘쯤 전이야."

일차선 도로를 나온 둘은 가방을 나눠 쥔 채 택시 정류장으로 다가간다. 서은아가 말을 이었다.

"이제 너도 돈 욕심 부리지 마. 필요하면 내가 찾아 줄 테니까."

택시가 다가와 멈춰 섰으므로 서은아가 서둘러 말을 맺는다.

"난 신께서 주신 이 능력을 앞으로 다른 사람을 위해서 쓸 거야."

"식당은 그대로 할 거다."

다음날 아침, 식탁에 앉으면서 서경태가 말한다. 아침 메뉴는 된장국에 계란후라이, 겉절이 김치에다 햄 소시지였다. 모두 서은아와 진우가 좋아하는 찬이다. 서경태가 말을 잇는다.

"저 돈은 너희들 등록금으로 떼어 쓰고 나머지는 남을 돕는데 쓰도록 하자. 생활비는 내가 벌어서 너희들 먹일 테다."

"과연,"

머리를 끄덕인 서은아가 쓴웃음을 짓는다.

"내 아빠야. 내 예상하고 하나도 다르지 않았어."

"나도." 하고 진우가 나섰을 때 서경태가 정색하고 남매를 보았다.

"난 축복을 받았다. 더 이상 은아의 능력을 바란다면 나쁜 놈이야. 건강한 몸이 되었으니 열심히, 성실하게 살아서 은혜에 보답할 거다."

"누구한테?"

불쑥 진우가 물었지만 서경태는 준비하고 있었던 것처럼 바로 대답한다.

"기적을 주신 분께."

서은아가 잠자코 머리만 끄덕였다. 오미연의 생일 파티는 서교동의 아담한 카페에서 열렸는데 입구부터 풍선으로 장식 해놓은 걸 보니 통째로 빌린 모양이었다.

"어머, 어머. 서은아가 왔네."

서은아가 들어서자 아는 얼굴들이 호들갑을 떠는 바람에 모두의 시선이 모여졌다. 오후 8시 반, 홀 안에는 이미 남녀 손님으로 가득 차 있었고 소란스럽다.

"은아야."

윤신애가 다가와 서은아의 팔을 쥐었다. 분홍색 투피스 차림인 윤신애가 환하게 웃는다.

"안에 오미연이 있어, 만날래?"

"그래야지."

윤신애와 함께 안쪽으로 들어가면서 서은아는 온몸에 닿는 시선을 느낀다. 이곳저곳에서 아는 체를 했으므로 서은아도 바쁘다. 인사말에다 묻는 말에 대꾸하면서 안쪽 방으로 들어서자 테이블에 둘러앉았던 남녀의 시선이 모여졌다.

"어머, 왔구나."

김태현과 나란히 앉아있던 오미연이 밝은 표정으로 반긴다.

"그래, 축하한다."

따라 웃은 서은아가 꽃가게에서 사온 꽃다발을 오미연에게 건네주었다.

"어머, 예뻐라. 고맙다."

꽃다발을 받은 오미연이 꽃에 코를 붙이면서 사례했다.

"오랜만이야."

김태현이 웃음 띤 얼굴로 서은아에게 머리를 끄덕여 보였다.

"그러네요."

하고 인사를 받은 서은아가 오미연에게로 다시 시선을 돌렸다.

"미연아, 나 홀에 있을게."

"그래, 나도 금방 나갈게."

오미연의 대답을 들으면서 서은아는 홀로 나온다.

"10시에 유지환이 온다고 했어."

옆에 붙어 선 윤신애가 말했다. 유지환은 요즘 뜨는 가수다. 홀 안은 떠들썩했으므로 윤신애는 목소리를 높였다.

"글쎄, 미연이가 유지환 노래 좋아한다고 태현 오빠가 불렀다는구나. 한 시간에 5백만 원 냈대."

서은아가 구석자리로 다가가 테이블에 놓인 맥주병을 집어 들었다. 그러고는 병마개를 따고나서 윤신애에게 말했다.

"나 오늘 너희들한테 작별하려고 온 거야, 말하자면."

한 모금 병 채로 맥주를 삼킨 서은아가 윤신애를 바라보았다.

"내 스스로 감정의 결산을 하려는 거지. 미련도 미움도 없이 다 툴툴 털고 너희들을 떠난다는 거야."

놀란 윤신애가 무슨 말을 하려는 듯 입을 딱 벌렸을 때 서은아가 검지를 세워 입 앞에 대는 시늉을 한다. 그러고는 웃음 띤 얼굴로 말을 잇는다.

"그렇다고 내가 죽는다든가 멀리 떠난다는 게 아니란다. 난 그 자리에 있을 거야. 하지만 많이 달라질 거야. 너희들은 상상도 하지 못할 정도로."

어둑한 홀 안에서 서은아의 눈이 번들거리고 있다.

"어머, 이게 누구야?"

서은아를 본 정선주가 놀란 나머지 들고 있던 쟁반을 떨어뜨릴 뻔 했다. 사당동의 설렁탕 전문식당 안이다. 오후 3시였지만 식당 안은 손님들이 많았다. 테이블이 20개가 넘었지만 빈 곳은 서너 개뿐이다. 쟁반을 아무데나 내려놓은 정선주가 서은아를 끌고 식당 밖으로 나온다. 뒤쪽에서 주인 여자가 눈치를 주었지만 상관하지 않는다.

"별일 없지?"

밖으로 나온 정선주가 대뜸 묻는다. 서은아가 대답을 하기도 전에 정선주의 말이 이어졌다.

"송씨 아줌마 이야기를 들었거든. 그 삼촌 되시는 분 하고는 잘 끝났어?"

"네, 잘 끝났어요."

서은아가 웃음 띤 얼굴로 정선주를 보았다. 송씨 아줌마가 그날 사건을 다 말해준 모양이었다.

"아줌마, 우리 아빠가요." 하고 서은아가 바짝 다가섰다.

"여자가 있었던 것이 아니래요."

정선주가 눈만 크게 떴을 때 서은아의 말이 이어졌다.

"병원에 갔더니 암이라고 했다지 뭐에요, 글쎄? 그래서 암 걸린 형편에 아줌마한테 부담을 드리게 될 것 같아서 미국에서 여자가 왔다고 쇼를 한 거예요."

서은아는 정선주의 얼굴이 부드럽게 풀려지고 있는 것을 보면서 문득 가슴이 답답해진다. 진정한 사랑은 어려울 때 옆을 지켜주는 것이라고 들었지만 그럴만한 사람은 과연 몇이나 될까? 아버지는 미리 손을 쓴 것이다. 서은아의 목소리가 차분해졌다.

"다른 병원에 갔더니 글쎄, 체해서 그랬다고 하더라고요. 아빤 멀쩡했던 거죠."

자신이 기적을 일으켰다고 말한다면 이야기는 한없이 길어질 것이고 믿지도 않을 것이다.

식당에는 송씨 아줌마에다 알바 아줌마 둘을 더 고용해서 아버지까지 넷이 일하고 있다.

"응. 너, 왜 왔어?"

닷새 만에 얼굴이 뽀얗게 된데다 살까지 오른 서경태가 서은아를 보더니 눈을 크게 뜨고 묻는다. 오후 5시, 식당 안에는 손님이 세 테이블, 여덟 명이 앉아있다. 서경태 옆으로 다가선 서은아가 낮게 말한다.

"아빠, 내일부터 정 아줌마 나올 거야."

돼지고기를 썰던 서경태가 움직임을 멈추더니 시선만 주었다. 서경태의 시선과 마주치자 서은아는 한 쪽 눈을 감았다가 뜬다.

"내가 이야기 했어. 아빠가 암 진단을 받고 부담 줄까봐서 미국에서 온 옛여자를 지어냈다고."

"……."

"나중에 다른 병원에 갔더니 오진이라는 것을 알게 되었다고 했어."

그러고는 서은아가 서경태의 몸에 어깨를 부딪치며 말한다.

"아빠, 좀 서먹하더라도 며칠만 참아. 그럼 더 나아질 테니까. 내가 그런 일은 아빠보다 선수거든?"

"이게 정말."

마침내 쓴웃음을 지은 서경태가 다시 고기를 썰기 시작했다.

"너 맘대로 일 만들었다가 아빠한테 맞을 줄 알아."

했지만 서경태의 두 눈은 생기가 돌고 움직임도 활기가 있다.

"누나, 글쎄."

집 안으로 들어선 진우가 상기된 표정으로 말한다.

"나한테도 기적이 일어났다고, 정말야."

오후 7시 반, 아파트 안이다. 진우도 알바는 그만두고 지금 도서관에서 오는 길이다. 몸을 돌린 서은아가 개수대 앞에 섰을 때 진우의 말이 이어졌다.

"야. 내 말 좀 들어보라니까."

뒤에서 진우가 소리쳤다.

"기적이야, 기적!"

"야, 시끄러."

그릇을 씻으면서 서은아가 말한다.

"네가 아이를 받은 거 말이냐?"

"아앗!"

놀란 외침을 뱉은 진우가 황급히 다가와 서은아의 옆에 섰다.

"누, 누나, 알고 있었어?"

서은아를 노려보는 진우의 얼굴이 하얗게 굳어져 있다.

"그래, 내가 그렇게 한 거야."

그릇을 씻어 올려놓으면서 서은아는 시선도 주지 않는다. 진우가 입안에 고인 침을 소리 내어 삼켰다. 20분쯤 전에 아파트 앞쪽 언덕길을 올라오던 진우는 축대 위에서 놀고 있는 아이들을 보았다. 대여섯 살쯤 되어 보이는 아이들 셋은 난간 근처에서 뛰놀고 있었는데 높이가 5미터쯤 되는데다가 아래는 시멘트 블록이다. 위험하게 보였으므로 진우는 이맛살을 찌푸렸다. 축대 밑을 지나던 진우는 마침 아이들에게 다가오는 여자를 보고나서 마음을 놓는다. 아이들 부모 중 한 사람인 것 같았다. 그때였다. 위쪽에서 날카로운 비명소리가 들리는 바람에 진우는 머리를 들었다. 그 순간 진우의 눈앞이 하얗게 되면서 아무것도 보이지 않았다. 놀란 진우가 주춤거렸을 때였다. 두 팔에 무거운 물체가 안겨졌으므로 진우는 눈을 크게 떴다. 그때 눈앞이 보이면서 진우는 자신이 여자 아이를 안고 있는 것을 보았다. 안긴 여자 아이가 자지러지게 울었고 동시에 위쪽에서 여자의 날카로운 외침소리도 들려왔다. 진우는 떨어진 아이를 받아 안은 것이다. 이윽고 진우가 서은아에게 묻는다.

"누나, 그, 그럼 누나가."

"그래."

물에 젖은 손을 수건으로 닦으면서 서은아가 진우를 본다. 차분한 표정이다.

"네가 어디 있나 생각했더니 머릿속에서 축대 밑을 걸어오는 네가 보였어. 그런데 축대 위에서 여자 아이가 막 떨어지려고 하더구나."

놀란 진우가 입만 딱 벌렸고 서은아의 말이 이어졌다.

"그래서 네 팔 안에 여자 아이가 떨어지도록 한 거야."

"어, 어떻게."

진우가 겨우 그렇게 물었을 때 서은아는 싱긋 웃었다.

"네 말대로 기적이지."

"……."

"내가 머릿속으로 떠올리면 그렇게 되는 거야."

그러더니 서은아가 진우의 어깨에 한 손을 얹더니 묻는다.

"지금 너, 그럼 죽은 사람도 살려 낼 수가 있는 걸까? 하고 생각했지?"

얼굴이 하얗게 굳어진 진우가 눈만 껌벅였고 서은아는 천천히 머리를 젓는다.

"그건 안 돼. 내가 엄마 생각을 여러 번 했거든. 그런 기적은 안 돼."

가라앉은 목소리로 서은아가 말을 잇는다.

"기적에도 한계가 있어."

아파트 옥상은 어둡고 지저분하다. 옥상의 난간을 잡고 선 서은아는 시내의 야경을 바라보는 중이다. 밤바람이 머리칼을 흩트리고 지났다. 바람결에 옅은 흙냄새가 맡아졌다. 뒤쪽 개발구역의 땅 냄새일 것이다.

"저 좀 보세요."

시선을 조금 위쪽에 둔 서은아가 말한다. 하늘을 보며 말하는 것 같다. 서은아의 표정은 진지했다. 난간을 움켜쥔 두 손에도 힘이 실려져 있다.

"제 말 듣고 계시죠?"

그렇게 물은 서은아가 말을 잇는다.

"제 능력이 어디까지인지는 아직도 모르겠어요. 하지만 저한테 이런 능력을 주신 건 어떤 이유가 있다는 생각이 들었어요."

이제 서은아는 열중했다. 앞쪽을 응시한 채 서은아가 열띤 목소리로 말한다.

"그래서 제 능력을 사용하기로 결심했어요. 주신 뜻에 어긋나면 신호라도 해주세요. 그럼 따를 테니까요. 괜찮겠죠?"

하고 물었던 서은아가 조금 기다리더니 말을 잇는다.

"남들을 도울게요. 좋은 사람, 착한 사람, 억울한 사람을 찾아서 능력을 사용하겠어요."

그러고는 서은아가 손등으로 눈물을 닦는다. 눈물이 흘러내리고 있었던 것이다.

신(神)의 출현

6장

"엄마, 같이 가." 하고 민화가 말했으므로 유정옥은 걸음을 멈췄다. 오후 2시 반, 6월 중순이었지만 한 여름처럼 덥다. 햇살이 하얗게 부딪치는 보도의 대리석 바닥을 보면 어지럽다. 다가선 민화가 유정옥의 팔을 쥐었다.

"쫌 있다 영호가 온다고 했어."

"영호가?"

유정옥이 눈을 크게 떴다가 곧 아랫입술을 깨문다. 영호는 초등학교 6학년이었으니 다 컸다. 남자 아이라서 제법 의젓한 티를 낸다. 다시 걸음을 뗀 유정옥을 부축하고 민화가 옆을 따른다. 일산의 암 병동 본관 옆쪽으로 잘 다듬어진 잔디밭이 있다. 잔디밭 귀퉁이에 벤치가 나란히 놓여있지만 언제 가더라도 빈자리가 남아 있었다. 오늘은 벤치 네 개가 다 비었다. 끝 쪽 벤치에 앉은 유정옥이 혼잣소리처럼 말한다.

"간암 아줌마는 안보이네."

옆에 앉은 민화가 손목시계를 보았다.

"영호가 올 시간이 되었는데."

"안보인 지 열흘도 넘은 것 같다."

"영호 오늘 여기서 자고 가라고 할까? 내일 일요일인데, 엄마."

그러자 유정옥이 머리를 돌려 민화를 보았다. 눈동자의 초점이 멀다.

"안 돼."

"엄마, 영호도 다 컸어. 떼어 놓으려고만 하지 마."

"그래도 안 돼."

머리까지 젖은 유정옥이 곧 시선을 돌리더니 벤치에 등을 붙인다. 유정옥은 폐암 말기로 석 달 전에 수술불가 판정을 받고 퇴원했다가 지난달에 다시 들어왔다. 명목은 이곳에서 치료 하겠다는 것이었지만 민화는 안다. 떼어놓기 작업이다. 그리고 나서 엄마는 이곳에서 생을 마치려는 것이다. 그래서 초등학교 6학년짜리 영호하고 3학년 선화는 큰 이모한테 떼어놓고 중3인 민화는 외삼촌한테 맡겨 놓았다.

"민화야."

잔디밭에 시선을 준 채 유정옥이 부른다. 유정옥의 마른 얼굴에는 표정이 없다. 항암치료로 머리가 다 빠져서 영호의 낡은 운동모를 쓰고 있었는데 얼굴만 보면 소년 같다. 민화는 잠자코 머리만 든다. 1년 동안 엄마하고 같이 암과 싸우는 동안에 민화는 어른이 다 되었다. 암에도 박사가 다 되어서 약은 물론 병원 기계까지 줄줄 외운다.

"큰 이모한테 아파트는 전세 놓으라고 했어. 그러니까 그렇게 알고 있어."

유정옥이 가라앉은 목소리로 말을 잇는다.

"지난달에 아파트 네 명의로 이전한 거 알지? 네 인감도장 잘 갖고 있어."

"……."

"전세금은 이모가 적금 든다고 했다. 이모는 틀림없는 분이시니까."

"그만해, 엄마."

"네 외삼촌도 착해. 그러고 보면 난 행복한 사람이야. 너희들을 믿고 맡길 수 있어서 말이야."

"뭐가 행복하단 거야?"

눈을 치켜떴던 민화가 곧 쓴웃음을 짓는다.

"아빠가 비행기 사고로 죽어서 보험금 나온 게 행복한 거야? 그리고 나서 엄마가 폐암 걸린 것이? 엄만 자기 생각만 해."

유정옥이 머리를 떨구었고 민화의 말이 이어진다.

"남게 될 우리 세 남매가 행복하겠어? 불쌍한 아빠 엄마 생각하면 행복 하겠느냐고."

"민화야."

땅바닥에 시선을 내린 유정옥의 목소리가 떨렸다.

"미안해, 너무 미안해."

허리까지 굽힌 유정옥의 목소리는 오히려 더 또렷해진다.

"내가 이대로는 눈을 감지 못할 것 같아서 억지소리를 했어, 민화야."

"너무 불공평해, 엄마."

눈을 치켜뜬 민화가 유정옥을 노려보았다.

"하느님은 왜 우리한테만 이런 일을 주시는 거야? 응?"

"네가 버텨야 돼, 민화야. 이겨야 된단다."

해놓고 마침내 유정옥이 손바닥으로 눈물을 씻는다.

"미안해, 민화야. 하지만 엄만 너밖에 말할 사람이 없단다."

"엄마, 언제 죽는 거야?"

정색한 영호의 얼굴은 딴 애 같았다. 눈을 올려 뜨고 입을 꾹 다문데다 어깨까지 치켜세워서 마치 싸우려는 것 같다. 일 년 전만해도 영호는 엄청난 말썽쟁이였다. 맨날 싸웠고 대부분 이겼다. 그래서 동네 꼬마 중 대장 노릇을 했는데 엄마는 보는 데선 걱정했지만 내심 든든하게 여기는 것 같았다. 그러나 엄마가 아픈 후부터 영호는 달라졌다. 지금 영호는 전혀 말썽을 부리지 않는다. 큰 이모 집에 같이 있는 동생 선화를 아침부터 밤까지 챙겨 주는데 정성이 지극하다는 것이다. 그것을 본 큰 이모가 가끔 혼자 울기도 한다고 말해주었다. 영호의 시선을 받은 민화가 힐끗 주위를 둘러보았다. 입원실 옆쪽 보호자 대기실은 텅 비었다. 밤 11시 반이어서 보호자들도 모두 입원실 환자 옆으로 돌아갔기 때문이다. 민화가 가라앉은 목소리로 말한다.

"그런 말 마, 엄마가 죽기를 기다리는 것처럼 들리잖니?"

"괜찮아."

여전히 차분한 표정을 짓고 영호가 똑바로 민화를 본다.

"그런 거 상관없어. 어떻게 들리건 말건, 엄마는 언제 죽어?"

"의사가 한 달도 안 남았다고 했어. 암세포가 다 번졌대."

이제 영호는 눈만 깜박였고 민화의 말이 이어졌다.

"엄마는 제대로 된 식사 못한 지 한 달도 더 넘었어. 아마 며칠 후면 걸어 다닐 기력도 없어질 것이라고 의사가 말했어."

"아까 보니까 엄만 멀쩡하던데."

"네 앞에서 그런 척 하는 거야."

그러자 영호가 입을 다물었다. 유정옥은 조금 전에 잠이 들었다. 오랜만에 만난 영호 앞에서 밝은 척 하느라고 더 힘이 들었을 것이다.

"누나."

한참 동안 딴전을 피우고 있던 영호가 머리를 들고 민화를 부른다.

"왜?"

"내가 어떻게 해야 엄마가 좋아할까?"

"그게 무슨 말이야?"

정색한 민화가 묻자 영호의 얼굴이 빨갛게 달아올랐다. 초등학교 6학년이었지만 키는 누나인 민화만큼 컸다. 그러나 치켜뜬 눈은 아직 어린 티가 났다. 어른 흉내를 내는 열세 살짜리 아이다. 이윽고 눈을 내려뜬 영호가 더듬거렸다.

"아니, 그, 엄마가 걱정 안하게 하려면, 저기, 내가……."

"알았어."

영호의 말을 막은 민화가 한 마디씩 차분하게 말한다.

"넌 딴 생각할 것 없어. 있는 그대로, 슬프면 그냥 울어도 돼. 억지로 참고, 꾸미진 마. 그럼 엄마가 더 가슴 아파할 테니까. 무슨 말인지 알겠니?"

"알아." 하고 영호가 말했지만 민화는 말을 잇는다.

"잘난 척 마. 남자다운 척 허세 부리지 말란 말이야. 그럼 엄마는 더 슬픈 거야. 지금 엄마는 자신이 죽는 것보다 남겨놓고 갈 자식들 생각 때문에 더 괴로워해. 죽는 것은 걱정도 안 한다고. 맨날 나하고 너희들한테 미안하다고만 해."

"너무해."

마침내 영호의 번들거리는 눈에서 눈물이 흘러내렸다. 영호의 악문 잇사이로 말이 이어진다.

"왜 우리한테만 이러는 거야? 왜 우리 부모만 이렇게 먼저 죽어야 돼?"

이제는 민화의 말문이 막혔고 두 눈이 번들거린다.

암센터 본관 로비로 들어선 서은아는 주위를 둘러보았다. 오전 10시 반, 로비 안은 사람들이 많았지만 조용하다. 말소리도 거의 들리지 않았고 서둘러 걷는 사람도 없다. 다른 병원보다 더 가라앉은 분위기다. 서은아는 로비 중심 부근에 세워진 기둥 옆에 선다. 그러고는 심호흡을 했을 때 옆에서 말소리가 들린다.

"돈을 어디서 구하나? 큰 일 났네."

스치고 지나는 50대 중년 여자가 한 말이다. 그러나 수심이 가득한 얼굴에 입은 꾹 닫혀져 있다. 여자의 마음속 말이 들린 것이다. 그때 다가오는 40대 남자의 시선과 부딪쳤다.

"결과가 좋아야 할 텐데, 제발 몸에 이상이 없다는 말을 듣게 해주십시오."

사내가 간절한 목소리로 말했지만 입은 꾹 닫혀 있다. 사내가 스치고 지났을 때 서은아는 앞으로 다가오는 두 아이를 본다. 여중생쯤으로 보이는 여자와 비슷한 키의 남자아이. 얼굴이 닮은 걸 보니 남매다. 누나와 동생. 그때 남자 아이의 시선과 마주쳤을 때 목소리가 울렸다.

"엄마, 죽으면 안 돼."

목소리가 너무 간절했기 때문에 서은아는 저도 모르게 숨을 들이켠다. 남자 아이는 입을 꾹 다문 채 이제 두 걸음쯤 앞으로 다가왔다.

"엄마 난 엄마 앞에서 못 울겠어. 누나는 참지 말라고 했지만 난 절대 못 울어. 엄마가 우리 앞에서 아픈 걸 참는 것을 아는데 내가 어떻게 내 맘대로 울어?"

그때 서은아의 시선이 여학생에게로 옮겨졌다. 두 남매는 막 옆을 지나는 참이다. 이제 여학생의 목소리가 들린다.

"영호가 남자다운 척 하는 걸 보면 나도 가슴이 터질 것 같은데 엄만 오죽 하겠어? 하느님, 왜 우리한테 이런 고통을 주세요?"

그때 서은아가 두 남매의 뒤에서 부른다.

"잠깐만, 나 좀 봐."

남매가 동시에 몸을 돌려 서은아를 보았다. 서은아가 남매의 눈을 차례로 보면서 머릿속으로 말한다.

"날 믿고 따라올 수 있지?"

순식간에 남매의 머릿속이 진정되었고 둘은 머리를 끄덕였다.

셋은 어제 오후에 유정옥과 민화가 앉았던 벤치에 나란히 앉았다. 서은아 와 민화, 영호의 순이다.

남매는 다소곳한 표정이었지만 열심히 서은아를 바라보고 있다. 둘 다 입 은 꾹 다물었고 숨도 조심스럽게 뱉는다. 서은아가 입을 열었다.

"너희들 기적이란 말 알고 있지?"

그러자 남매는 동시에 머리를 끄덕인다. 눈을 치켜뜬 민화가 손을 뻗어 동생 영호의 손을 움켜 쥐는 것이 보였다. 서은아가 말을 이었다.

"그럼 내가 기적을 일으켜 줄게. 하지만 먼저 너희들이 약속을 해줘야 돼."

"뭔데요?"

민화가 묻자 서은아는 정색한다.

"나를 만났다고 누구한테도 말하지 말아야 돼. 엄마한테도."

"왜요?"

하고 영호가 물었으므로 서은아는 쓴웃음을 짓는다.

"그럼 내가 마술사가 될 것 아니니? 유명해지면 언론에서 쫓아다닐 텐데 내가 어떻게 이런 일을 할 수 있겠어?"

"올 엄마 살려만 주세요."

눈을 크게 뜬 민화가 서두르듯 말한다.

"약속 할게요."

"저도요."

영호가 바로 따른다.

"만일 약속을 어기면 어떻게 할래?"

했다가 서은아는 곧 얼굴을 펴고 웃는다.

"너희들을 믿는다."

"왜 돌아왔어?"

침대에 누워있던 유정옥이 민화와 영호를 번갈아보며 묻는다. 민화에게 영호를 데리고 큰 이모 집에 다녀오라고 했던 것이다. 막내 선화가 어떻게 지내고 있는지를 보고 와야 했다. 민화가 부른다.

"엄마."

침대 앞에 나란히 선 남매의 기색이 심상치 않았으므로 유정옥은 이맛살을 찌푸렸다. 그래서 저절로 일어나 앉았다.

"왜?"

"괜찮아?"

하고 이번에는 영호가 묻자 유정옥이 길게 숨을 뱉는다. 남매가 가다가 또 걱정이 되어서 온 것으로 짐작한 것이다.

"그래, 괜찮아."

그러자 민화가 유정옥의 어깨를 잡는다.

"엄마, 일어나봐."

"왜?"

"일어나 걸어봐."

6인실이어서 그 서슬에 주위의 시선이 모여졌다. 정황 중에도 시선을 의식한 유정옥이 이맛살을 찌푸린다.

"얘들이, 참."

"엄마, 숨 깊게 쉬어봐."

다시 민화가 말했으므로 아랫입술을 물었던 유정옥이 숨을 들이켰다. 그 순간 폐에 신선한 산소가 가득 찬 느낌이 들면서 머리도 맑아졌다. 놀란 유정옥은 조금 전에 자신이 길게 숨을 뱉었다는 것을 떠올린다. 폐암 판정을 받고나서 이렇게 가득 숨을 마시고 뱉은 적이 없는 것이다.

"아니, 내가."

혼잣소리처럼 말한 유정옥이 자신도 모르게 침대에서 내려와 신발을 신는다.

"엄마, 밖으로 나가자."

유정옥 옆으로 다가선 영호가 들뜬 목소리로 말했다. 얼굴까지 상기되었고 그 뒤를 따르는 민화의 발걸음도 허둥거렸다.

담당의사 이한기가 쓴웃음을 애써 참는 것이 역력히 드러났다. 어금니를 물어서 볼 근육이 돋아났고 동시에 콧구멍이 벌름거렸다. 그러나 환자의 소원인데 어쩌겠는가? CT 촬영은 병원 측의 수지에도 도움이 된다. 이윽고 세 쌍의 시선을 받은 채 이한기가 입을 열었다.

"좋습니다. 그럼 찍어보도록 하시죠."

"지금요?"

하고 민화가 물었으므로 눈썹을 치켜세웠던 이한기가 인터폰의 버튼을 누르면서 말한다.

"어디, 스케줄 좀 봅시다."

그러고는 민화를 향해 마침내 목구멍까지 올라와 있던 말을 기어코 뱉고야 만다.

"자꾸 그렇게 억지 희망 품었다가는 더 좌절하게 돼요. 이제는 좀."

수화구에서 응답 소리가 났으므로 이한기는 말을 그친다. 민화를 향해 말했지만 실은 유정옥에게 한 말이다.

"아, 김 선생. CT 찍을 수 있을까? 응? 지금 되겠어? 알았어, 고마워."

하더니 이한기가 유정옥에게 말했다.

"지금 내려가 보시죠. 찍을 수 있답니다."

오후 7시 반, 폐암부분 센터장 조백만 박사가 팔짱을 끼고 서서 앞에 붙인 사진을 본다. 앞에는 10여 장의 사진이 걸려 있었는데 모두 유정옥의 CT 사진이다. 회의실 안은 이제 조용하다. 둘러선 10여 명의 전문의들도 모두 입을 다물고 있다. 유정옥은 오늘 CT 촬영을 세 번, 나중에는 조백만이 직접 조직 검사까지 했다. 암센터 역사상 가장 빠른 시간 내에 이렇게 집중적인 검사가 이뤄진 것은 처음일 것이다. 이윽고 조백만이 사진에서 머리를 돌리고는 주위에 선 전문의들을 둘러보았다. 옆에 선 이한기는 조백만의 입술 끝이 떨리고 있는 것을 보았다. 얼굴도 뻣뻣하게 굳어져 있다.

"기적이야."

150

갈라진 목소리로 말한 조백만이 헛기침을 했다. 모두 숨을 죽이고 있다.

"기적이라고 말할 수밖에 없어."

조백만이 마치 기적이라는 놈한테 된통 당했다는 표정을 짓고 말한다. 유정옥의 암세포는 흔적도 없이 사라져 버린 것이다. 원인을 모르니까 너무 분하다. 조백만의 얼굴에 그렇게 씌어있다. 회의실은 아직도 조용하다.

아버지에 이어서 또 한 번 능력을 확인한 셈이다. 유정옥을 직접 보지 않아도 되었다. 생각만으로도 기적이 가능했던 것이다. 민화의 어머니를 떠올리자 유정옥의 모습이 눈앞에 나타났으며 암세포를 없애겠다고 집중한 순간 자신의 몸에서 뜨거운 기운이 빠져나가는 것을 느꼈던 것이다. 서은아가 5층 데스크 앞으로 다가가 섰을 때 간호사 이미경은 머리를 들었다.

"무슨 일이시죠?"

간호사 10년차인 이미경은 예쁜 용모는 아니지만 선한 인상이다. 그래서 처음 들어온 환자나 보호자가 가장 먼저 접근하는 간호사 중 하나였다. 언젠가 간호사들끼리 내기를 한 적이 있는데 병동 데스크에 앉아 있을 때 누구한테 환자나 보호자가 가장 많이 오는지 센 적이 있다. 그중 가장 많이 오는 사람한테 간호사 12명이 만 원씩 주기로 했던 것이다. 그날 8시간의 시합에서 이미경이 압도적으로 1등을 했다. 12명이 4명씩 8시간씩 3교대로 데스크에 앉아 업무를 보았는데 1등 이미경한테 무려 29명이 왔던 것이다. 2등 황선주는 웃음 띤 얼굴로 갖은 쇼를 했어도 17명밖에 오지 않았다. 이미경은 웃지도 않고 제 일만 했는데도 그런다. 이미경의 시선을 받은 서은아가 말한다.

"언니, 드릴 말씀이 있어요."

서은아의 이야기가 끝났어도 이미경은 한동안 입을 열지 않는다. 5층 복도 끝의 비상구 계단에 둘은 마주보고 서 있다. 오전 10시, 비상계단에는 인적이 없었지만 아래쪽이 바로 응급센터였다. 마침 구급차가 도착한 터라 급한 소음이 올라온다. 서은아가 머리를 들고 이미경을 보았다.

"언니, 믿기지 않으시죠?"

"아니."

머리를 젓은 이미경이 심호흡을 했다.

"나도 어제 소문 들었어. 폐암 말기 환자한테 기적이 일어났다고."

이미경이 조심스런 시선을 보내면서 말을 잇는다.

"그런데 그 주인공이 내 눈앞에 있다니, 실감도 안 나고 무섭고, 그래."

"아직도 조금 긴가민가하고, 그렇죠?"

"그건 그래."

"그럼 증명을 한번 해드려요?"

"하지 마, 하지 마."

놀란 이미경이 손까지 저으며 뒤로 물러선다. 얼굴이 하얗게 굳어져 있다. 그러자 서은아가 쓴웃음을 짓는다.

"그런다고 내가 귀신이 되거나 아래로 날아가는 거 아니라고요, 언니."

하더니 빤히 이미경을 보았다.

"이렇게 상대를 바라보고 집중만 하면 다 머릿속에 박혀요."

다시 이미경이 숨을 죽였을 때 서은아가 말을 잇는다.

"언니, 만나는 남자 있죠? 만나지 마세요. 그 사람 유부남이네요. 와이프가 청량리 마트에서 계산원으로 일하는군요."

이미경이 눈만 크게 떴을 때 서은아가 머리를 저었다.

"남자 이름이 오택규, 벤츠 타고 다니죠? 빌린 거예요. 사기꾼이네요. 오늘 밤에 만나기로 하셨죠? 8시 반, 조일은행 옆 커피숍에서. 돈 5백 빌려주실 거죠? 그러지 마세요."

"그, 그만."

이미경이 허물어지듯 시멘트 바닥위로 쪼그리고 앉더니 서은아를 올려다본다. 두려움이 가득 찬 표정이다.

"나 어떡하면 좋아?"

"걱정하지 마세요, 언니."

다가선 서은아가 이미경 앞에 같이 쪼그리고 앉는다.

"언니는 착해서 좋은 남자를 만날 수 있어요. 그 사기꾼은 저한테 맡기시고 제 부탁만 들어주시면 돼요."

그러고는 서은아가 정색한다.

"언니가 이 병동에서 가장 안타까운 환자 몇 명만 골라주세요."

"응? 왜?"

아직도 불안한 표정으로 이미경이 물었을 때 서은아가 차근차근 말했다.

"기적도 많이 일어나면 소문이 나서 병원이 난리가 날지도 몰라요. 그러니까 한 사람씩, 아주 불쌍한 사람만 살려주고 싶어요. 다 살리는 건 아무래도……."

말을 멈춘 서은아가 길게 숨을 뱉는다.

"저한테 능력을 주신 분도 그것을 바라지는 않을 것 같아서요."

그러나 사흘이 지났을 때 일산의 암 병동에서 기적이 일어난다는 소문이 언론에까지 보도되었다. 민화 남매는 물론이고 이미경까지 입을 딱 다물고 있었지만 요즘 소문은 인터넷을 타고 전보다 수십 배 빠르게 번져나간다. 폐암과 간암, 자궁암 환자 셋이 하룻밤 사이에 암세포가 사라져 멀쩡한 인간으로 변신하는 기적이 일어났다는 것이다. 물론 폐암 환자는 유정옥이었다. 그리고 간암과 자궁암 환자는 간호사 이미경이 골라준 환자였다.

"이거, 우리가 병신 되는 기분이군."

오후의 석간신문을 받아들고 폐암 센터장 조백만 박사가 말한다. 조백만은 지금 센터장실에서 유정옥의 주치의였던 이한기하고 마주앉아있다.

"간암과 자궁암 센터에서도 난리가 났습니다."

이한기가 조심스럽게 말하자 조백만이 입맛을 다신다.

"병원장이 해당 센터장한테 사유서를 적어내라고 했어. 그래서 골치가 아파."

"센터장님, 간암 센터에서는 그냥 기적이라고 밀어붙일 모양이던데요?"

"그게 말이나 되는 일이냐 말이야!"

버럭 화를 낸 조백만이 일그러진 얼굴로 이한기를 보았다.

"천사가 와서 암세포를 지워줬다고 해? 그럼 세상 사람들이 뭐라고 하겠어?"

"센터장님."

심호흡을 한 이한기가 머리를 들었다.

"저도 아무리 생각해 보았지만 그렇게 말할 수밖에 없습니다. 그건 기적입니다."

"그럼 어떻게 될지 예상이나 해봤나?"

목소리를 낮춘 조백만이 이한기를 노려보았다.

"우리 암센터로 갖가지 사이비 종교단체가 몰려들어 여긴 그야말로 난장

판이 될 거야. 기적으로 나은 유정옥 씨, 그리고 나머지 둘을 내세워서 종교 단체들이 난리를 칠 것이고 병원이 기적을 인정했다는 것이 전 세계 매스컴에 퍼져나가면 우린 보따리를 싸야 될 거야."

이한기가 눈을 치켜떴지만 입은 열지 못했고 조백만의 말이 이어진다.

"야단났어. 기적이 아니라고 한다면 우리가 오진을 했다는 결과가 되고 기적이라고 해버리면 우린 의사 면허증 반납해야 돼. 우린 필요 없는 존재가 된다고."

같은 시간, 암센터 지하 식당에 서은아와 이미경이 마주보고 앉아있다. 둘은 각각 자판기에서 뽑은 음료수 캔을 쥐고 있었지만 아직 뚜껑도 따지 않았다. 둘의 표정은 어두웠는데 이미경도 사복 차림이어서 영락없는 환자 가족이었다.

"어떡하지?"

캔을 조몰락거리면서 이미경이 마침내 서은아에게 묻는다. 얼굴에 수심이 가득 끼었다.

"기적이 일어난다고 소문이 쫙 나서 입원실이 없는데도 전국에서 환자가 몰려들고 있어, 저기 좀 봐."

하고 이미경이 식당 안쪽을 눈으로 가리켰다. 그곳에는 환자로 보이는 소녀 한 명과 가족 대여섯 명이 둘러앉아 있었다. 소녀는 지친 표정이었지만 가족들은 정신이 없다. 아까부터 들락거리면서 쉴 새 없이 전화를 한다.

"저 사람들도 경상도 마산에서 오늘 아침에 왔어. 무조건 입원 시켜달라면서 저러고 있는 거야."

그러고는 다시 절박한 표정으로 서은아를 보았다.

"우리가 한두 명 더 했다가는 아마 병원이 난리가 날 것 같아."

"언니."

그때 서은아가 가라앉은 표정으로 이미경을 부른다. 나이가 딱 열 살 차이가 나는데도 지금 분위기를 보면 서은아가 언니 같다. 서은아가 똑바로 이미경을 보았다.

"언니. 언니만 입 다물고 있으면 아무도 몰라요. 알고 있죠?"

"그럼, 그럼. 하지만."

"걱정하지 않아도 돼요, 언니."

"알아, 그건."

"이제 언니가 뽑은 환자는 몇 명 남아 있는 거죠?"

"셋."

"그럼 당분간 가만있을게요. 그 동안에 무슨 일이 있지는 않겠죠? 전 죽은 사람을 살릴 수는 없을것 같거든요."

"며칠간은 괜찮을 것 같아."

그러자 머리를 끄덕인 서은아가 생각난 듯 말했다.

"참, 오택규 씨 말이죠."

순간 놀란듯 이미경이 눈을 크게 뜨고는 숨을 죽였다. 이미경이 약속 장소에 나가지 않았더니 오택규는 그날 밤부터 다음날 오전까지 1백 번도 넘게 전화를 했다. 그러더니 다음날 오후에는 협박 메시지를 보내기 시작했다. 가만 두지 않겠다는 것이다. 그러다가 갑자기 연락이 뚝 끊긴 것이다. 다음날 서은아한테 사정이 딱한 간암과 자궁암 환자 둘을 소개해준 와중에도 오택규 때문에 신경을 곤두세우고 있었던 이미경이다. 그날 이후 이틀 동안 연락이 끊겼지만 불안감이 가시지 않았다. 이미경의 시선을 받은 서은아가

156

쓴웃음을 짓는다.

"난 다른 사람의 기억을 지울 수도 있더군요, 아주 깨끗하게요."

"어, 어떻게?"

메마른 목소리로 이미경이 묻자 서은아는 외면했다.

"오택규 씨는 지금 정신병원에 들어갔어요. 자기 이름도 모르고 아무것도 기억하지 못해서요. 와이프가 입원 시켰어요."

"……."

"와이프한테도 잘 된 일이죠. 흡혈귀 같은 존재였으니까요."

그러더니 머리를 들고 이미영을 본다. 이제는 정색한 표정이다.

"언니하고 관련된 테이프하고 휴대폰은 모두 한강에 던졌답니다. 기억이 지워지기 전에요."

"가자."

다가온 하진우의 눈에는 핏발이 서 있었다. 수염을 깎지 못한 얼굴도 지저분하다. 하진우가 다가와 식당 구석의 의자를 길게 눕혀 만든 침대에 누워 있는 하연욱에게 말한다.

"가자, 연욱아."

"아빠, 미안해."

하연욱이 말하자 하진우는 마침내 눈물을 쏟는다.

"인마, 니가 왜 미안해?"

그때 어머니 전성미가 다가왔다. 손에는 한 움큼의 서류를 들고 있지만 눈의 초점이 없다.

"연욱아빠, 어떤 사람은 병원 근처 여관을 잡고 기다린다던데."

"여관은 안 돼!"

하진우가 버럭 소리쳤으므로 식당 안의 시선이 모여졌다. 당장 울상을 지은 전성미를 향해 하진우가 눈을 치켜뜨고 말한다.

"연욱이한테 쓸데없는 희망만 갖게 해줬다가 더 기운만 떨어뜨렸어. 내가 미쳤지."

그러고는 목소리를 낮춘다.

"연욱아, 널 이렇게 고생시켜 미안하다."

"엄마, 가."

하고 하연욱이 말했으므로 전성미의 눈에서도 주르르 눈물이 흘러내렸다. 중학 2학년인 하연욱은 백혈병이다. 백혈병 세포가 이미 골수를 가득 채우고 전신에 퍼져 종양을 형성한 상태여서 의사들은 말을 안 했지만 하연욱의 생명은 며칠 남지 않았다. 급성 골수성 백혈병인 것이다.

14살짜리 하연욱은 두 달 전에 백혈병 진단을 받고나서 지금 절벽 끝에 서있는 상황이었지만 식구들 중에서 가장 침착했다. 학교도 다 때려치우고 고 2짜리 오빠, 대학 신입생인 언니까지 요즘 연달아 세 건이나 기적이 일어났다는 일산 암센터로 함께 왔지만 입원실이 없다는 것이다. 하긴 평소에도 반년쯤 전에 예약을 해야 겨우 입원이 될 정도였으니 무작정 달려온 이쪽이 잘못이다. 더구나 소문이 나는 바람에 하연욱 가족 같은 사람들이 수천 명이나 몰려와 있다. 마산 시청 공무원인 하진우는 융통성이 없어서 마산시 행사의 공짜 티켓도 못 얻는 사람이다. 손등으로 눈물을 씻은 하진우가 옆쪽에서 우두커니 서있는 동생 하상우에게 말한다.

"휠체어 가져와라."

"형, 쫌만 기다립시다."

하상우는 슈퍼마켓을 직원한테 맡기고 아내 박명희하고 같이 형 식구를 따라왔다. 창원에 살고 있지만 일주일에 한 번은 꼭 병원에 와서 하연욱을 보고 갔던 하상우였다. 그러자 하진우가 왈칵 성을 내었다.

"기다리긴 뭘 기다려! 다 내 잘못이야. 나 때문에 연욱이가 이 고생이야. 너희들한테도 미안해. 가자."

그러자 이번에는 벽에 기대서 있던 전성미의 동생 전수미가 말한다.

"형부, 그냥 조금만 더 있다가 가요. 입원 안 해도 되니까 그냥 조금만."

그러더니 눈물이 가득 찬 눈으로 하연욱을 보았다.

"꼭 입원만 하고 있어야 기적이 일어난다는 법은 없잖아요? 그러니까."

그러자 가만히 누워만 있던 하연욱의 눈가로 눈물이 흘러내린다. 그것을 본 하진우가 어깨를 부풀렸다가 주먹으로 가슴을 치면서 몸을 돌렸고 전성미는 두 손으로 얼굴을 감싸 안는다. 갑자기 주위가 조용해졌다. 그때 누워 있던 하연욱은 옆으로 지나가는 여자를 보았다. 놀랍게도 성모 마리아였다. 성모 마리아의 시선과 마주친 순간 하연욱의 가슴에 따뜻한 기운이 덮여졌다. 성모의 얼굴에 웃음기가 떠올라 있었으므로 하연욱은 저도 모르게 따라 웃는다. 그리고 나서 온몸이 뜨거워지는 바람에 하연욱은 눈을 감는다. 그러고는 입을 반쯤 벌리고는 길게 숨을 뱉는다. 그러자 입 밖으로 탁한 공기가 빠져 나가는 것처럼 느껴졌다. 그때 하연욱의 귀에 놀란 듯한 어머니의 목소리가 울렸다.

"연욱아! 애! 연욱아!"

그러자 덩달아 놀란 하진우가 소리쳤다.

"아가! 연욱아!"

"애 얼굴이 빨갛게 되었어!"

날카로운 어머니의 외침이 이어졌고 이어서 이모, 삼촌, 언니, 오빠가 제각기 소리치는 바람에 주위는 난장판이 된다. 그때 하연욱이 눈을 떴다. 그러고는 또렷하게 말한다. 상기된 얼굴이 싱싱하다.

"엄마, 아빠. 나 다 보았어."

또 기적이 일어났다. 이번에는 암센터 식당에서 입원하려고 무작정 상경했던 백혈병 환자. 환자의 증언에 의하면 성모가 옆을 지나면서 웃어준 순간에 온몸으로 뜨거운 기운이 덮여졌다는 것이다. 그 성모는 환자였던 여중 2학년생 하연욱만 보았다고 했다. 하연욱 옆에 가족이 일곱 명이나 있었지만 아무도 보지 못했다는 것이다. 그 다음날 오후 3시, 하연욱은 완전 정상인이 되었다고 암센터 원장 박동길 박사가 공식 발표했다. 박동길의 얼굴은 당혹감으로 덮여서 눈의 초점도 잡히지 않았고 말도 더듬었지만 사실을 숨길 수는 없는 것이다. 무려 6시간에 걸쳐서 검사를 했지만 하연욱의 몸은 완전히 바뀌어져 있었다. 백혈병의 어떤 흔적도 없는 것이다. 마산에서 치료했던 병원의 자료가 거짓이기를 바랐지만 그것은 너무나 분명했다. 암센터측은 결국 기적이 일어났다는 말 대신에 정상인이 되었다고 표현함으로써 분위기를 수습했다. 발표 후에 기어코 하연욱을 인터뷰한 기자는 성모의 인상착의를 물었다. 기자에게는 대 특종 인터뷰였다.

"성모가 어떤 모습이었습니까?"

그러자 카메라를 응시한 하연욱이 밝은 표정으로 말한다.

"성모 마리아님 모습과 꼭 닮았어요. 얼굴이 환했고 빛이 나는 것 같았어요."

그러더니 덧붙인다.

"어깨 뒤에 날개가 있는 것 같았거든요? 걸어오는 게 아니라 마치 날아오는 것 같았다니까요?"

"어휴, 다행이네."

TV 화면을 보면서 이미경이 길게 숨을 뱉었다. 그러고는 앞에 앉은 서은아를 본다. 지금 둘은 암센터에서 사거리 하나 떨어진 커피숍 안에 들어와 있다. 암센터 근방은 사람들로 인산인해를 이루고 있었기 때문이다. 사거리 하나만큼 떨어진 이 커피숍에도 손님이 꽉 차있다. TV 화면에서 하연욱의 모습이 사라졌으므로 커피숍 안은 다시 이야기 소리로 떠들썩해졌다. 이미경이 말을 잇는다.

"난 하연욱이가 네 모습을 그대로 이야기하면 어쩌나하고 떨었거든."

"내 얼굴은 그대로 보았어."

서은아가 웃음 띤 얼굴로 말을 잇는다.

"하지만 연욱이는 성모님의 모습으로 본 거야. 내가 그러기를 바랐거든."

"그럼." 하고 이미경이 정색하고 서은아를 본다.

"네 지금 모습은 그대로야?"

"그래, 그대로야. 언니."

쓴웃음을 지은 서은아가 커피잔을 든다.

"언니가 소문 낼 리는 없거든, 그래서."

"앞으로 어떻게 할 건데?"

걱정스런 표정이 된 이미경이 주위를 둘러보더니 목소리를 낮춘다.

"이젠 세계 각국에서 기자들이 몰려온다는데 잘못하다가 들키지 않을까?"

꼭 나쁜 짓을 둘이 모의하는 것 같은 말투였으므로 서은아는 다시 쓴웃음을 짓는다.

서경태는 성실하게 살아온 사람이다. 살아오면서 남한테 폐 끼친 적도 없지만 거저 얻은 적도 없었는데 이번에 딸 서은아가 일으킨 기적으로 새 생명을 얻게 되었다. 그래서 더욱 성실해졌는데 지난번에 서은아와 진우가 주워온 돈은 손도 대지 않으려고 했다. 진우가 그 돈으로 소형차 한 대 사자고 했다가 한 시간 동안이나 야단을 맞았다. 저녁 시간이 되어서 서은아가 식당에 왔을 때 서경태가 주방 뒷문을 열고 골목으로 함께 나왔다. 그러고는 나란히 벽에 붙어서더니 묻는다.

"너 암센터 일을 계속 할 거냐?"

서경태와 진우는 요즘 암센터에서 일어나는 기적을 누가 일으키고 있는지를 아는 것이다. 벽에 등을 붙인 서은아가 먼저 긴 숨부터 뱉는다.

"좋은 일도 하려니까 힘드네. 기자들에다 과학자, 수사관들까지 병원으로 모여들고 있다고 해서 당분간 쉬어야겠어."

"나도 그 말 하려고 했다."

정색한 서경태가 똑바로 서은아를 본다.

"하느님이 주신 그 능력을 생명 구하는데 써야 되겠지만 네 신분이 발각되면 힘들어진다. 그러니까 조심해야 돼."

"다른 곳에서 일 할 거야."

"세상에 억울한 일 당한 사람이 많을 거다. 네 능력이 어디까지인지는 모르지만 그런 사람 찾아내서 도와줘라."

그러자 서은아가 웃음 띤 얼굴로 서경태를 보았다.

"아빠, 내가 뭐 도와줄 일 없어?"

"없다."

금방 정색한 서경태가 머리를 젓더니 상반신을 뒤로 젖히는 시늉까지 했다.

"내가 또 뭘 바라면 벌 받는다. 난 이미 축복 받았다."

식당에는 다시 정선주가 나와 있는데다 알바 아줌마를 둘이나 고용하고 있어서 서은아는 거들지 않아도 되었다. 더구나 요즘 식당 매출이 부쩍 올랐다. 기록을 계속해서 갱신하는 중이었는데 이틀 전에는 하루 매상이 100만 원을 넘겼다. 식당을 나와 버스정류장으로 다가가던 서은아는 가방에 넣어둔 휴대폰의 벨소리를 들었다. 꺼내 본 서은아의 표정이 굳어졌다. 발신자는 김태현이었기 때문이다. 지난번 오미연의 생일 파티에서 서로 인사만 했을 뿐 서은아는 파티중에 슬쩍 빠져나왔다. 물론 윤신애한테 말한 작별인사는 모두에게 전해졌을 것이다. 서은아는 휴대폰을 귀에 붙인다.

"웬일이야?"

불쑥 묻자 김태현이 어색한 목소리로 말한다.

"시간 있니? 좀 만나고 싶은데"

서은아가 가만있는 것에 기운이 났는지 김태현의 목소리가 뚜렷해졌다.

"이야기 좀 해. 오늘 저녁 어때?"

"이봐요, 김태현 씨."

걸음을 멈춘 서은아가 가게 옆의 자판기 사이의 공간에 섰다. 비만 오지 않는다면 혼자 서 있기에 아주 적당한 공간이었다. 놀란 듯 김태현은 입을 다물었고 서은아의 말이 이어졌다.

"여자 많으니까 나한테 더 이상 치근대지 마. 도대체 이게 무슨 추태야?"

그러고는 서은아가 입맛 다시는 소리를 낸다.

"당신이나 오미연이나 똑같아. 그 기집애는 나에 대한 반발심으로 당신을 끌어들였고 이제 당신은 오미연이한테 채이고 나서 다시 날 끌어들이려는 거야?"

"아니. 도대체."

했지만 김태현의 목소리는 떨렸다. 서은아가 말을 잇는다.

"알아. 당신이 사흘 전에 오미연이한테서 절교 선언을 당한 거. 분하고 아깝고 배신감까지 느껴지겠지. 그런다고 다시 나한테 전화질을 해온 건 너무 하는 거 아냐?"

놀란 김태현은 다시 입을 다물었고 서은아의 목소리에는 웃음기가 띄워졌다.

"내가 알기로는 어머니가 사기를 당해 재산이 다 날아간 것 같던데. 부모님은 외국으로 몸을 피하셨고, 그것을 안 저쪽 집안에서 그대로 결혼을 진행시킬 것 같았어?"

그때 통화가 끊겼으므로 서은아는 쓴웃음을 지으며 휴대폰을 귀에서 뗀다. 사실이다. 김태현 어머니는 사기를 당한 것이라고 했지만 요즘 언론에 떠들썩하게 보도된 강남의 귀족계 사기사건의 공범인 것이다. 김태현은 이른바 패가망신 했다.

다음날 오전, 서은아는 인터넷에 떠있는 아이의 사진을 물끄러미 보았다. 웹서핑을 하던 중에 1년 전에 실종된 5살짜리 여아의 사연을 우연히 보게 된 것이다. 서은아가 여아의 사진에 집중한 순간이었다. 아이의 목소리가 들렸다.

"이모, 여기 가져왔어요."

서은아의 눈앞에 뼈만 앙상한 아이의 모습이 떠올랐다. 사진과는 전혀 다르다. 그러나 찬찬히 보았을 때 눈썹과 눈이 닮았다. 그때 비대한 체격의 30대 여자가 여아에게 다가왔다. 두 눈을 치켜뜨고 있었는데 겁이 난 아이가 비틀거리며 물러난다. 아이는 손에 쥐고 있던 빗자루까지 방바닥에 떨어뜨렸다.

"이년아, 문 앞에 어질러진 것 쓸어."

거친 목소리로 말한 여자가 눈이 찢어질듯이 흘겨본다.

"저 웬수를 어떡하면 좋아, 내가 못살아."

서은아가 눈을 깜박이자 집 밖의 장면이 펼쳐졌다. 시골이다. 그러나 국도변이어서 상점들이 꽤 많고 번잡했다. 서은아가 시선을 들어 길가에 세워진 이정표를 보았다.

오후 4시 반, 운전석 옆에서 종이를 펴들고 있던 박광수는 퍼뜩 눈을 치켜들었다. 그러고는 잇사이로 말한다.

"맞네, 맞아. 이정표가 있네. 대청이 5km, 산호가 8km, 여기야."

그러자 승합차 뒷자석에 앉은 형 박태수가 앞쪽으로 머리를 쑥 내밀었다.

"응, 맞긴 맞는데, 하지만."

박태수는 처음부터 부정적이었다. 오전 10시경에 박광수는 어떤 여자의 전화를 받았다. 여자는 공중전화로 연락을 해왔는데 수정이가 있는 곳을 안다면서 받아 적으라고 했다. 지금 박광수가 들고 있는 종이가 바로 여자가 불러준 내용이다. 여자는 도로와 이정표, 그리고 거리 모습과 수정이가 잡혀 있는 집 주소, 그리고 집 구조에다 집에 몇 명이 있다는 것까지 모두 말해준 것이다. 집안사람들의 인상착의까지 설명 해주어서 적으면서 박광수는 부들부들 떨었다.

"아, 저기 상가가 있네."

하고 이번에는 운전석에 앉은 동생 박영수가 소리치듯 말했으므로 차 안의 시선이 모두 모여졌다.

"맞다, 맞아."

차 뒤쪽에 앉은 박씨 삼형제의 아버지 박도술 씨가 숨가쁜 목소리로 말했다. 박광수의 외동딸 수정이가 1년 전에 유치원에서 돌아오다가 실종된 후에 가장 많이 돌아다닌 사람이 박도술 씨일 것이다. 샌드위치맨처럼 앞뒤에 수정이의 사진을 확대해 붙인 간판을 달고 경기도는 다 돌아다녔다. 그런데 지금 이곳은 전라남도 나주 근처인 것이다.

"저기다."

하고 박영수가 다시 소리쳤으므로 승합차 안은 이제 흥분으로 덮였다. 박광수의 처이며 수정이 엄마인 양순미는 눈물을 쏟기 시작했으며 회사 일을 하다말고 따라온 두 남동생 윤철 만철 형제의 얼굴은 하얗게 굳어졌다.

"아이구. 하느님, 부처님, 신령님."

갑자기 박도술 씨가 버럭 소리쳤지만 아무도 돌아보지 않는다. 차는 속력을 붙였고 박도술 씨의 외침이 이어졌다.

"제발 수정이가 저기 있도록 해줍시오."

"누구요?"

사내들이 우르르 쏟아져 들어오자 조미순이 하얗게 굳어진 얼굴로 묻는다. 그때 옆쪽 방에서 애물단지가 비틀거리며 나왔다. 그 순간이다.

"으악! 맞다!"

사내 하나의 입에서 집안이 떠나갈 것 같은 비명이 뱉어졌다.

"으아아아! 찾았네! 아이구, 수정아!"

이번에는 늙은 사내가 입을 떡 벌리면서 울부짖었다.

"아아악! 수정아!"

어느새 사내들 뒤로 따라 들어온 젊은 여자 하나가 두 손을 휘저으며 달려온다. 미친년 같다. 가냘픈 여자는 어디서 힘이 솟았는지 엄청난 기세로 앞을 막아선 남자 둘을 젖히고 아이 앞으로 달려들었다. 그러고는 애물단지를 부둥켜안는다. 애물단지는 넋이 나간 듯 몸을 굳히고 서서 입만 딱 벌리고 있었는데 여자에게 안긴 순간에 울기 시작했다. 처음에는 눈물만 흘리다가 차츰 소리를 내더니 나중에는 제 엄마를 따라서 커다랗게 소리 내어 운다. 박광수는 양순미와 수정이를 두 팔로 감싸 안느라고 다른 것은 상관하지 않았다. 할아버지 박도술 씨도 뒤에 서서 부들부들 떨기만 할 뿐 기력이 떨어져 있었다. 그러나 박광수의 형제 박태수와 박영수, 그리고 처남 윤철, 만철 형제는 다르다. 어느새 조미순을 쳐 넘겨서 빨랫줄로 칭칭 묶은 다음 발길질을 하다가 집안 가구를 때려 부수기 시작했다. 그 소동 중에 오늘의 주인공 최진식이 들어왔다가 먼저 만철에게 잡혔다. 유괴범이다. 최진식은 유도 선수인 만철에게 잡혀 방 안에서 태질을 당한 다음 종합적으로 맞았다. 수정이를 유괴 했다가 바로 경찰에 신고가 되는 바람에 시골로 데려왔던 것이다. 그러고는 제 처 조미순에게 처조카라면서 애물단지로 일 년을 키우게 한 것이다.

첫 번째 전설
신(神)의 출현

7장

　　성당 본관 앞 잔디밭 왼쪽에 놓인 벤치에 앉으면 현관을 나오는 사람들이 정면으로 보인다. 현관과의 거리는 30미터 정도였으므로 계단을 내려오는 사람들의 표정까지 선명하게 드러난다. 오전 11시 반, 오전 미사를 마친 신자들이 삼삼오오 현관을 나오고 있다. 서은아는 벤치에 앉아 누구를 찾는 것처럼 신자들을 보는 중이었는데 머릿속으로는 수많은 목소리가 울리고 있다.

　　"은숙이 데리고 옷을 사러 가야겠구나."

　　계단을 내려오던 40대 여자의 생각이 목소리로 들린다.

　　"하긴 명품 옷도 몇 벌은 있어야겠지. 벌써 대학 2학년인데."

　　그때 서은아의 시선이 뒤쪽 사내에게로 옮겨졌고 곧 목소리가 울린다.

　　"중도금이 2천 부족하구만. 주식을 처분해서 내는 게 낫겠다."

　　다시 서은아의 시선이 그 옆으로 옮겨간다. 이번에는 50대 여자.

　　"에이그, 이혼을 시켜야지."

　　이맛살을 찌푸린 채 입을 꾹 다물고 계단을 내려오는 여자의 목소리에 짜

168

증기가 섞여 있었다.

"돈도 못 벌어 오는 놈이 제 마누라를 때리기까지 하다니, 안되겠어."

심호흡을 한 서은아가 머리를 들었다. 30대쯤으로 보이는 사내였는데 첫눈에도 얼굴에 수심이 가득 끼었다. 그때 목소리가 울린다.

"성모시여, 차라리 저를 데려가 주십시오. 경진이한테는 수정이가 필요합니다."

사내의 목소리는 간절해서 서은아는 숨을 삼켰다. 창백한 안색의 사내는 계단을 내려오더니 서은아 쪽으로 다가온다.

"경진이는 겨우 네 살입니다. 성모시여. 왜 착한 수정이한테 그런 시련을 주십니까?"

사내의 시선이 이쪽으로 향해져 있었지만 초점이 없다. 서은아는 외면했지만 눈앞에 다른 장면이 펼쳐졌다. 사내의 집안이다. 안방 침대에 누워있는 여자가 방바닥에 앉아 장난감 인형을 가지고 노는 여자애를 물끄러미 바라보고 있다. 여자의 얼굴에는 남자처럼 수심이 짙게 덮여져 있었는데 수심이 가득 고인 눈에서 금방 눈물이 떨어져 내릴 것 같다. 그때 아이가 머리를 들고 여자를 보면서 말했다.

"엄마, 세라가 엄마 낫게 해준대."

"응? 세라가?"

놀란 여자가 눈을 크게 뜨는 바람에 주르르 눈물이 흘러내렸다. 세라는 인형 이름이다. 서둘러 눈물을 닦는 여자가 아이에게 묻는다.

"경진이가 세라한테 부탁한 거야? 엄마 아프지 말라고?"

"응, 그랬더니 엄마 낫는다고 했어."

"고맙구나, 우리 경진이."

그때 사내가 서은아의 옆을 지났다. 다리는 휘청거렸고 아직도 눈동자의 초점이 잡혀지지 않았다. 서은아가 사내의 옆모습에 대고 말한다.

"성모의 이름으로 말하노니 네 처의 병이 나으리라."

사내가 우뚝 걸음을 멈추고는 주위를 둘러보았다. 그러더니 서은아의 옆쪽 빈곳을 응시한 채 눈을 부릅뜬다. 그쪽에 지금까지 간절히 소원을 빌었던 성모의 모습이 떠 있었기 때문이다. 성모가 자비로운 표정을 짓고 말을 잇는다.

"네 간곡한 기도가 기적을 이루게 하였느니라."

문을 열고 아파트 안으로 들어선 이종규는 눈을 치켜떴다. 아내 김수정이 개수대 앞에서 그릇을 씻고 있었기 때문이다.

"아니, 수정아."

목이 메어 말을 잇지 못한 이종규가 서둘러 김수정에게 다가간다. 딸 이경진은 응접실 소파위에서 인형 세라를 안고 깊게 잠이 들었다.

"응? 왔어?"

머리를 돌린 김수정이 환하게 웃었다.

"어떻게 된 거야?"

옆에선 이종규가 상기된 얼굴로 묻는다. 아침에 이종규가 성당에 나갈 때만 해도 김수정은 침대에서 상반신을 들지도 못했기 때문이다. 김수정은 일년 전에 뇌종양 수술을 한 후에 결과가 좋았다고 했지만 갑자기 두 달 전부터 구역질이 났고 어지럼증을 호소했다. 그 동안 꾸준히 항암 치료를 했지만 암세포가 사방으로 번져나간 것이다. 이제 수술은 불가능했고 죽는 날만 기다리는 수밖에 없었다. 그렇다고 이종규는 다른 사람들처럼 요즘 기적이 자주 일어난다는 일산의 암센터로 달려가지는 않았다. 김수정을 살려 주기만 한다면 목숨이라도 내놓겠지만 기적을 원하는 수많은 사람 속에 섞여 경쟁하기는 싫었기 때문이다. 이종규는 기적을 일으키는 주체는 성모가 분명하다고 믿었다. 그리고 그 성모는 언제 어느 곳에서도 내려다보고 계시는 분이었다. 이종규가 다가가 김수정의 뒤에서 어깨를 쥐었다.

"수정아. 나 성모님 만났어."

"으응?"

그릇을 씻던 김수정이 머리를 돌려 이종규를 보았다.

"언제?"

"내가 조금 전에 성당에서 나오다가."

김수정의 시선을 받은 이종규의 목소리가 떨린다.

"눈앞에 성모님이 나타나셨어. 그러더니 말씀 하시는 거야. 성모의 이름으로 말하노니 네 처의 병이 나으리라."

이종규가 김수정을 움켜쥔 손에 힘을 주었다.

"네 간곡한 기도가 기적을 이루게 하였느니라고. 그래서 집에 달려왔더니……."

"나도."

김수정의 눈에서 눈물이 흘러내렸다.

"경진이가 갑자기 세라가 그랬다면서 엄마 낫게 해준다고."

손등으로 눈을 씻은 김수정이 말을 잇는다.

"그랬더니 갑자기 기운이 나고 머리가 맑아지지 않겠어? 그래서……."

이번에는 기적이 세 군데에서 일어났다. 한 건은 뇌종양으로 죽어가던 환자의 남편이 성모를 만나 이루어졌다. 바로 김수정에게 일어난 기적이다. 다른 두 건은 다르다. 각각 길거리와 서울 근교에서 일어났는데 하나는 무신론자였으며 하나는 불교도였으니 기적은 종교를 가리지 않고 일어난다는 증거가 되었다. 길거리에서 기적을 받은 50대 여자는 10여 년 전부터 백내장으로 실명한 상태였던 두 눈이 순식간에 시력 1.5로 회복되는 기적이 일어났다. 눈을 감았다가 떴더니 그렇게 되었다고 했다. 일을 보려고 나왔다가 기적을 받은 것이다. 신문에 보도된 사연도 기구해서 독자들이 다 울었다. 서울 근교의 산길에서 기적을 받은 70대 사내는 일찍 아내를 잃고 두 자식에게 모든 정성을 쏟았다는데 재산까지 다 상속 해주고 나서 버림을 받았다는 것이다. 몸이 쇠약해지자 두 자식이 서로 맡지 않으려고 하다가 결국 요양시설로 보냈지만 석 달 만에 쫓겨나왔다. 아들들이 입원비를 보내지 않았기 때문이다. 노인은 토요일 오후에 수중에 남아있던 1천 원으로 복권을 한 장 산 것이 1등에 당첨되어 32억을 받았다. 목을 매어 죽으려고 산길에 앉아있던 노인에게 천사가 나타나 손바닥에다 복권 숫자를 적어주고 갔다는 것이다. 노인의 기적이 언론에 보도되자 두 아들이 아내와 함께 찾아왔지만 기다리고 있던 요양원 직원들과 기자들에게 추궁을 당해 황급히 몸을 피했다. 언론이 가만 두겠는가? 그 다음날 두 아들은 다니던 직장에서 해고당하고 아파트에 오물이 투척되는 수난을 겪어야 했다.

"내가 요양원 직원들하고 신문사 기자를 그 할아버지한테 보냈어."

지금 정부 시설에서 보호중인 노인에 대한 기사를 손가락으로 가리키며 서은아가 말했다.

"아들들이 틀림없이 찾아올 것 같아서 말이야."

"어떻게 보낸 거야? 전화를 했어?"

진우가 묻자 서은아는 쓴웃음을 짓는다.

"이 누난 휴대폰 같은 구닥다리 기계는 안 쓴다. 요양원 담당자를 머릿속에 떠올리고 정부 시설로 가야겠다고 머릿속에 의식을 심어 준단다. 그럼 그 담당자는 저도 모르게 결심 하는 거야."

"그럼 그 나쁜 아들 놈들을 차라리 직접 벌주지 그랬어?"

"그렇게까지 하면 너무 바빠져."

"그럼 누난 기적만 일으키는 거냐?"

그때 욕실에서 서경태가 나왔으므로 둘의 대화는 그쳤다.

"너 그 아줌마 눈 고쳐준 거 잘했다."

서경태도 대뜸 기적 이야기를 꺼낸다. 서은아가 말하지 않았어도 요즘 일어나는 기적은 다 서은아가 일으킨 줄 아는 것이다. 오전 8시가 되어가고 있다. 식탁에 앉은 서경태가 두 남매를 번갈아 바라보았다. 그 동안 얼굴에는 살이 붙은 데다 혈색도 좋다.

"열심히 살자."

정색한 서경태가 서은아를 보았다.

"그리고 신이 주신 그 능력을 결코 악용하거나 개인적으로 이용하면 안 된다."

벌써 몇 번째인지도 모를 정도로 되풀이 되는 말이었지만 서은아는 머리를 끄덕였다. 그리고 그때마다 뭔가 부족한 느낌이 온다. 내 능력을 공평하게, 그리고 효율적으로 사용하는 방법이 없을까? 그러나 그 기대는 몇 시간도 안 되어서 깨졌다. 오늘은 서울 밖으로 나가려고 고속버스 터미널에 도착했던 서은아에게 정선주가 전화를 해왔기 때문이다.

"큰 일 났어."

대뜸 정선주가 말하는 바람에 서은아의 가슴이 덜컥 내려앉는다. 당장 아버지가 떠올랐기 때문이다.

"아니, 왜요?"

"삼촌이 왔어. 이상한 사람들하고."

정선주가 말한 순간 서은아는 어깨를 늘어뜨리고 나서 어금니를 물었다.

"아버진 알리지 말라고 하셨지만 가만있을 수가 없어서."

"잘하셨어요, 어머니."

서은아는 정선주에게 다시 어머니라고 부른다.

"제가 곧 갈 테니까 걱정 마세요." 해놓고 서은아는 곧 머릿속에 식당을 떠올렸다.

"시발 놈아, 네가 오리발 내밀어도 이건 네 동생이 가져온 서류다. 우린 이걸 들고 경찰서에 가도 된단 말이다."

사내가 손바닥으로 테이블 위에 놓인 서류를 내려치며 말한다. 사내 셋 중 두목격으로 나이도 많은데다가 인상도 가장 험악했다.

"이 도장이 네 것이 아니라면 네 동생 놈이 사기에다 사문서 위조로 들어가는 거야. 우리가 사기당한 것이라고"

사내가 이번에는 손으로 주먹을 만들어 내려쳤다. 오전 10시 반이 되어가고 있었는데 식당 안에는 서경태와 서경수, 그리고 사내 셋까지 다섯이 둘러앉았다. 정선주와 알바 아줌마 둘은 주방 안으로 몸을 피한 상황이다. 이른 손님 두 명이 들어왔다가 분위기를 보더니 바로 나갔다. 서경태가 머리를 돌려 서경수를 보았다. 눈을 부릅뜨고 있다.

"너 이놈, 지난번에는 1천5백 차용증을 가져오더니 이제는 3천이냐?"

"형이 도장을 찍었지 않아?"

의자에 등을 붙인 서경수가 빈정대는 듯한 표정으로 말한다.

"자기가 도장 찍어주고는 지금 오리발 내면 내가 어떻게 하란 말이야?"

"돈 3천으로 형제 인연을 끊겠다는구나. 이 배은망덕한 놈."

"같이 경찰서에 가자고. 난 이 사람들한테 형을 소개시켜주고 돈 받은 죄밖에 없다고."

이를 악문 서경태가 다시 테이블 위에 놓인 서류를 본다. 서류에는 서경수가 3천을 빌려간 것으로 되어있다. 거기에 보증인으로 자신의 이름과 도장이 찍혀 있고 차용증에다 각서까지 첨부 되었다. 모두 위조한 것이지만 서류는 완벽했다. 경찰서에 가져가면 위조 확인과 해명에 시간이 꽤 걸릴 것이다. 그때 두목격인 사내가 헛기침을 하더니 서경태를 노려보았다.

"지난번에는 우리가 그냥 갔지만 이번에는 안 돼. 네 동생이 받아먹은 돈을 게워내야 우리가 나갈 테니까."

그러고는 사내가 눈을 치켜뜨고 웃는다.

"네 동생이 준비한 증거 자료가 하나 둘이 아니란다, 이 멍청한 놈아."

"이 강도 같은 놈들."

이를 악문 서경태가 머리를 저으며 말한다.

"좋다, 법으로 해보자. 돈은 못 준다."

그때 사내가 서경태를 잡아먹을 듯이 노려보며 말했다.

"제가 잘못했습니다."

순간 제 말을 제 귀로 들은 사내가 와락 이맛살을 찌푸리더니 말을 잇는다.

"제가 서경수하고 공모를 한 겁니다."

그러자 옆에 앉은 서경수는 물론이고 일행 둘도 눈을 치켜떴다. 어안이

벙벙한 표정이었지만 아직 말은 뱉지 못한다. 두목이 다른 속셈이 있는 줄로 짐작한 것이다. 그때 사내가 머리를 젓고 나서 심호흡까지 하더니 한 마디씩 또박또박 말했다.

"경찰에 가면 제가 자백을 하지요."

그러더니 와락 아랫입술을 깨물고 나서 일행을 둘러보았다.

"내가 왜이래? 내 말 들었어?"

"글쎄요. 그런데 형님."

사내 하나가 더듬대며 말했을 때 두목이 안간힘을 쓰면서 말을 잇는다.

"내가 한 달 전에 장안평에서 김옥선이를 강간하고 돈 4천 뺏은 것도 다 자수를 할 작정이야."

말을 끝내고난 두목이 주먹으로 제 입을 쳤다. 입술이 터져 입이 피범벅이 되었지만 두목이 소리쳤다.

"석 달 전 4월 14일 수원에서 가라오케 강도짓 한 것도 자수 할 거야!"

그 순간 얼굴이 하얗게 굳어진 두목이 두 손으로 제 입을 막았다가 떼었다.

"아이구, 내가 왜 이래!"

"미쳤나?"

이맛살을 찌푸린 서경수가 엉거주춤 자리에서 일어나더니 씹어뱉듯 말한다.

"나하고 절반씩 나눠먹기로 한 것 경찰에 털어놓지 뭐."

그 순간 서경수도 입을 쩍 벌리더니 두 눈을 치켜떴다.

"내가 도장을 어디에서 위조했는지도 자백할 거야."

한 마디씩 분명하게 말한 서경수가 미친 듯이 머리를 흔들었다.

"내가 귀신이 붙은 거야."

"이거 왜들 이래?"

하고 부하 하나가 벌떡 일어섰을 때 두목이 악을 쓰듯 말한다.

"김옥선을 강간한 곳이 극동 오피스텔 421호실이었어. 맞아, 421호실!"

"네가 그랬지?"

서은아가 주방으로 들어서자 서경태는 대뜸 물었다. 오전 12시 반, 식당 안은 손님들로 가득차서 빈 테이블이 없다. 다 끓여진 김치찌개 냄비를 배식구에 옮겨 놓으면서 서은아는 쓴웃음을 짓기만 한다. 그 쓴웃음을 본 서경태가 어깨를 늘어뜨리며 긴 숨을 뱉는다.

"그놈들이 헛소리를 뱉더니 다 도망 가버렸다."

그러더니 옆쪽에서 파를 써는 정선주를 힐끗 보고나서 목소리를 낮춘다.

"그 헛소리를 들으면서 나도 몸이 떨리더라. 그러니 제 입으로 뱉어지는 말을 들은 놈들이 오죽 했겠니?"

"뭐라고 했는데요?"

목소리를 낮췄지만 좁은 주방 안이다. 다 들은 정선주가 묻자 서경태가 헛기침부터 했다.

"놈들이 억지소리를 했다는 말이야."

그러자 서은아가 얼른 말을 바꾼다.

"어머니가 연락 해주셔서 다행이에요."

"내가 뭘."

입맛을 다신 정선주가 분주하게 일을 하며 말한다.

"그 사람들이 내가 연락 하고나서 조금 있다 나가길래 은아한테 걱정만

시켰다고 생각했는데, 뭘."

"아냐."

서경태가 나섰으므로 정선주가 머리를 들었다. 정선주의 시선을 받은 서경태가 웃음 띤 얼굴로 말한다.

"당신이 연락 잘 한 거야, 고마워."

그러자 정선주가 뭐라고 대꾸를 할 것처럼 입을 벌렸다가 도로 다물었다.

"어머니, 그 된장찌개 가져갈까요?"

이번에도 서은아가 분위기를 바꾼다. 아버지는 물론 서은아도 능력을 말해 줄 수는 없다. 그러면 난리가 난다.

이미경한테서 연락이 온 것은 서은아가 암센터를 떠난 지 일주일만 이었다. 당분간 몸을 피한 지 일주일이 된 것이다. 그러나 아직도 주변에는 기적을 원하는 환자와 가족들이 점점 더 모여들고 있다. 외국에서도 몰려들어서 암센터가 위치한 일산은 물론이고 서울의 숙박시설이 만원인 상태가 되었다.

"야단났어."

대뜸 이미경이 말하더니 긴 숨소리가 수화구를 울린다.

"왜요?"

내용이 뻔했으므로 서은아가 차분하게 묻자 이미경은 말을 잇는다.

"사이비 종교단체가 여러 개 모여들어서 환자들을 끌어들여. 모두 제가 기적을 일으킨 것처럼 선전을 해대는데 내가 들어도 그럴듯하다니까."

"……"

"모두 다 절박한 사람들이라 꼬임에 넘어가 벌써 사기를 당한 사람도 하나둘이 아니라는 거야."

"세상에 그런 사람들한테 사기를……"

했다가 삼촌 서경수를 떠올린 서은아가 말을 멈춘다.

이미경의 목소리가 이어졌다.

"기적을 일으키는 것보다 이곳에서 사기꾼들부터 몰아내야 될 것 같아."

서은아는 심호흡을 했다. 그것도 약한 사람을 돕는 길이 될 것이다. 그리고 얼른 표시가 나지 않을지도 모른다.

하명훈 기자는 일산 경찰서 조기배 반장하고 안면이 있다. 조기배가 영등포 경찰서 강력반 형사였을 때 사건담당 기자였던 하명훈과 서너 번 만나 취재까지 한 과거가 있었기 때문이다. 그랬다가 3년쯤 지난 후에 이곳 일산의 암센터에서 다시 만났다. 하명훈은 그대로 일간지 사회부 기자인 반면에 조기배는 일산 경찰서 강력과 반장으로 승진해 있었다. 그 동안 유괴범이라도 잡았는지 계급도 경위다.

"여어, 하 기자."

여전히 허름한 점퍼 차림에 머리가 덥수룩한 조기배가 아는 척을 했지만 얼굴은 찌푸려져 있다. 일산 경찰서 안의 구내식당에서 조기배는 라면을 먹는 중이었다. 다가온 하명훈이 조기배의 앞쪽 자리에 앉았다. 오전 10시 반, 작은 구내식당 안에는 그들 둘뿐이다.

"아침 안 드시고 온 거요?"

하명훈이 묻자 조기배는 쓴웃음을 짓는다. 그러고는 씹던 것을 삼키더니 하명훈을 흘겨보았다.

"또 뭐 물어가려고 온 거야?"

"아따, 형님."

입맛을 다신 하명훈이 시선을 피한다. 하긴 몇 번 조기배의 뒤통수를 친 적이 있다. 하지만 조기배도 호락호락 당하지만은 않았다. 거짓 정보를 줘서 이쪽을 골탕 먹였고 그 바람에 방심한 피의자들을 잡기도 했으니까. 하명훈이 머리를 들고 조기배를 보았다. 어느덧 정색한 얼굴이다.

"사이비 교주를 잡았다던데 어디다 숨겨 놓은 겁니까?"

"말 못 해."

하고나서 조기배가 그릇을 들더니 라면 국물까지 깨끗이 마셨다. 그러나 하명훈은 잠자코 시선만 준다. 이윽고 그릇을 내려놓은 조기배가 손등으로 입을 닦더니 하명훈을 노려보았다.

"뭘 봐?"

"저한테 하고 싶은 말 없습니까?"

하명훈이 정색하고 묻자 조기배는 머리를 세차게 젓는다.

"없어."

"있으실 텐데."

"웃기지마."

"형님, 내가 사회부 기자만 7년이요. 정치부에 2년, 경제부에 1년 있었지만 사회부가 내 체질에 딱 맞는 것 같습니다. 그래서 회사에서는 날 짱박아 둔 거지."

하명훈이 열변을 토하는 동안 조기배는 이쑤시개를 집어 열심히 이를 쑤셨다. 조기배는 하명훈보다 네 살 연상이었지만 열 살은 더 먹어 보였다. 눈을 치켜뜬 하명훈이 말을 잇는다.

"기적을 자기가 일으켰다는 사이비 교주가 넷이나 된다면서요? 그중 하나가 어제 체포 되었다고 들었는데 영장 못 받은 모양이지?"

"개소리."

"그래서 열 받으신 거고."

"입 닥쳐."

"교주 잡아넣기 힘들지. 교인들 데려오면 아주 골치가 아프니까."

그러자 조기배가 눈을 치켜뜨고 어깨를 치켜세웠다. 이를 앙다물고 있어서 꼭 화난 개구리 같다.

"시발, 증거가 있어야지. 기적을 일으킨 증거도 없지만 아니라는 증거도 없단 말씀이야. 피해자들도 다 마음을 바꿔먹고 말이야."

"그건 왜 그런대요?"

정색한 하명훈이 묻자 조기배가 말려들었다. 아니, 그렇게 머리가 나쁜 사람은 아니다. 언론의 힘을 이용해볼 의도도 있을 테니 윈윈이다.

"아직도 기적을 바라기 때문이지. 기적만 일어난다면 몇 천만 원은 아무 것도 아니니까 말이야."

"피해 금액은 얼마나 되는데?"

"어제 잡았다가 빠져나간 그년, 오선화는 일곱 명한테서 2억4천을 먹었어."

"히유."

"그년은 다시 암센터 앞으로 돌아가 있어. 더 기세가 등등해서 말이야. 제가 바로 기적을 일으킨 천사가 확실했기 때문에 경찰이 풀어줬다는 거야."

그러더니 이제는 길게 숨을 뱉는다.

"기적이 내릴 거다."

다부지게 말한 오선화가 최혜정의 머리위에 손바닥을 얹었다. 그러고는 눈을 감았으므로 주위가 조용해졌다. 일산 암센터 건너편의 식당 안이다. 오후 3시경이었는데 식당 안에는 최혜정의 가족 여섯 명과 예수의 기적교 교주 오선화, 그리고 오선화의 집사장인 이덕배, 시녀장 박윤미까지 아홉 명이 모여 있다. 한식당 군산집의 주인과 종업원들은 아예 주방 안쪽 살림집으로 옮겨가 있다. 오선화가 군산집을 아지트로 삼는 대신으로 일당 30만 씩을 지불하고 있기 때문이다. 오선화가 최혜정의 머리에 손을 얹은 채 소리 내어 기도를 한다.

"전능하신 주 예수시여 저한테 또 한 번 기적을 일으킬 힘을 주소서."

최혜정은 가쁜 숨을 몰아쉬면서 둘러선 가족을 보았다. 서른다섯의 젊은 나이였지만 지난 일 년 동안의 투병으로 얼굴은 창백했고 말랐다. 크게 뜬 눈은 아직 초점이 잡혀져 있었지만 물기를 가득 머금었다. 앞에 서 있던 남편 안승규가 어금니를 물더니 시선을 내린다. 여덟 살짜리 아들 호준과 여섯 살짜리 딸 유미는 지금 이모네 집에서 머물고 있다. 자궁암에 걸린 지 일 년, 이제 암세포는 전신으로 번졌고 의사가 3개월은 견딜 것이라고 했던 생명이 5개월째 연명하고 있지만 가망이 없다. 그러다 기적이 일어나고 있다는 언론 보도를 듣고 안승규가 이곳으로 데려온 것이다. 오선화의 열띤 기도가 계속되고 있다. 안승규는 조금 전에 전세금을 담보로 해서 3천만 원을 빌려 오선화에게 건네주었다. 오선화가 바로 자신이 기적을 일으킨 천사라면서 나섰기 때문이다. 지금 오선화의 옆에는 안승규한테서 받은 검정색 돈 가방이 놓여 있다.

"거룩하신 주 예수시여. 기적을 일으켜 주소서. 이 불쌍한 영혼을 위하여 다시 한 번 기적을 일으켜 주소서."

옆에 선 집사장 이덕배와 시녀장 박윤미는 오선화의 말끝마다 아멘을 계속하고 있다. 최혜정은 소리죽여 숨을 뱉는다. 이곳에 올 때까지만 해도 기적을 바라는 마음이 있었지만 5일째가 되는 지금은 포기했다. 안승규는 오선화에게 마지막 희망을 품고 있는 모양이었다. 특히 오선화가 경찰서에 잡혀갔다가 기적을 일으킨 천사라는 것을 확인받고 다시 나왔다는 것을 믿는 것 같았다. 그때 최혜정의 시선이 식당 출입구로 옮겨졌다. 출입구 바로 옆의 테이블에 여자 하나가 앉아 있는 것이 보였다. 여자와 시선이 마주친 순간 최혜정은 저절로 긴 숨을 뱉는다. 그때 오선화의 말이 이어졌다.

"주 예수시여. 이 불쌍한 죄인의 병을 모두 저한테 옮겨 주시는 기적을 베풀어 주십시오. 주 예수님의 이름으로 간절히 간절히 비나이다."

그 순간 최혜정은 온몸의 뜨거운 기운이 자궁을 통해 빠져 나가는 것 같은 느낌을 받는다. 놀란 최혜정이 눈을 치켜뜨고 출입구 테이블에 앉은 여자를 보았다. 그때 여자가 얼굴을 펴고 웃는다. 그것을 본 최혜정이 입을 딱 벌렸다가 눈앞이 하얗게 되는 것을 느끼고는 머리를 떨구었다. 동시에 최혜정의 머리에 손을 얹고 있던 오선화도 눈을 치켜뜨더니 그 자리에 주저앉는다. 그러고는 의식을 잃고 뒤로 넘어졌으므로 집사장 이덕배가 소리치듯 말한다.

"주님께서 몸에 오신 겁니다."

여러 번 해온 것이라 능숙하다. 이덕배가 오선화를 안아 일으키며 말한다.

"자, 이제 쉬셔야 합니다. 주님의 영험이 있으실 겁니다."

이제 도망칠 시간이 된 것이다.

"사기꾼이야."

안승규의 누나인 안현희가 뱉듯이 말한다. 안현희는 슈퍼마켓을 두 개나 갖고 있는 부자다. 최혜정의 대학 선배이기도 한 안현희는 그 동안 정성을 다했지만 이번 일산 암센터로 찾아온 것에는 비판적이었다. 기적을 믿지 않는 것이다.

"허겁지겁 떠메고 나가는 것이 도망치는 것 같았어. 돈만 떼인 거야."

그러고는 식당 마룻바닥에 눕혀져 있는 최혜정을 보고는 손끝으로 눈을 닦는다.

"에이그, 불쌍한 놈."

"자네한테 정말 미안해."

이제는 최혜정의 어머니 김순분 여사가 안승규에게 말한다. 김순분도 손수건으로 눈을 닦는다.

"전셋돈까지 빼내다니, 이걸 어쩌면 좋아?"

"돈은 문제가 아니에요, 사돈어른."

길게 숨을 뱉은 안현희가 다시 눈물을 닦는다.

"저라도 그렇게 했을 테니까요."

그때 최혜정이 눈을 뜬 것을 동생 최경호가 제일 먼저 보았다.

"앗, 누나." 해놓고 목소리를 높인 것이 무안한 듯 최경호가 찌푸리며 묻는다.

"누나, 괜찮아?"

"으응." 하면서 최혜정이 두 팔로 마룻바닥을 짚으며 일어나 앉으려고 했으므로 이곳저곳에서 손이 뻗어 나와 부축했다. 일어나 앉은 최혜정이 주위를 둘러보다가 안승규에게 묻는다.

"재호 아빠, 저기 앉아있던 여자분, 스무 살 조금 넘은 아가씨 같던데, 못 봤어요?"

"응? 누구?"

하면서 최혜정이 눈으로 가리킨 출입구 쪽을 본 안승규가 머리를 젓는다. 출입구 쪽 테이블은 비었다. 식당 안에는 그들 가족뿐이다.

"못 봤는데?"

"또 헛것 보았구나."

하고 김순분 여사가 말했을 때 최혜정이 안승규에게로 머리를 돌렸다.

"재호 아빠, 나 배고파."

"으응?"

놀란 안승규의 크게 뜬 눈에 금방 눈물이 고였다. 식도까지 암세포가 번져서 최혜정은 한 달째 음식을 넘기지 못하고 있는 것이다.

"아이구, 이것아."

김순분 여사가 이제는 최혜정의 어깨를 두 손으로 움켜쥐었다. 헛소리를 하고 있는 줄로 안 것이다.

"넘기지도 못하는 것이……."

그때 안현희가 와락 다가섰다.

"아니, 몸이 어떻게 된 거야?"

하더니 최혜정의 턱을 손으로 치켜들었다. 그러더니 소리쳤다.

"몸이 깨끗해!"

조금 전, 그러니까 최혜정이 의식을 잃기 전만 해도 목의 식도 부분이 검게 썩어가고 있었기 때문이다. 암세포가 피부까지 번져 나왔던 것이다. 그런데 지금은 희다. 티 한 점 없는 목.

"아앗!"

이번에는 안승규가 소리쳤다.

"아이구 하느님."

이어서 김순분 여사가 외치더니 미친 듯이 최혜정의 상의를 들췄다. 환자복이 들춰지면서 흰 피부가 드러났다. 바로 조금 전까지만 해도 암세포가 번져 끔찍했던 몸이다.

"아아앗!"

두 손을 모은 김순분 여사가 울부짖는다.

"하느님! 하느님! 감사합니다."

눈을 까뒤집은 안승규는 그것으로 성이 차지 않았다. 그래서 최혜정을 안아 일으키더니 환자복 바지를 거칠게 벗긴다. 최혜정의 처참한 하반신은 안승규만 안다. 검게 썩어가는 하반신은 지옥이며 형벌이었다. 그것을 보면서 안승규는 얼마나 하느님을 원망했는지 모른다. 왜 천사 같은 최혜정이 이 천형을 당해야만 한단 말인가? 왜 어린 두 자식을 두고 이런 벌을 받아야 한단 말인가?

"으아악!"

하반신이 드러났을 때 안승규는 짐승처럼 포효했다. 부릅뜬 두 눈에서 눈물이 쏟아졌고 두 주먹을 움켜쥔 것이 마치 미친 형상이다. 안승규가 외친다.

"하느님! 천사님! 기적을 주셨군요!"

최혜정의 하반신은 깨끗하다. 아무 흔적도 없다. 그 순간 식당 안에서 일제히 울음소리가 터졌다.

시녀장 박윤미가 이맛살을 찌푸렸다.

"이게 무슨 냄새야?"

그러더니 옆쪽에 비스듬히 누운 오선화의 어깨를 움켜쥐고 흔들었다.

"언니, 언니, 그만 일어나."

그러자 운전석에 앉아있던 집사장 이덕배가 백미러를 보면서 웃는다.

"아따, 쇼 그만 혀. 인자 관객도 없응께."

"지금 비웃는 거야?"

눈을 치켜뜬 박윤미가 백미러를 향해 묻는다. 둘은 항상 사이가 안 좋다. 하긴 둘 사이가 좋았다면 오선화는 둘 중 하나를 내보냈을 것이다. 그만큼 오선화가 의심이 많았기 때문이다. 입맛을 다신 이덕배가 승합차에 속력을 내었을 때 박윤미는 다시 혼잣소리를 했다.

"잠이 들었나? 왜 이렇게 늘어져 있나 모르겠네."

그러면서 오선화의 머리를 들고 제대로 눕히려던 박윤미가 입을 딱 벌린다.

"아이구머니."

비명소리에 이덕배가 백미러를 보았지만 심통이 가라앉지 않아서 웬일이냐고 묻지 않는다. 박윤미가 오선화의 저고리를 헤치더니 이번에는 커다랗게 외쳤다.

"아이고, 엄마야. 이게 무슨 일이야!"

이제는 이덕배가 차의 속력을 줄이면서 묻는다.

"무슨 일이야?"

"차 좀 세워!"

바락 소리친 박윤미가 진저리를 치면서 오선화의 몸에서 떨어졌다.

"아이고! 징그러!"

길가에 차를 세운 이덕배가 몸을 돌려 뒷좌석에 길게 누운 오선화를 보더니 흠칫 몸을 젖혔다. 오선화의 블라우스 저고리는 가슴까지 풀려져 있었는데 목에서부터 가슴까지의 피부가 검게 변해 썩어가는 중이다. 식도를 타고 암세포가 번져나간 자국이다. 그 순간 머리끝이 곤두선 이덕배가 눈을 부릅뜨고 박윤미에게 묻는다.

"이, 이게 조금 전 그 여자의 암세포……."

더 말을 잇지 않았어도 박윤미는 물러선 채 머리를 끄덕였다. 조금 전 사기를 치고 도망쳐 나온 환자 최혜정의 몸에 번져있던 암세포 자국과 똑같았던 것이다. 이덕배가 초점을 잃은 눈을 부릅뜨고 말한다.

"아, 아이고, 천벌이다."

"어떻게 하지?"

이제 박윤미가 벌벌 떨면서 묻는다.

"아이고, 살려주십시오."

이덕배가 갑자기 두 손바닥을 비비면서 말했다.

"우리는 시킨 대로 했을 뿐입니다."

그러자 박윤미도 문 쪽 바닥에 털썩 무릎을 꿇더니 역시 손바닥을 비빈다.

"살려주십시오."

그때 오선화가 꿈틀거리다가 신음을 뱉었으므로 둘은 자지러졌다. 겨우 머리를 든 오선화가 꺼져가는 목소리로 묻는다.

"내, 내가 왜 이래? 내가 왜?"

그러자 이덕배가 더 크게 말했다.

"용서해 주십셔. 제가 저 돈을 그 환자한테 가져다주고 오겠습니다."

저 돈이란 최혜정의 남편 안승규한테서 사기 친 3천만 원을 말한다. 그 돈 가방이 뒤쪽에 실려 있는 것이다.

"보살님이 오셨다!"

와락 소리친 유금옥이 눈을 부릅뜨고 앞에 누워있는 정진석을 보았다.

"봐라! 네 위에 떠 계시다. 넌 이제 낫는다!"

"아이구 보살님!"

정진석의 뒤에 앉은 어머니 백선희가 울며 말한다.

"우리 진석이를 살려주십시오. 우리 진석이가 너무 불쌍합니다. 제발 기적을 일으켜 주세요."

백선희 옆에 앉은 정병태는 눈만 껌벅일 뿐 말이 없다. 딴전을 보고 있는 것이 못마땅한 기색이었지만 분위기를 깰 생각은 없어 보였다. 정진석은 11살, 초등학교 4학년으로 두 달전에 친구들하고 야구를 하다가 공에 뒷머리를 맞아 의식을 잃었다. 그러고는 식물인간이 된 것이다. 지금 정진석의 입에서 산소 호흡기만 떼어내면 죽는다. 그때 유금옥이 두 손을 치켜들고 뛰기 시작했다. 날뛴다는 표현이 맞을 것이다. 한복에다 머리에는 고깔을 썼고 양손에 식칼을 쥐고 있어서 무서운 형상이다.

"보살님이 오셨다! 오셨구나! 신이 내리시는구나!"

목청을 높이며 부르짖자 뒤쪽에 앉은 두 여자가 박수를 쳐서 장단을 맞춘다. 이곳은 암센터 건너편의 단층 빌라 거실인데 주인이 팔려고 내놓은 빈집을 유금옥이 한 달 사용료 3백을 주고 빌렸다. 지금 정진석은 유금옥의 네 번째 환자이며 네 번째 보살의 기적을 받을 대상이었다. 거실 벽에는 기적을 받고 살아난 환자 셋의 사진이 붙여져 있었는데 물론 사기다. 그러나 배역 연기가 탁월해서 절박한 사람들은 믿을만 했다. 그때 펄쩍 펄쩍 뛰던 유금옥이 철푸덕 방바닥에 엎어져 버렸으므로 백선희가 깜짝 놀랐다. 남편 정병태도 시선을 돌려 유금옥을 본다. 유금옥은 두칼을 움켜쥔 채 방바닥에 네 활개를 펴고 엎드려 있다.

"아이구, 보살님이 내리셨네!"

박수꾼 하나가 일어나더니 덩실덩실 춤을 추며 소리쳤다.

"오셨다! 오셨다!"

따라 일어선 여자 하나는 박수를 치면서 엎어진 유금옥의 주위를 돈다.

"엄마, 뭐야?"

하는 목소리에 정신없이 유금옥을 바라보던 백선희가 머리를 돌렸다. 그러고는 눈을 부릅뜨더니 뒤로 벌렁 넘어져버렸다.

"끼야악!"

비명소리는 박수를 치며 거실을 돌던 여자 입에서 터져 나왔다. 여자는 온몸을 굳히고 서더니 다시 소리쳤다.

"에그머니! 저것 좀 봐!"

"아아악!"

춤을 추던 여자는 비명과 함께 주저앉아버렸다. 눈과 입이 딱 벌어졌고 눈동자에는 초점이 없다. 시체처럼 누워만 있던 아이가 상반신을 세운 채로 앉아있었기 때문이다.

"진석아!"

그중 가장 멀쩡한 사람이 정병태였다. 정병태가 아들 진석을 부둥켜안더니 눈을 치켜뜨고 묻는다. 그러나 입술이 벌벌 떨리고 있다.

"진석아! 괜찮아? 너 정말 일어났어?"

"아빠, 배고파."

정진석이 말했다.

"집에 가자, 아빠."

그때 백선희가 일어나더니 얼굴을 일그러뜨리며 운다. 그러고는 정진석의 몸을 부둥켜안는다.

"아아아, 내 아들, 내 아들아!"

"아이그머니."

여자 하나의 정신 나간 것 같은 외침.

"보살, 보살이, 진짜로……."

다른 여자가 헛소리처럼 말했을 때 정병태가 눈물을 쏟으며 아직도 엎어진 유금옥을 보았다.

"고맙습니다. 고맙습니다, 정말 고맙습니다."

그곳에서 백 미터쯤 떨어진 사거리의 커피숍 안에 서은아와 이미경이 마주보고 앉아있다. 오후 4시 반, 커피숍 안에는 반쯤 손님이 차 있었는데 그중 절반은 암센터와 관계가 있는 사람들이다. 안을 둘러보던 이미경이 혼잣소리처럼 말한다.

"병이 없고 죽음이 없는 세상이 오면 행복할까?"

그러더니 제 말에 제가 대답한다.

"아냐, 그렇지 않을 거야. 지겨울지도 몰라. 이별이 없는 세상은 너무 단조로워."

"언니도 참."

쓴웃음을 지은 서은아가 말을 잇는다.

"난 죽은 사람을 살릴 수는 없어."

"하지만 다 죽어가는 사람은 살리지 않아?"

되물은 이미경에게 서은아는 정색했다.

"그래도 언젠가는 죽어."

그러자 이미경이 길게 숨을 뱉고 말한다.

"지금도 네 기적을 기다리는 사람이 많아. 그리고 사기꾼도 더 많아졌어."

"아냐."

머리를 든 서은아가 눈을 가늘게 뜨고 창밖을 보았다. 먼 곳을 바라보는 것 같다.

"조금 전에 기적을 일으킨다는 사람들은 다 없어졌어."

"으응?"

놀란 이미경이 눈을 크게 떴다.

"어떻게?"

"기적을 일으키고 없어진 거야."

이제는 숨도 죽인 이미경을 향해 서은아가 말을 잇는다.

"눈앞의 환자를 살리고 자신은 그 환자의 병을 옮겨 받은 기적을 일으킨 것이지."

"……."

"모두 일곱 명이나 되었어, 그 기적을 일으킨 천사들이."

"……."

"또는 보살, 또는 무당, 또는 신의 신자이고 부처님의 후신들이 말이야."

"그, 그러면."

얼굴이 하얗게 굳어진 이미경이 말을 더듬었을 때 서은아의 얼굴에 희미한 웃음이 떠올랐다.

"이제 기적을 일으킨다는 사람은 나타나지 않을 거야. 제 몸이 어떻게 될지 알 테니까."

그러고는 서은아가 시선을 들고 마음속으로 말했다.

"이젠 제가 집으로 돌아가게 해주세요. 저한테는 너무 벅찹니다."

1장

나는 다시 거울에 비친 내 모습을 본다. 신장 1미터 88센티미터, 체중 85킬로그램, 얼굴형은 TV에서 본 남자의 이목구비를 제각기 하나씩 모방 했으므로 잘생긴 모습이라고 할 만하다. 그러나 너무 잘생겼다면 시선이 집중될 것이므로 적당히 했다. 머릿속에는 이미 지구상 인류의 모든 언어에다 법과 습성, 문화 예술에 이르기까지 다 들어있다. 지구상 최대 용량의 컴퓨터도 내 머릿속 정보의 만분지 일이 되지 못한다. 내 몸은 현재 20대 중반의 조건을 유지하고 있으니 인류의 가장 강건한 시기의 상태이다. 옷차림도 빈틈없다. 최고급 브랜드인 스페인의 할바니 캐주얼을 걸쳤고 신발도 영국산 수제, 신발값만 시가로 2백만 원이 넘는다. 거울에서 몸을 돌린 나는 현관으로 다가간다. 이곳은 강남 대치동의 트라스 오피스텔. 거기에다 28층 최고층의 120평형 펜트하우스다. 트라스 오피스텔의 펜트하우스 가격은 1백억이 넘는다. 나는 내 이름인 이경훈 실명으로 펜트하우스를 매입했으며 대금도 현금으로 지불했다. 세금도 다 낸데다 소득 신고, 종합소득세, 의료 보험까지 다 내고 있는 대한민국 국민이다. 주민증, 운전면허증도 다 있다. 최고 명문

대학인 관악대학 경제학과를 졸업했다는 자료가 대학은 물론이고 교육부 컴퓨터에도 입력되어 있다. 참 이곳에서는 호적이란 것도 필요하기에 그것도 다 만들어 놓았다. 본적은 충청북도 영동. 부모는 사망한 것으로 되어 있으며 형제는 없다. 펜트하우스에서 1층 로비까지는 전용 엘리베이터로 직행한다. 1층 로비에 내렸을 때 바로 앞쪽 데스크에 앉아있던 경비원이 벌떡 일어나 거수경례를 했다.

"안녕하십니까?"

김상호, 49세, 전직 교도관, 업무상 횡령으로 파면 당한 후에 경비 용역업체에 입사, 6년 전 아내와 이혼하고 혼자 살고 있다. 웃음 띤 얼굴로 머리만 끄덕였던 나는 문득 김상호의 머릿속에 떠오른 생각을 소리로 듣는다.

"도대체 지금 저 새끼 지갑에는 얼마나 들어있을까?"

나는 김상호의 웃는 얼굴에서 시선을 떼었다. 이런 일은 너무 많이 겪어서 면역이 되었다. 내가 인간으로 변신한 지 오늘로 딱 25일, 열 명이면 아홉이 뱉는 표현과 다른 생각을 머릿속에 품고 있었던 것이다. 펜트하우스 주인은 현관 옆쪽으로 3대의 주차 공간이 있는 전용 주차장이 있다. 주차장으로 통하는 자동문이 내가 다가가자 스르르 열렸다. 지갑에 넣어둔 주차장 키 때문이다. 주차장 안에는 벤츠와 BMW, 그리고 한국 자동차의 최고급 세단인 한산이 주차되어있다. 한산으로 다가간 나는 저절로 잠금장치가 해제되어 있는 운전석 문을 열고 안으로 들어선다. 그때 내 눈앞에 양한나의 얼굴이 떠올랐다.

"다시 한 번 복습을 하자."

양한나가 정색하고 말했으므로 윤건철과 백창덕은 제각기 입맛을 다시

거나 한숨을 뱉는다. 벌써 세 번째인 것이다. 이곳은 장안평의 오피스텔 6층이다. 근처에 명품 아파트와 오피스텔이 세워져 있었지만 그들이 둘러앉은 미동 오피스텔은 10층 건물로 지은 지 20년이 넘었다. 사무실용으로 지었다가 지금은 영세민의 주거용이 되었는데 아래쪽 2개 층만 빼고 나머지는 8평형 원룸식이다. 양한나가 탁자 건너편에 앉은 두 사내를 번갈아 보았다.

"만나서 밥 먹고 뜸 들이는 시간은 세 시간 잡으면 돼. 그럼 오후 5시야."

두 사내는 눈만 껌벅였고 양한나의 말이 이어진다.

"청평 산속으로 꼬셔가는 것이 관건인데 확률은 8대 2야."

그것도 다 들은 이야기여서 둘은 여전히 시큰둥한 표정이다. 그러나 양한나는 열심이다.

"건철아, 넌 몇 시까지 청평에서 준비를 마칠 거지?"

"오후 6시."

윤건철이 외면한 채 던지듯이 대답한다.

"차는 어디에 주차 시키라고 했지?"

"영지 휴게소 위쪽 샛길."

"문제가 생겼을 때 신호는?"

"별장으로 진입하는 샛길 입구의 표지판을 눕혀놓을 것."

윤건철이 거침없이 말하더니 양한나를 똑바로 보았다.

"그놈이 보디가드는 달고 오진 않겠지?"

"혼자 올 거야."

자신 있게 말한 양한나가 탁자위에 놓인 담배를 집더니 입에 물었다. 붉은 루주를 칠한 입술이 요염했다. 불을 붙인 담배 연기를 힘껏 빨아들인 양한나가 앞쪽으로 길게 뱉어내면서 말했다.

"1백 억짜리 펜트하우스에 사는 놈이야. 이번 일만 잘 끝내면 우린 팔자 고치게 돼."

양한나의 얼굴에 웃음기가 떠올랐다. 검은 눈동자, 눈 꼬리가 약간 솟은 눈에다 야무진 입술, 오똑 선 콧날이 서구적인 미인이다. 거기에다 날씬한 몸매에 영어와 일어에 능통해서 일본인이나 재미교포 행세를 해도 감쪽같다. 양한나가 말을 잇는다.

"정신들 똑바로 차리라고."

이경훈을 만난 것은 열흘 전, 강남의 회원제 클럽 하바나에서 였다. 하바나에서 재미교포 3세 행세를 하면서 먹잇감을 물색하던 양한나는 눈이 번쩍 뜨이는 호구를 만났다. 바로 이경훈이다. 그동안 두 번 만나 탐색 작업을 벌린 결과 최소한 1백억은 빼낼 수 있다는 확신이 섰다. 이번 작업은 이경훈을 청평 산속까지 유인해서 감금을 해놓고 펜트하우스까지 처분할 작정인 것이다. 물론 일이 끝나면 이경훈은 죽여 없앤다. 살려둘 수는 없는 것이다. 벽시계를 본 양한나가 재떨이에 담배를 비벼 껐다. 11시 반이다. 움직일 시간이 된 것이다.

나는 호텔 스카이라운지에 앉아 있지만 지금 1층 로비를 가로질러 엘리베이터로 다가오는 양한나의 머릿속 생각까지 다 읽는다. 양한나 주위의 장면까지 다 보인다. 물론 하바나에서 양한나가 나한테 접근한 순간에 과거의 전력까지 다 드러났다. 양한나는 타고난 미모와 수단을 바탕으로 지금까지 살인 3건을 포함한 수십 번의 범죄를 저질렀다. 피살자 셋은 모두 남자였고 납치, 감금되어 고문을 당한 후에 재산을 빼앗기고 살해되었다. 공범 윤건철과 백창덕은 행동대 역할로 살인을 집행했다. 내가 양한나를 이번까지 세 번이나 만나는 이유는 인류의 품성을 파악하려는 것이다. 인류가 흔히 쓰는 말로 권선징악 따위가 발동 한 것이 아니다. 도대체 왜 저러는가? 피살자 셋의 모습도 내 눈 앞에 떠오른다. 모두 양한나의 미모에 홀려 유인되었다. 양한나가 주도면밀하게 흔적을 없앴기 때문에 가족들은 실종 신고만 낸 채 기다리는 중이고 수사기관도 헛고생만 하고 있다. 저것이 인류의 본성이란 말인가? 그때 라운지로 양한나가 들어섰다. 나를 보더니 환하게 웃는 모습이 아름답다. 인류로 모습을 만든 지 얼마 안 되는 내가 그렇게 느낄 정도니 죽은 셋은 정신이 나갔겠지.

"청평에 내 별장이 있어요."

식사를 마쳤을 때 양한나가 똑바로 시선을 준 채 말한다. 맑은 눈, 눈동자도 흔들리지 않는다. 내 머릿속에 청평 별장이 떠오른다. 그러나 별장이라고 이름만 붙였을 뿐 산 중턱에 세워진 빈 농가였다. 그곳에서 양한나는 두 건의 살인을 한 것이다. 양한나의 시선을 받은 내가 놀란 표정을 짓고 묻는다.

"별장이 있어요? 멋지군."

그러자 내 반응에 고무된 양한나의 말이 이어졌다.

"네, 경치도 좋아요. 호수가 내려다보이는데 지금 비어 있어요. 관리인 아저씨는 산 아래에 사시니까요."

"야, 호기심이 일어나는데."

"같이 가실래요?"

하고 양한나가 웃음 띤 얼굴로 묻는다. 별장, 즉, 죽음의 집으로 진입하는 일차선 도로에 들어서기만 하면 덫에 걸린 짐승 꼴이 된다. 지난번 중소기업 사장 송상현은 차를 세운 양한나가 고장이 난 것 같다면서 보닛을 들여다보는 시늉을 했을 때 뒤에서 덮친 윤건철과 백창덕에게 잡혔다. 이번 계획은 별장으로 꺾어지는 바위 앞쪽 길에 돌멩이 두어 개가 떨어진 것처럼 만들어서 차를 세우는 것이다. 그래서 차에서 내린 내가 돌멩이를 치울 때 숨어있던 두 놈이 덮친다.

"좋아, 갑시다."

내가 웃음 띤 얼굴로 말하자 양한나의 눈빛이 강해졌다. 본인은 유혹하는 눈빛을 만들었다고 생각 하겠지만 나에게는 살인의 결의를 굳히는 것으로 보인다. 작전이 성공했다고 생각하겠지.

별장으로 꺾어지는 샛길에 표시판이 단정히 서 있었다. 그것을 본 양한나의 표정이 밝아졌다.

"공기가 맑죠?"

오후 6시 반, 차를 샛길로 진입 시키면서 양한나는 버튼을 눌러 유리창을 내린다. 맑은 공기가 차 안으로 밀려 들어왔다. 나는 지금 양한나가 운전하는 한국산 최고급 스포츠카 제우스의 운전석 옆자리에 앉아있다. 머리를 돌린 나는 창밖을 본다. 이미 그림자로 덮여진 숲은 어둡다. 인간으로 만들어진 내 폐에 들어차는 산소 혼합물의 농도가 맑기는 하다. 이 공기가 인간의 건강에는 도움이 되겠지. 나는 저도 모르게 쓴웃음을 짓는다. 이제 양한나는 3백 미터쯤 샛길을 올라가 커다란 바위를 돌아 오른쪽으로 꺾어졌을 때 이 스포츠카를 세울 것이었다. 왜냐하면 멍청한 두 놈이 길 위에 바위 세 덩이를 놓았기 때문이다. 그때 두 놈이 바위를 치우려고 나온 나를 덮친다. 그리고 묶인 채 폐가로 끌려 올라가리라. 같은 방법으로 폐가에 끌려간 중소기업 사장 송상현은 양한나가 직접 고문을 해서 손가락을 세 개나 잘랐다. 그러고는 25억 원을 털린 후에 지금 폐가에서 50미터쯤 떨어진 나무 밑에 묻혀 있는 것이다. 차가 바위를 향해 다가가고 있다. 바위를 따라 오른쪽으로 돌면 바로 길 한복판에 무게가 10킬로쯤 되는 돌멩이 세 개가 놓여있다. 샛길 양쪽은 짙은 숲이다. 국도를 달려올 때부터 차의 라이트를 켰으므로 불빛이 더 밝아졌다. 그때 바위 앞 10미터쯤 거리로 다가갔을 때 내가 머리를 돌려 양한나를 본다.

"미주야."

"으악!"

나를 바라본 양한나의 입에서 꾸밈없는 비명이 터졌다. 그러고는 왈칵 브레이크를 밟는 바람에 양한나는 핸들에 가슴이 부딪쳤다. 그러나 눈을 치켜뜨고는 다시 외마디 외침을 뱉는다.

"아버지!"

그렇다. 나는 지금 5년 전에 교통사고로 죽은 양한나, 아니 본명 김미주의 아버지 김창배 씨가 되어있다. 죽기 전, 그러니까 교통사고가 일어나기 전의 차림과 용모다. 나는 얼굴을 일그러뜨리며 웃는다.

"그래, 애비다. 잘 있었냐?"

목소리도 똑같다. 아마 냄새도 같을 것이다. 양한나가 그 순간 몸을 뒤로 젖히더니 차 문을 열고 밖으로 나갔다. 그러나 시선은 계속 나에게 보내고 있다.

"이, 이게, 어떻게……."

그때 나도 반대쪽 문을 열고 밖으로 나와 양한나를 본다.

"미주야, 왜 그러는 거냐?"

이제 내 얼굴도 걱정스런 표정이 된다. 눈을 크게 뜬 내가 차 앞으로 돌아 다가가자 양한나가 불쑥 몸을 돌리더니 정신없이 달린다.

"건철아! 창덕아!"

어두운 숲속으로 양한나의 외침이 빨려 들어가는 것 같다. 지금 양한나, 아니 본명 김미주는 바위를 돌아 두 놈이 숨은 숲 쪽으로 달려가고 있다. 나는 천천히 뒤를 따른다.

"뭐라고? 말도 안 돼."

윤건철이 뱉듯이 말하고는 길 쪽을 노려보았지만 인기척이 없다.

"에이, 시발. 귀신이 어딨어?"

입맛을 다신 백창덕이 김미주 옆으로 바짝 붙어서더니 얼굴 냄새를 맡는 시늉을 하면서 묻는다.

"술 마셨어?"

"미쳤냐?"

빽 소리친 김미주가 다시 주위를 둘러보더니 이제는 부들부들 떨었다.

"틀림없이 돌아가신 아버지였단 말이야. 아버지였어, 아버지…….."

그때 숲 뒤쪽에서 외침 소리가 울렸다.

"미주야!"

"으악!"

김미주가 자지러졌다. 아버지 목소리였다. 뒤쪽 숲에서 커다랗게 부르고 있다.

"미주야! 어디 있느냐!"

이제는 윤건철과 백창덕도 온몸을 굳히고 있다. 그때 뒤쪽 숲이 부스럭거리더니 사람이 나온다. 이미 어둠속이어서 희끗한 형체만 보일 뿐이다.

내 본래 계획은 이곳에서 악당 세 명을 흙으로 만들 생각이었다. 돌덩이, 또는 나무, 이것도 저것도 귀찮으면 그냥 없어지게 할 수도 있다. 그러면 공기나 되겠지. 그런데 문득 생각이 바뀌었다. 이유는 없다. 없애버리기에는 좀 싱거웠기 때문이라고 하자. 그래서 김미주의 아버지가 되어본 것이다. 나는 김미주의 3대조 할아버지가 될 수도 있다. 내가 김미주를 부르며 다가가자 김미주는 공황상태가 되었다. 그러나 두 놈은 좀 덜하다. 그래서 나는 몸을 둘로 만들었다. 새로 만든 몸은 이곳에서 처참하게 죽은 중소기업 사장 송상현이다.

"어이구, 여기 있었어?"

하고 죽었을 때의 모습으로 송상현이 나타나자 두 놈의 입에서도 비명이 터진다.

"아악!"

바로 눈앞에 벌떡 서있으니 놀라지 않겠는가?

"아아악."

김미주가 눈을 까뒤집고 넘어지다가 뒤쪽 나무에 등을 부딪쳤다. 송상현이 피범벅이 된 얼굴로 소리치듯 말한다.

"산속에 혼자 누워 있으니까 심심해서 말이야. 같이 갈까?"

다가온 송상현이 손을 뻗어 윤건철의 얼굴을 만졌다.

"어어어."

손은 차다. 윤건철이 머리를 뒤로 젖히면서 엉덩방아를 찧고 주저앉았다.

"같이 가자."

송상현이 윤건철과 백창덕의 목덜미를 끌어안고 소리쳤다. 두 놈이 버둥 거렸지만 내 힘을 당할 수는 없다.

"미주야, 너도 나하고 같이 가자."

미주 아버지 김창배가 된 또 하나의 내가 김미주의 어깨를 움켜쥐었다.

"아악!"

반쯤 정신이 나간 채 주저앉아있던 김미주가 다시 비명을 질렀다.

"으아아아!"

목덜미를 잡힌 두 놈이 버둥거리면서 산이 떠나갈 것 같은 비명을 뱉는 다. 그때 나는 또 문득 싱거워졌다. 그래서 손을 떼고 두 발짝쯤 뒤로 물러선 다. 물론 김창배와 송상현 둘이 물러선 것이다. 셋은 땅바닥에 사지를 웅크 린 채 떨고 있었는데 머리도 들지 못한다. 지린내가 났다. 인간의 배설물 냄 새다. 셋이 다 배설을 한 것이다. 이번에는 내가 셋의 머릿속에 대고 말한다.

"송상현의 시체를 파내라."

그 순간 나는 이경훈의 모습으로 돌아왔지만 셋에게는 둘이 서있는 것으 로 보인다. 내가 말을 잇는다.

"파내고 셋이 시체 옆에 앉아 있도록."

그러자 셋이 땅바닥에서 일어서더니 옷에 묻은 먼지까지 털면서 숲 밖으 로 나간다. 먹물 속 같은 밤이다. 그러나 셋은 이제 송상현의 시체 파묻은 곳 으로 가서 정성스럽게 일을 시작할 것이다. 오직 시체를 파내야겠다는 일념 뿐이다. 시체를 파내면 셋은 옆에 앉아있을 것이다. 산불이 나건, 비가 와 도 그렇다. 아무 생각이 없다. 그러다 내 신고를 받은 경찰이 현장에 도착한 순간에 정신이 되돌아온다. 나는 셋의 뒷모습을 보면서 문득 쓴웃음을 짓는 다. 인간의 수명은 기껏해야 80년, 내가 보기에는 그야말로 눈 깜박하는 시간이다. 눈 깜박하는 순간에 죽을 미물들이 웬 욕심을 그렇게 부리는가? 김미주가 살인만 저지르지 않았어도 내가 능력을 주었을지도 모른다.

다음날 오전 11시경, 나는 안양 교외의 꽤 큰 건물 지하실에 들어와 있다. 3백 평쯤 되는 지하실은 본래 주차장 용도로 만들었지만 지금은 천지통합교의 교당이 되어있다. 구석 쪽 자리에 앉은 나는 이경훈의 모습이었지만 옷차림은 좀 다르다. 후줄근한 점퍼에 무릎이 튀어나온 작업복 바지를 입었고 작업화를 신었다. 영락없는 노동자. 교당 안에는 교인들이 가득 차 있었는데 지금 단상에서 열변을 토하고 있는 남자는 부교주 오한상, 말쑥한 양복차림으로 말끝마다 선지자를 부르면 5백 명이 넘는 교인들이 합창하듯 따라외친다. 내 옆에 앉은 70대 할머니는 눈물까지 흘리고 있다. 나는 잠자코 오한상을 바라보았다. 인간 나이로 55세, 인간들의 표현대로라면 전과 4범, 두번 사기, 한 번 폭행, 그리고 5년 전에는 강간죄가 확정되어 1년형을 받고 나왔다. 그런 전과자가 교인 3천 명인 천지통합교 부교주가 된 것은 교주 강천의 심복이었기 때문이다. 강천 또한 전과 5범의 거물로 60평생 동안 14년간이나 교도소 생활을 해온 인간, 3년 전에 강천과 오한상이 대전 교외에서 일으킨 천지통합교가 이토록 단기간에 세를 확장한 것은 기적을 일으켰기 때문이다. 지금까지 교주 강천이 살려낸 환자는 셀 수도 없다. 하반신을 쓰지 못하던 병신이 벌떡 일어나 걸었고 소경이 눈을 떴으며 암 덩어리를 맨손으로 파내어 암 환자를 살려냈다. 모두 사기지만 교인들에게는 교주 강천은 신이나 같은 것이다. 오늘도 교단 앞에는 강천의 치료를 받으려는 환자 10여명이 흰 가운을 입은 채 선지자께서 내릴 기적을 기다리고 있다. 물론 그전에 모두 통합교 교주이며 선지자인 강천에게 헌금을 했다. 그때 오한상의 교주 찬양사가 끝나고 우레와 같은 함성을 받으며 교주 강천이 입장한다. 강천을 본 내 얼굴에 쓴웃음이 떠올랐다. 보라, 강천은 금박을 입힌 옷에 바닥까지 질질 끌리는 망토를 걸쳤다. 그리고 머리에는 높이가 20센티도 넘어 보이는 금관을 썼는데 신라 왕릉에서 발굴한 것과 비슷했다. 강천은 얼굴에 흰 분칠을 한데다 입술에 루주까지 발라서 마치 여자 같다. 좌우, 앞뒤로 흰 옷을 입은 시녀 넷의 호위를 받으며 강천이 천천히 단상으로 다가가는 동안 함성은 더 높아졌다. 군데군데 박힌 선동꾼의 리드에 맞춰 지르는 함성이다. 이윽고 단상의 옥좌에 강천이 앉자 함성이 그쳤다. 그때 옆에 앉은 할머니가 흐느껴 울었으므로 인간이 된 내 가슴이 무거워진다. 할머니는 4년 전에 할아버지가 죽고 나서 혼자 살고 있다. 두 아들과 딸도 한 명이 있지만 모두 인연을 끊었다. 이쪽도 돈 때문이다. 재산을 다 분배받은 자식들은 서로 할머니를 모시지 않으려고 했다. 그래서 지금 할머니는 여동생과 함께 임대 아파트에서 산다. 여동생은 혼자여서 정부로부터 극빈자 보조금으로 매달 몇 십만 원씩 생활비를 받아 살지만 할머니는 없다. 멀쩡한 자식이 셋이나 살아있기 때문이다. 지금 할머니가 선지자 강천에게 소원하는 내용은 자식들이 잘되어서 어머니를 찾아주는 것이다. 세 자식이 제각기 밥은 먹고 사는데도 생활이 각박하기 때문에 그러는 줄로 아는 것이다. 그때 강천의 내용 없는 설교가 끝나고 흰 옷을 입은 환자들이 일렬로 교단으로 올라간다. 모두 금박 저고리를 입은 강천의 천사들이 부축을 하고 있다. 이제 강천의 기적이 일어나려는 순간이어서 교당 안은 함성으로 터질 것 같다. 모두 일어나 손뼉을 치며 선지자를 부른다. 강천이 다가선 한정규를 본다. 한정규는 태어날 때부터 소경이다. 아예 안구가 없는 것이다. 불쑥 짜증이 난 강천이 속으로 다시 오한상을 욕했다. 아무리 돈이 좋다고 해도 이런 병신을 부활자로 받아들이

는 것이 아니었다. 통합교에서는 기적을 받을 환자를 부활자라고 부르는 것
이다. 그러나 한정규는 선지자 헌금을 7천만 원이나 내었다. 한정규를 부축
하고 선 천사 임미영이 힐끗 강천을 보았다. 눈빛이 뜨겁다. 임미영의 속살
을 떠올린 강천의 가슴이 조금 가라앉는다. 오늘 밤 설교가 끝나면 오랜만
에 임미영을 별궁으로 불러내야겠다. 임미영과는 2년 전부터 한 달에 한 번
꼴로 관계를 맺었는데 요즘은 뜸했다. 다섯 달쯤 전에 기도실 문을 잠그고는
아랫도리만 벗기고 잠깐 놀고 나서 안 만났다. 잠자리 상대가 열 명도 넘는
터라 할 수 없다. 한정규가 기다리고 서 있었으므로 강천은 손을 들었다. 그
러자 교당 안은 순식간에 조용해졌다.

"천지통합 유일신이시어!"

강천의 목청은 크고 맑다. 외침소리가 지하실을 울렸다. 강천이 한정규
의 움푹 꺼진 눈 위에 자신의 손바닥을 갖다 댔다.

"이 눈을 뜨게 해 주시고 내 눈을 가져가시오."

그러자 뒤쪽에 서 있던 부교주 오한상이 두 손을 치켜들고 소리친다.

"유일신이시어! 선지자님의 소원을 받아주시옵소서!"

단하의 신도들도 일제히 따라 외친다. 그때였다. 갑자기 앞이 보이지 않
았으므로 강천은 눈을 부릅떴다. 그러고는 손바닥으로 두 눈을 비볐다. 두
눈이 허전했기 때문이다. 강천은 눈 부위가 쑥 들어간 것을 느끼면서 손을
떼었다.

"아악! 눈이!"

그때였다. 앞에서 여자의 비명이 터졌는데 임미영의 목소리였다. 그것과
이어서 남자의 외침이 울렸다.

"떴다! 떴다! 내 눈! 내 눈!"

이건 한정규의 목소리. 그때였다. 옆에서 놀란 외침소리가 난다.

"아이구, 형님. 두 눈이!"

놀란 오한상이 선지자라고 부르는 것도 잊고 버럭 소리친다. 강천의 두 눈이 없어진 것이다. 안구가 없어진 두 눈은 푹 꺼진 상태가 되어있다. 강천이 조금 전에 유일신에게 소원한 기적이 일어났다.

"기적이다! 기적이 일어났다!"

뒤쪽에서 환자와 천사들이 일제히 아우성을 쳤고 신도들은 함성과 함께 유일신을 외쳤으므로 교당은 허물어질 것 같았다. 그때 강천이 두 손을 허우적거리면서 악을 썼다. 그런데 욕설이다.

"아이고, 시발. 내 눈!"

지하실 교당을 나온 나는 문득 옆에 앉았던 할머니를 떠올렸다. 기적을 본 할머니는 마치 자신에게 일어난 것처럼 기뻐 날뛰었던 것이다. 나는 잠깐 생각하고 나서 지금은 소경이 되어있는 강천의 별장 금고에 넣어진 돈을 나눠주기로 했다. 먼저 할머니와 마음 착한 동생이 살고 있는 임대아파트 옷장에 현금으로 2억만 넣어놓기로 하자. 그 순간 단단히 잠겨있는 금고 안에서 현금 뭉치가 빠져나와 옷장으로 옮겨졌다. 그리고 나머지 돈도 불쌍한 사람한테 나눠준다. 그렇게 마음먹은 순간에 금고는 텅 비었다. 소경이 된 강천은 부활 의식을 팽개치고 금고로 달려올 것이었다. 부교주 오한상도 기적이고 지랄이고 이 기회에 금고 안에 든 현금을 몽땅 빼내 도주할 작정으로 뒤쫓아 온다. 그러고는 빈 금고를 보고 둘은 서로 싸울 것이었다. 그 뒤의 일은 생각하기도 싫었으므로 나는 발을 떼었다. 강천의 천지통합교를 알게 된 것은 거리에서 신자를 모으는 교인들을 보았기 때문이다. 기적을 일으킨다는 선지자라고 선전을 하길래 찾아와 봤더니 이 꼴이었던 것이다.

"내가 아직 인류가 덜된 모양이군."

호텔 로비로 들어서면서 나는 혼잣소리로 말한다. 오전 10시 반, 또 하루가 지난다. 인간의 날짜 계산으로 하면 오늘은 4월 12일, 내가 변신한 지 33일 2시간 42분 27초째이며 내 나이는 기록상 28세 3개월 27일 4시간 31분 12초째가 되겠다. 평균수명 대비 말할 필요는 없다. 내 생명은 무한대, 영원하니까. 커피숍의 빈자리에 앉은 나는 다시 입술만을 달싹이며 말한다.

"기를 쓰고 닮을 필요는 없지."

이성 관계를 말하고 있는 것이다. 내가 두 개의 성(性)으로 나누어진 인류의 남성으로 변신한 이유는 단 한 가지, 남성의 체형이 컸기 때문이다. 체형이 크면 힘을 쓰는 입장이 되며 주도권을 쥐게 된다. 이왕이면 힘을 가진 처지가 되는 것이 낫다고 생각했다. 또 용모와 몸매도 이경훈이란 등록체를 만들어놓은 후에 눈에 크게 띄지 않으면서도 호감이 가는 부분을 골라 창조했다. 그래서 내 용모는 배우 안동기의 코, 축구선수 백기준의 눈, 오래전에 죽은 정치인 한경수의 눈썹 등을 골라 만들었으며 몸은 수영선수 박기환의 것이다. 그래서 이렇게 사람들이 많은 커피숍 같은 곳에 등장하면 시선이 모여진다. 특히 여자들이 보내는 관심은 강하다. 지금도 테이블 하나 건너편에 앉은 두 여자가 제각기 이야기에 열중하고 있는 것처럼 보이지만 정신은 온통 나에게 쏠려있다. 그런데 나는 웬일인가? 로비로 들어서기 전부터 문득 떠올랐던 의문이 아직도 내 머릿속을 맴돌고 있다. 그래서 다시 이번에는 마음속으로 중얼거려본다.

"내가 여자한테 끌리지 않는 건 아무래도 몸과 마음만 갖췄다고 되는 일이 아닌 것 같군. 이건 습성인 모양이야."

그러고는 두 여자에게로 머리를 돌린다.

"그렇지 않으면 상대를 만나지 못했기 때문이든지."

그때 이쪽에 옆모습을 보이고 있던 오른쪽 여자 머릿속에서 말이 들린다. 생각이 목소리로 들리는 것이다.

"남자는 다 같아. 저 남자도 마찬가지야. 겉만 번지르르하고 속은 짐승이나 다름없는 속물들."

그런데 시선을 조금 옮겼을 때 마침 왼쪽 여자와 눈이 마주쳤다. 여자의 검은 눈동자가 흔들리면서 머릿속 생각이 말로 들린다.

"어머, 날 봤어. 진짜 독특하네. 혹시 탤런트 아닌가? 아니면 가수? 어디서 많이 본 것 같아."

나는 여자의 호기심에 찬 모습이 아름답다는 생각을 했다. 둘 다 아름답다. 체형도 미끈해서 군살이 적다. 오른쪽은 내성적이며 지적인 성품이었고 왼쪽은 밝고 순진하다. 나는 먼저 왼쪽 여자를 향해 빙긋 웃어 보였다. 그러자 여자의 얼굴이 순식간에 붉어지면서 시선을 내린다. 그때 이번에는 오른쪽 여자가 머리를 들고 나를 보았다. 여자의 얼굴과 정면으로 마주친 순간 나는 숨을 멈춘다. 내가 멈추려고 한 것이 아니라 저절로 그렇게 된 것이다. 여자는 정색하고 있다. 또렷한 눈동자, 약간 차가운 분위기의 용모였지만 그것이 도발적으로 느껴진다. 나는 여자 머릿속의 생각을 듣는다.

"누굴 만나러 왔을까? 이런 남자는 물론 여자가 많을 거야. 줄줄 따를 테니까."

그때 옆쪽에서 인기척이 났다. 그렇지, 내가 이곳에 온 것은 이 인간을 만나려는 것이었지.

"전 의원 만나는데 애를 먹었습니다."

자리에 앉자마자 조병호가 손끝으로 이마의 땀을 닦는 시늉을 하면서 말한다. 마치 금방 전기준을 만난 시늉이다. 내 시선을 받은 조병호가 말을 잇는다.

"예, 말씀 드린 대로 약속 잡았습니다. 사장님 인적사항을 조회 해보고 나서도 사장님에 대해서 꼬치꼬치 묻더구먼요. 혹시 후원금 내고 무슨 부탁을 할까봐서 그러는 거죠. 전기준은 그런 면에서는 깨끗하다고 소문이 났거든요."

나는 머리만 끄덕였고 조병호는 계속한다.

"그래서 어떤 청탁도 없을 것이라고 했더니 내일 점심때 여의도의 식당에서 점심 같이 먹자고 했습니다."

"수고했어요."

조병호의 머릿속을 들여다보면서 말했을 때 목소리가 울린다. 물론 조병호의 입은 꾹 닫혀있고 생각이 목소리로 들리는 것이다.

"수고비로 최소한 1백은 내놓겠지? 좀더 생색을 낼걸 그랬나? 아냐, 오늘만 날이 아냐. 크게 한 탕 할 때까지 내색을 하지 않는 것이 나아."

왜 이렇게들 돈 욕심을 부릴까? 사는데 전혀 지장이 없는데도 이렇게 끊임없이 욕심을 부리는 것이다. 며칠 전 산속에서 송상현의 시체 옆에 쭈그리고 앉아 있다가 경찰에 체포된 김미주 일당도 그렇다. 김미주는 이미 수십억의 재산을 모아 놓아서 그것만으로도 80 인생을 편히 살 수 있을 터였다. 지금 앞에 앉아 초조하게 눈동자를 굴리는 조병호도 그렇다. 인간 나이 47세, 부동산 투자 및 경영 컨설턴트 직업을 가진 경제학 박사로 대학에서 시간제 강의를 맡고 있는 조병호의 돈 욕심도 만만치 않다. 나한테 트라스 오피스텔을 중개해준 대가로 1억을 받고나서 내 심부름을 해주고 있는데 그 동안 사기 친 금액만 1억이 넘는다. 비용을 두 배 이상 부풀려 청구했기 때문이다. 그쯤은 눈을 감아 주었더니 지금은 아예 다른 일은 놔두고 내 심부름만 한다. 하긴 시간 강사료는 한 달에 70만 원 정도, 부동산이나 경영 컨설턴트 일로 받은 보수는 월 50만 원도 안 된다. 조병호의 시선을 받은 내가 이윽고 주머니에서 봉투를 꺼내 내밀었다.

"수고했어요. 여기 1백만 원 넣었습니다."

기대한 대로 수고비를 챙긴 조병호가 커피숍을 나갔을 때 나는 옆쪽 테이블에서 울리는 목소리를 듣는다. 차가운 인상의 여자, 머릿속의 목소리다.

"하긴 내 이상형은 현실에서 존재하지 않을 거야. 공상속의 남자일 뿐이야."

문득 호기심이 발동한 내가 머리를 돌려 여자를 보았다. 그 순간 여자의 일생이 주르르 내 머릿속에 들어왔다. 이른바 입력된 것이다. 하나도 빠짐없이, 여자가 기억하지 못한 부분도 다, 여자 이름은 하정연, 25세, 대학 졸업 후 3년째 한국항공에서 스튜어디스로 근무 중이며 남자와 사귄 경험이 두 번, 만난 횟수는 각각 8번, 12번인데 당사자도 모르고 있을 것이었다. 내 머릿속에 1초도 안 된 순간에 하정연의 남자관계가 스치고 지나간다. 첫 남자와는 키스 두 번, 두 번째는 키스 네 번에 호텔까지 간 적이 있다. 그러나 하정연이 거부하는 바람에 깊은 관계는 성사되지 않음. 그럼 하정연은 인간의 표현대로라면 아직 처녀다.

"이 남자 눈빛이 이상해."

하정연의 머릿속이 말하는 바람에 나는 문득 웃음을 짓는다. 그것을 본 하정연의 눈 주위가 붉어졌다. 시선을 내린 하정연의 머릿속이 말한다.

"저런 웃음 싫어. 능글맞게." 했지만 머릿속 말과 마음이 전혀 다르다는 것을 나는 안다. 그때 앞쪽 여자가 머리를 돌려 나를 보았다. 이름은 박명진. 같은 스튜어디스지만 박명진은 애인이 둘이나 있다. 둘하고 번갈아 섹스를 해오는 관계, 섹스 경험은 총 327회, 그러나 호감이 가는 새 남자를 만나면 얼마든지 교체 가능, 반년 전에는 박명진의 남친이 넷이었다. 따라서 지금 남친 둘 중에서 가장 오래 만난 김기동과의 관계는 4개월 22일 12시간 28분 16초인 것이다. 남친 순환 기간이 점점 짧아지는 상태, 박명진의 머릿속이 말한다.

"뭐야? 웃고 있잖아? 지금 나한테 웃는 거야? 아니면."

힐끗 하정연에게 시선을 주었던 박명진의 표정이 조금 굳어진다.

"아니, 정연이한테 필을 꽂는 거야?"

그때 내가 박명진의 머릿속 한쪽에 자극을 주었다. 조금 귀찮아졌기 때문이다. 그 순간 박명진이 자리에서 벌떡 일어선다. 그러더니 하정연에게 다급한 표정으로 말한다.

"화장실."

박명진은 줄줄 쏟아져 나오는 배설물 때문에 화장실에 오래 앉아있어야 될 것이다. 내가 깜빡 잊는다면 하루 종일 앉아 있을지도 모른다. 끊기지 않고 나오는데 일어날 수가 있겠는가? 오리걸음으로 박명진이 떠나고 하정연 혼자가 되었을 때 내가 머릿속에 대고 말한다.

"이리와."

그러자 자리에서 일어선 하정연이 이쪽을 향해 다가온다. 그러나 눈은 크게 떠졌고 얼굴이 하얗다.

"어머, 내가 왜 이래? 내가 왜?"

하고 하정연이 머릿속으로 외쳤으므로 내가 대신 말해주었다.

"괜찮아. 이 사람이 지금 눈으로 오라고 했지 않아?"

그러고는 내가 하정연의 시선을 잡고 빙긋 웃어 주었다. 다가온 하정연이 앞쪽 자리에 앉는다. 단정하게 무릎을 붙이고는 또 무릎위에 두 손을 얹었다. 가지런한 손가락과 보기 좋은 손톱, 무릎 아래쪽 정강이의 맨살이 매끄럽게 보인다. 그때 내가 입을 열었다.

"무슨 일입니까?"

그 순간 하정연의 얼굴이 대번에 빨개졌다. 그러나 곧 어금니를 물더니 시선을 들고 나를 보았다.

"싫으시면 갈게요."

"이런 일 처음이죠?" 하고 묻자 하정연이 빨개진 얼굴로 머리부터 젓는다.

"저도 모르겠어요, 갑자기."

"난 이경훈이라고 합니다."

내가 부드러운 표정을 짓고 말한다. 여자의 흥분, 불안, 어색한 상태를 가라앉혀줘야만 한다.

머릿속을 안정시킬 수 있지만 겉으로 표현 해주는 것이 자연스럽고 혼란을 막아줄 것이다.

"내가 그쪽으로 가고 싶었는데 서로 마음이 통했다는 생각이 드네요."

내 목소리는 남자 성우 둘의 목소리를 혼합시켰다. 그래서 굵고 약간 낮아서 요즘 유행되는 말로 섹시한 목소리가 되었다. 그때 하정연이 말한다. 얼굴 표정이 조금 가라앉았다. 머릿속에 뒤죽박죽으로 떠돌던 낱말들도 정리되고 있다.

"전 하정연이라고 합니다. 만나서 반갑습니다."

그러더니 머리까지 숙였으므로 나는 나도 모르게 빙긋 웃었고 그것을 본 하정연도 멋쩍게 따라 웃는다. 어색한 분위기가 다 가셔졌다. 나는 머릿속에 행동 명령을 주입시키지 않겠다고 마음 먹었다. 그것은 강압이다. 약을 먹이거나 기계를 움직이는 것이나 같다. 인간 대 인간으로 내 능력을 최소한만 사용하리라. 나는 다시 입을 연다.

"시간 있으시면 저하고 드라이브나 하실까요?"

하정연의 머릿속에 먼저 지금 화장실에서 설사를 내쏟고 있는 박명진의 얼굴이 떠올랐으므로 내가 말한다.

"친구 분하고 같이 가셔도 됩니다."

그러나 그 순간 박명진이 변기에 앉은 채로 옆에 놓은 가방에서 핸드폰을 꺼내든다. 문득 남친 얼굴이 떠올랐고 지금 만나고 싶다는 생각이 들었기 때문이다. 그래서 먼저 하정연에게 너 먼저 가라는 전화를 하려는 것이다. 그러고는 남친한테 전화를 해서 이곳으로 불러낼 작정이다. 똥 싸고 나올 때까지 기다리게 할 필요가 있나?

오늘 내 차는 한국산 한산700, 최신형이다. 이보다 비싼 차가 많지만 너무 튀는 건 불편하다. 오피스텔 경비원 김상호 같은 부류가 또 생길 수 있다. 지금 김상호는 나를 납치 또는 강탈할 궁리를 제법 구체적으로 세우고 있는 중이다. 돈이란 무언지 인간은 참 진기한 생명체. 어쨌든 내 한산에 탄 하정연은 잠자코 시트에 몸을 묻은 채 앞만 응시하고 있다. 오전 11시 50분. 차는 지금 서울 톨게이트를 빠져나와 시속 120으로 질주하고 있다. 평일이라 길이 잘 뚫린다. 영동 고속국도 쪽에 막히는 구간도 없다. 하정연은 내일까지 휴가다. 모레 아침에는 프랑스 파리까지 장거리 비행을 하고 파리에서 다시 하루 쉰 다음에 돌아온다. 차에 속력을 내면서 내가 입을 열었다.

"난 뉴만 상사의 투자부 딜러로 일하고 있죠."

그 순간 하정연의 얼굴에 안도하는 표정이 떠올랐으며 머릿속 생각은 목소리로 들렸다.

"그럼 그렇지. 뉴만 상사구나."

뉴만 상사는 세계 최대 투자금융 회사로 본사는 파리에 있다. 뉴만에서 근무하는 고급 딜러의 연봉은 수백만 불이며 보너스로도 수백만 불을 받는다고 했다. 하정연이 머리를 돌려 나를 보았다.

"한국에서 근무하세요?"

"네. 파리 본사에 있다가 이쪽으로 온 지 33일 되었습니다."

33일은 내가 인간으로 변신해서 지낸 기간이다. 내가 말을 잇는다.

"학교는 하버드에서, 뉴만에 근무한 지는 4년 되었지요."

하정연이 머리를 끄덕였고 생각은 내 귀로만 들린다.

"그렇구나. 그럼 한국에서 유학 간 건가?"

"내 부모는 뉴욕에 계십니다. 미국 시민권자죠."

내가 딱 맞게 대답해준다.

"아아, 그렇구나."

이것도 하정연의 머릿속 생각이다. 그러나 하정연이 나를 보았다.

"그럼 한국에선 어떻게……."

혼자 사는지 어떤지를 묻고 싶었는데 말은 그렇게 나왔다.

"오피스텔에서 혼자 삽니다."

나는 그렇게만 말했다. 지난번 양한나라고 가명을 쓴 김미주를 처음 만났을 때 트라스 오피스텔 펜트하우스에 산다고 했더니 상황이 급진전 되었다. 김미주의 눈빛이 달라졌으며 머릿속 생각이 쉴 새 없이 이어져서 내 귀가 아플 정도였던 것이다. 그 머릿속 말을 모두 다 듣는 동안에 인간의 교활성, 욕심, 비열함, 사기, 잔인함 등 온갖 단점이 다 드러났다. 그야말로 더러움의 백과사전 이었던 것이다. 아주 단기간에 좋은 공부를 한 셈이었다.

한산은 영동 고속국도를 시속 180킬로로 달려가고 있다. 이경훈의 운전 솜씨는 능숙했다. 모든 차를 제치고 질주 하는데도 조금도 불안하지 않은 것이다. 더구나 최고급차 한산의 쿠션은 편안했으며 엔진 소음은 낮은 자장가 같다. 하정연은 다시 앞쪽에 시선을 준 채 생각에 잠긴다. 차츰 안정이 되면서도 생각은 끊이지 않는 것이다. 만난 지 한 시간만에 남자하고 영동 고속국도를 달려가게 되다니. 내가 오늘 서울로 올라올 수는 있게 될까? 아니, 그것에 대해서 불안해하지도 않는 내 정신 좀 보아. 이 남자의 정체는 과연 사실일까? 하버드 출신, 뉴만 상사의 딜러. 내가 혹시 사기꾼에게 걸린 건 아니겠지? 혹시, 그때 하정연은 차안의 스피커에서 흘러나오는 노래를 듣는다. 스테레오의 음질은 훌륭해서 마치 홀에서 듣는 것 같다. 놀란 하정연이 입을 딱 벌리고는 이경훈을 본다. 노래는 가수 한비의 나그네. 하정연이 가장 좋아하는 곡이다.

"떠나가는 내 사랑아."

한비의 떨리는 것 같은 목소리가 차안을 울렸을 때 하정연의 눈에 눈물이 고였다. 이 노래를 차 안에서 듣다니, 바로 이 순간에, 하정연은 눈을 감는다. 그러고는 길게 숨을 뱉는다. 이런 우연이, 이런 인연은 없을 것 같다. 이제 더 이상 외심으로 불안해하지 않겠다.

나는 눈을 감은 하정연의 얼굴을 물끄러미 보았다. 지금 하정연의 머릿속 생각은 다 목소리로 들리고 있다. 눈을 감은 하정연의 모습을 보자 왠지 가슴이 묵직하게 느껴진다. 왜 그럴까? 이렇게 관계가 진전되다가 각자의 생식기가 부딪치는 섹스의 과정으로 이어지는 것이겠지. 물론 섹스의 온갖 테크닉도 내 머릿속에 박혀져 있긴 하다. 아직 한 번도 경험이 없지만 감촉이나 분위기 등은 겪은 것처럼 알고 있는 것이다. 하정연의 머릿속 생각을 들으면 오늘밤 섹스가 가능할지도 모른다. 그러면 끝인가? 관계 성립이 그것으로 완성이 된다는 것인가? 모르겠다. 입맛을 다신 내가 다시 앞쪽으로 시선을 돌렸을 때 부스럭거리면서 하정연이 의자에서 몸을 세운다. 그러고는 머리를 돌려 나를 보았다. 차 안에는 나그네에 이어서 한비의 꿈이 울리고 있다. 하정연이 두 번째로 좋아하는 노래였다.

　"너무해요."

　마침내 하정연이 북받치는 감정을 억제하지 못하고 말한다. 두 눈에 눈물이 가득 고여 있다.

　"이 노래도 우연인가요?"

　떨리는 목소리로 하정연이 물었을 때 나는 천천히 머리를 끄덕였다.

　"나는 인연을 믿어요."

　하마터면 나 같은 지능체도 인연을 믿는다고 할 뻔 했다. 나도 실수를 할 때가 있는 것이다. 그 한마디에 하정연은 다시 입을 다문다. 머릿속 생각이 끊겼다는 것은 일체가 되어 공감한다는 의미겠지.

　그럼 인간들 유행어대로 작업이 잘되나?

두 번째 전설
내가 신이다

2장

속초 샹그릴라 호텔 20층 라운지에서는 바다가 한눈에 내려다보인다. 오후 6시 40분, 나는 하정연과 창가의 테이블에 앉아 싱싱한 회와 바다가재, 거기에다 포도주까지 곁들인 저녁식사를 하는 중이다. 하정연은 맛있는 요리와 눈 아래의 바다, 거기에다 포도주의 알코올 기운까지 뒤섞여 좋은 상태. 인간이 된 나는 맛도 알고 위장 기능도 완벽하게 작동되지만 아직은 시늉만 할 뿐이다. 실제로 나는 혼자 있는 경우에는 아무것도 먹지 않는다. 마치 전원을 끈 기계 상태처럼 되어서 이경훈의 몸은 놔두고 돌아다닌다. 물론 내 형체는 보이지도 않고 질량도 없다.

"맛있어요."

하고 하정연이 머리를 들고 말했을 때 나는 빙긋 웃는다. 지배인이 다가와 하정연의 잔에 포도주를 채워주고 돌아갔다. 프랑스산 와인, 한 병에 70만 원이었다. 내가 다시 맛대가리도 없는 포도주 잔을 들었을 때 하정연의 목소리가 들렸다. 입을 딱 다물고 있었으므로 머릿속 생각이 목소리로 들리는 것이다.

"오늘 여기서 자고 가자고 하면 어떻게 하지?"

하정연이 포크로 샐러드를 찍으면서 머릿속으로 말한다.

"난 아직 준비가 덜 되었는데. 하지만 거절해서 분위기를 깨뜨리기도 싫고."

한 모금 포도주를 삼킨 내가 쓴웃음을 짓는다. 하정연은 지금 섹스 과정으로 나서는 것이 두려운 모양이다. 인간은 참 묘하다. 생각이 다 노출되는 과정이 되면 이런 이중적 형태가 사라지겠지만 마음과 행동이 다르게 나타난다. 그래서 말은 아니라고 하지만 머릿속은 그 반대인 경우가 많다. 나는 하정연의 고민을 덜어주기로 마음먹는다.

"저녁 먹고 서울로 돌아갑시다. 평일이고 길이 잘 뚫릴 테니까 세 시간이면 돌아갈 수 있을 겁니다."

"괜찮으시겠어요?"

걱정스런 표정으로 하정연이 물었지만 머릿속 생각이 이어 들린다. 이건 아직 말로 형성이 되지 않았지만 나는 짜깁기 하듯 그것을 편성해낸다.

"실망했어. 안심도 되지만. 근데 내가 왜 이러지? 이 남자한테 빠진 것 같아."

이번에는 내가 시치미를 뚝 떼고 말했다.

"그럼요. 앞으로는 정연 씨하고 좀더 여유 있게 만났으면 좋겠네요."

"네, 그래요."

하정연이 밝은 표정으로 나를 보았다. 차갑게 느껴졌던 얼굴이 환해졌고 분위기가 전혀 달라졌다. 차가운 모습도 시선을 끌었지만 웃는 얼굴도 어울렸다. 나는 한동안 하정연의 얼굴을 보았다. 하정연도 이제는 내 시선을 받는다. 다시 하정연의 머릿속이 비어져 있다.

민족당 의원 전기준은 3선 의원으로 정치인 중에서는 이미지가 깨끗한 편에 들었다. 내가 본 인간의 사회활동 중에서 정치인은 가장 권력이 많으면서도 부패했다. 다른 업종과 비교해서 그렇다는 말이다. 그런데 전기준은 3선 의원으로 요직을 많이 거쳤음에도 관악구의 23평형 아파트 한 채가 전 재산이었다. 자식 둘은 공부를 썩 잘했는데 그중 대학 3학년인 큰아들이 지난달에 교통사고로 죽었는데도 비밀로 했다가 며칠 전에야 알려진 것이다. 언론은 전기준을 취재하려고 애를 썼지만 거절당했다. 그 사실이 언론에 보도되는 것부터 거부감을 느낀다는 태도였다. 그래서 내가 전기준에 대해서 알아 보고나서 조병호를 통해 만남을 주선한 것이다. 왜냐하면 국회의원은 사회 활동과 관계를 맺기 가장 유리한 위치였다. 그야말로 이곳 인간 사회에서 국회의원이란 위치는 사통팔달, 때로는 무소불위의 권한을 행세할 수가 있는 것 같다. 오전 12시 5분, 약속장소로 정한 여의도의 중식당 '화원' 밀실로 전기준이 들어섰다. 그런데 전기준의 뒤를 사내 하나가 따른다.

"아이구, 기다리셨습니까?"

자리에서 일어선 나를 향해 전기준이 웃음 띤 얼굴로 손을 내밀었다.

"제 보좌관입니다."

내 손을 잡았다 놓은 전기준이 뒤에 선 사내를 소개했다.

"김영규라고 합니다."

40대 보좌관이 내 손을 잡고 인사를 했다. 짧은 인사를 마친 셋이 원탁에 둘러앉았을 때 종업원이 들어와 주문을 받고 갔다. 전기준은 메뉴판을 보더니 가장 싼 2만 원짜리 코스 요리를 시켰으므로 나도 따른다. 이미 전기준은 내 신상 내역, 재산 상태까지 두르르 꿰고 있다. 조병호 앞에서 한 차례 확인을 한 후에 나중에 더 자세하게 조사를 했기 때문이다. 조병호한테 나는 상속 재산이 많은 2세로 행세하고 있다. 나는 대성전자의 대주주이기도 하다. 전기준은 대성전자의 대주주 명단에 내 이름이 있는 것도 확인했고 보좌관을 시켜 내 부동산도 알아보았다. 물론 조사한 당사자 눈에 잠깐 헛것이 씌워졌지만 내 부동산 가치는 시가로 5천억이다. 나는 숨겨진, 알려지지 않은 재력가인 것이다.

"이렇게 초대해주셔서 감사합니다."

엽차 잔을 쥔 전기준이 사례를 했다. 시선을 옮기지 않는 것은 이제 용건을 듣고 싶다는 표시였다. 그때 나는 전기준의 머릿속 생각을 듣는다.

"인상도 좋고 태도도 반듯하군. 하지만 무슨 부탁 할 일은 있겠지."

청렴하지만 전기준 또한 탁한 정치계에서 10여 년을 보낸 인물이다. 그렇게 생각하는 것도 무리가 아니다. 내가 웃음 띤 얼굴로 말했다.

"사흘 후에 청와대에서 입각 제의가 올 겁니다. 지금 공석인 행자부장관으로 결정이 되셨기 때문이죠."

놀란 전기준이 옆쪽에 앉은 보좌관 김영규를 보았다. 너무 놀랐는지 머릿속 생각은 없다. 그러나 입 밖으로 말은 나온다.

"농담이 심하십니다. 야당 의원에게 입각 제의를 하다니요? 그리고 또."

전기준이 정색하고 나를 보았다.

"그걸 어떻게 아십니까? 장난하시면 안 됩니다."

"사흘 후 오전 10시 반, 청와대 인사수석 하동찬 씨가 연락을 해올 겁니다, 그런데."

내가 틈을 주지 않고 말을 잇는다.

"그 제의에 대해서 민족당은 야당 분열 공작이라느니 하면서 의원님께 받아들이지 말라고 극력 요구할겁니다. 그렇지만……."

"잠깐만요."

이번에는 보좌관 김영규가 손까지 저으며 나섰다. 눈을 치켜뜬 모습이다.

"그런 허무맹랑한 이야기를 들으려고 의원님이 오신 건 아닙니다. 그러니까……."

"보좌관님은 오늘 아침에 딸 진숙이 과외비를 못 주고 나오셨지요?"

불쑥 내가 묻자 김영규는 멍한 표정을 3초쯤 짓고 있더니 혼잣소리로 말한다.

"이건 도무지……."

"과외비는 35만 5천 원이고, 그리고 한 시간쯤 전에는 동생 되시는 분이 돈 좀 달라는 전화를 해왔군요. 6백만 원, 맞죠?"

"아니, 이 사람이."

했지만 김영규의 얼굴이 하얗게 굳어졌다. 그때 내가 다시 전기준에게 말한다.

"아직 못 믿으시는 게 당연합니다. 난 미래를 볼 수 있는 능력이 있고 전 의원님을 우연히 보고나서 사회에 도움이 되실 분이라는 생각이 들어서 연락 드린 겁니다."

내가 시선만 주고 있는 전기준에게 말을 잇는다.

"의원님은 청와대 제의를 받아들이셔야 합니다. 그리고 민족당에서 제명한다고 떠들 때 탈당을 하세요. 그러면 의원님께 큰 기회가 옵니다."

"이것보세요, 이경훈 씨."하고 전기준이 입을 열었을 때 내가 서둘러 말을 이었다.

"점심 마치고 의원실에 돌아가신 후에. 그렇죠, 3시 반쯤이군요."

눈을 가늘게 뜬 내가 이제는 숨을 죽인 둘을 향해 말을 잇는다.

"의사당 천장이 허물어지는 대소동이 일어날 겁니다. 노후 되어서 무너지는 거죠. 인명 피해는 없습니다. 그걸 보시면 제 말을 조금 믿게 되실 겁니다."

내가 웃음 띤 얼굴로 말했을 때 마침 요리 접시가 들어왔다. 둘의 머릿속은 비었다. 내 말을 모두 받아들인 상태였다.

나는 미래를 예측할 수 있는 능력도 있다. 따라서 그 미래를 바꿔줄 수도 있는 것이다. 내 능력은 인간들이 말하는 기적 따위와는 차원이 다르다. 몇백 년 전에 죽은 인간을 부활시킬 수도 있으며 건물을 없애버릴 수도 있지만 인간의 삶을 향상 시키는 작업을 내가 직접 하기는 어렵다. 하늘에서 돈을 뿌려주거나 집집의 냉장고에 음식을 가득 채워준다고 삶이 나아지는 건 아니니까. 그래서 나는 대리인이 필요했던 것이다. 그 대리인이 바로 전기준이다. 전기준과 헤어진 나는 문득 어젯밤에 헤어진 하정연의 얼굴을 떠올렸다. 집 앞까지 데려다 주었더니 세 번이나 돌아보며 손을 흔들었다. 그때의 느낌이 지금도 새롭다. 가슴이 따뜻해진 것 같았으며 심장의 박동이 평균보다 5퍼센트 정도 빨라졌다. 머릿속의 세포 일부분이 팽창한 느낌이 들었는데 시간이 나면 그것에 대해서 조사 해봐야겠다. 인간은 아직 뇌세포에 대한 연구가 부족하다. 불치병도 많아서 아직 의학도 원시 상태다. 나에게 하정연은 남녀의 관계에 대한 연구 대상이다. 그렇지, 바람에 몸을 맡긴다는 누구의 표현대로 하정연과 자연스럽게 어울리다보면 나도 인간 남성의 성에 적응하게 되지 않겠는가? 그때 주머니에 넣어둔 휴대폰이 진동을 했으므로 나는 빙긋 웃는다. 하정연이다. 눈앞에 휴대폰을 귀에 붙인 하정연의 모습이 떠올라 있다. 휴대폰을 귀에 붙인 내가 응답하자 하정연이 묻는다.

"통화해도 괜찮아요?"

"그럼요."

부드럽게 대답한 나는 주차장으로 다가간다. 그때 하정연이 말했다.

"저 내일 파리에 갔다가 사흘 후에 돌아와요. 돌아와서 만날 수 있어요?"

"내가 사흘 후에 전화할까요?"

그러자 하정연의 목소리가 밝아졌다. 환해진 얼굴도 보인다.

"아뇨, 제가 할게요. 10시쯤이면 괜찮아요?"

"괜찮아요."

"저한테 존댓말 하지 않기로 했잖아요?"

"참, 그랬지."

쓴웃음을 지은 내가 금방 말투를 바꾼다.

"전화 기다릴게."

"그럼 전화 끊을게요."

통화가 끊겼을 때 나는 내 얼굴에 웃음기가 떠올라 있다는 것을 알았다. 인간으로 적응되고 있다는 증거 같기도 하다.

"우르르릉."

마치 뇌성 같은 울림이 바로 지척에서 울렸으므로 전기준은 소스라쳤다. 의사당의 소회의실 안이다.

의원회관에 있다가 당 정책위 의장의 만나자는 연락을 받은 전기준이 의사당에 올 때 좀 꺼림칙은 했다. 그래서 동행한 김영규한테 농담처럼 3시 30분에 의사당이 무너지는 것 아니냐고 물었던 것이다.

"쿠콰쾅!"

이번에는 건물이 무너지는 것 같은 진동과 함께 폭음이 울렸으므로 전기준은 벌떡 일어섰다. 복도를 어지럽게 달리는 발자국 소리와 함께 사람들의 당황한 외침이 터지고 있다. 그때 문이 벌컥 열리면서 김영규가 뛰어 들어왔다. 눈을 치켜뜨고는 있었는데 초점이 멀다. 김영규가 소리쳤다.

"의원님! 의사당 천장이 무너졌습니다!"

"예지 능력이 있는 자 같습니다."

의사당을 빠져 나왔을 때 김영규가 전기준에게 말했다. 이제 둘은 의사당 정문 근처에 서서 천장이 무너진 의사당을 바라보는 중이다. 김영규가 굳어진 얼굴로 말을 잇는다.

"그자의 말이 맞습니다. 의원님, 제 동생 놈이 돈을 빌려달라고 한 것도 맞고 제 딸 과외비를 못 낸 것도 맞습니다. 이건 조사해서 알아낼 일이 아닙니다."

둘은 이경훈의 예언에 대해서 이야기를 나누지 않았다. 꺼림칙 했기 때문이다. 다만 식당을 나와 차에 탔을 때 전기준이 참 이상한 사람이라고 이경훈을 평했을 뿐이었다. 그때 전기준이 입을 열었다.

"난 미신을 믿지 않아. 기적도 믿은 적 없는 무신론자인데."

어깨를 올렸다가 내린 전기준이 말을 잇는다.

"그 사람이 나한테 해코지를 하려고 그러는 거 같지는 않아."

"맞습니다."

김영규가 바짝 다가서더니 목소리를 낮췄다.

"만일 그 사람 말대로 청와대에서 연락이 온다면 신중하게 고려하시지요."

"그 사람 말대로 하란 말인가?"

그러자 김영규가 목소리를 더 낮춘다.

"이경훈 씨 말도 일리가 있으니까요. 틀림없이 당에서는 받아들이지 말라고 할 겁니다. 받아들인다면 제명하려고 들 것이고요."

"이제 보좌관은 그 사람 말을 믿기 시작한 것 같구만."

했지만 곧 전기준도 정색하고 말을 잇는다.

"사흘 후라고 했으니 그때 보자구. 실제로 그렇게 된다면 다시 상의를 하지."

전기준도 믿기 시작한 것이다.

웃을지 모르지만 난 지금까지 비행기를 타본 적이 없다. 마음만 먹으면 눈 깜빡하기도 전에 서울의 내 집에서 프랑스 파리로 이동할 수 있는데 일부러 고생을 할 필요가 있겠는가? 꼼짝 못하고 비행기 안에 있어야만 하는 몇 시간이 나에게는 감옥이나 같은 것이었다. 그런데 나는 오전 10시 출발의 파리행 티켓을 사서 인천공항 세관을 통과했다. 내 여권에 처음 출국 스탬프가 찍힌 순간 나는 얼굴을 펴고 웃었다. 내가 정말로 인간이 된 것 같았기 때문이다. 공항 안은 활기에 차 있었다. 여행자들은 아무리 시치미를 뚝 떼고 있어도 활기가 감싸고 있다. 활기란 곧 에너지이며 내 눈에는 그것까지 다 보인다. 인천 공항은 넓고 잘 꾸며졌다. 세계 최고 수준의 공항답다. 공항 구경을 하던 나는 탑승시간이 되었을 때 29번 게이트로 다가갔다. 파리행 한국항공 875편 탑승이 시작되어 있었다. 나는 일등석 티켓을 꺼내 보이고는 붉은 양탄자가 깔린 일등석 통로로 들어섰다. 하정연이 오늘이 875편 승무원인 것이다. 그렇다. 내가 갑자기 이 비행기를 탄 것은 하정연 때문이다. 한국으로 돌아올 표는 끊지 않았다. 눈 깜빡하면 오피스텔로 돌아와 앉아있을 계획이었기 때문에. 일등석 통로는 나 혼자 걸었다. 서류 가방 하나만 쥐었는데 빈손이면 이상하게 보일 것 같아서였다. 내가 입구로 다가갔을 때 기다리고 서 있던 사무장과 스튜어디스가 정중하게 맞는다. 내가 내민 좌석표를 보더니 스튜어디스가 자리로 안내했다. 자리가 침대를 접어놓은 것 같다. 옆 좌석과는 커튼까지 드리워져 있어서 독방 같다. 만족한 내가 자리에 앉으면서 스튜어디스에게 묻는다.

"하정연씨 오늘 근무 하지요?"

"네?"

놀란 듯 스튜어디스의 눈이 동그랗게 커졌다. 이 여자도 아름답다. 그러나 하정연만큼은 아니다.

"네, 근무 하는데요."

대답하는 스튜어디스의 머릿속에서 또 목소리가 이어졌다.

"정연이 이 기집애 봐, 이런 킹카를 알고 있었네?"

"내가 사촌오빠 됩니다. 제가 탔다고 전해 주시겠어요?"

"네, 그럴게요."

얼굴이 환해진 스튜어디스가 돌아서자 나는 쓴웃음을 짓는다. 하정연의 사촌오빠라고 말한 내 임기응변이 우스웠기 때문이다. 이만하면 인간이 다되어가고 있지 않은가? 하정연을 불편하게 만들어주지 않으려는 배려까지 하고 있는 것이다. 3분도 되지 않았을 때 옆으로 인기척이 나더니 하정연이 다가왔다. 하정연은 가쁜 숨까지 내뱉었고 놀란 표정이다.

"어머나, 여긴." 하고 하정연이 더듬거렸을 때 내가 서두르듯이 말했다.

"사촌 오빠라고 했어, 잘했지?"

"네, 아니, 너무 놀랐잖아요. 근데, 파리 가세요?"

바짝 다가선 하정연이 숨가쁘게 물었을 때 옅은 향내가 맡아졌다. 향수에다 비누, 거기에 몸 냄새까지 섞여져 있다. 나는 가능한 한 길게 숨을 들여 마시면서 그 냄새를 오래 맡는다. 냄새가 좋았기 때문이다. 그러고 나서 대답했다.

"그럼. 파리 본사에 일이 있어서."

"정말요?"

하고 하정연이 물었을 때 나는 머릿속에서 울리는 목소리를 듣는다.

"정말일까? 아니면 나하고 같이 있으려고 그런 것일까?"

나는 하정연의 반짝이는 눈동자를 똑바로 들여다보면서 말한다.

"정연 씨 보고싶기도 해서 이왕이면 이 비행기 탄 거야."

"그럼 조금 있다 올게요."

얼굴이 환해진 하정연이 나를 향해 활짝 웃어 보이고는 몸을 돌린다. 나는 인간이 된 지 얼마 되지 않아서 그런 웃음은 처음 보았다. 뜨겁고 눅눅하고 달콤한데다 끈적이는 느낌까지 섞여진 웃음이다. 나는 한동안 그 웃음 띤 얼굴을 눈앞에 떠올리며 움직이지 않았다.

비행기는 3만 피트 상공을 날고 있다. 인천을 출발한 지 4시간이 지난 오후 2시경, 아래쪽은 남지나해. 점심을 마친 이코노미석은 조금 조용해졌다. 그러나 뒤쪽 단체 여행 몇 팀은 아직 소음과 활기가 가라앉지 않았다. 웃고 떠들다가 몇 명은 숨겨 가지고온 종이팩 소주를 꺼내 나눠마신다. 스튜어디스들이 눈살을 찌푸렸지만 어지간하면 봐주고 있다. 그때 뒤쪽 자리에서 40대 사내가 일어나 통로로 나온다. 사내는 허리에 여행자용 가방을 찼는데

단체 여행자 중 한 명으로 보였다. 통로를 지나 화장실로 다가간 사내가 문을 열기 전에 뒤쪽을 보았다. 그러나 아무도 시선을 마주치지 않는다. 화장실 안으로 들어선 사내는 먼저 거울에 비친 제 얼굴을 보았다. 창백한 얼굴에 이틀째 깎지 않은 수염이 덥수룩했다. 손바닥으로 얼굴을 비빈 사내가 심호흡을 하더니 허리에 찬 가방을 풀며 세면대 위에 놓더니 몸을 굽혀 옆쪽 쓰레기통을 열고 손을 집어넣는다. 사내가 쓰레기통 안에서 꺼낸 것은 사각형 박스다. 20센티 폭에 두께가 10센티 가량의 골판지 박스는 무겁다. 사내는 곧 박스 뚜껑을 열더니 익숙한 손놀림으로 전선 두 개를 꺼내었다. 그러고는 가방에서 꺼낸 두 개의 전선 끝과 연결 시켰다. 사내의 얼굴은 긴장으로 굳어져 있었고 이마와 콧등에 작은 땀방울이 돋아났다. 사내 이름은 유한성, 프랑스에서 태어난 교민 2세로 카이로에 유학을 갔다가 이슬람 테러조직에 가담하게 되었다. 지금까지 중동 지역에서 정보원으로 활동하다가 이번에는 자살특공대 임무를 자원한 것이다. 그것은 작년에 요르단에서 교통사고로 부인과 12살짜리 아들이 사망한 것과도 연관이 있다. 그 사고 이후로 유한성은 생의 의욕을 잃었기 때문이다. 지도부에서는 그것을 알고 있었지만 유한성의 자원을 승낙했다. 지금 한국항공 875편에는 275명의 승객과 승무원이 타고 있다. 한국은 아프가니스탄에 전투병을 파견한 대가를 받아야만 한다. 전선을 이은 유한성은 타이머를 작동시켰다. 그러자 타이머는 1분 59초를 가리켰다. 머리를 든 유한성은 다시 거울을 보았다. K-4 플라스틱 폭탄 2kg의 파괴력은 엄청나다. 눈 깜빡할 순간에 에어버스 300의 동체를 산산조각으로 분해할 것이다. 기체가 가루가 되어 남지나해에 뿌려지면 시신을 찾을 수도 없다.

"기준아, 아버지가 따라간다."

머리를 숙여 타이머를 내려다보면서 유한성이 중얼거렸다. 기준은 죽은 아들 이름이다.

"여보, 내가 당신한테 가."

이번에는 아내에게 말한다. 타이머는 1분 12초를 가리키고 있었지만 조금도 두렵지가 않다. 그때 문득 서울에서 이번 일을 도왔던 김상조의 말이 떠올랐다.

"알라신이 자네를 축복 해주실 거네."

유한성은 쓴웃음을 지었다. 이번에 폭탄을 화장실 휴지통에 넣는 작업이 가장 어려웠다. 기체에 접근하기 어려워서 네 번이나 작전을 연기했던 것이다. 이틀 전 LA행 한국항공 469편을 목표로 했다가 실패하고 나서 오늘 새벽에야 875편의 화장실에 폭탄을 넣었다. 469편은 운이 좋은 편이다. 타이머가 47초를 가리키고 있었으므로 유한성은 변기위에 앉았다. 이제 내 생이 47초 남은 것이다. 그 순간이다. 유한성은 머릿속이 하얗게 비워진 느낌을 받고나서 덜컥 쓰러졌다. 쓰러지면서 머리로 옆쪽 벽을 박는 바람에 큰 소리가 났다.

화장실로 다가간 사무장 안병석은 노크를 했다. 그러나 안에서는 아무 소리도 나지 않는다. 안병석이 다시 노크를 했을 때 옆으로 다가온 스튜어디스가 말했다.

"조금 전에 안에서 무슨 소리가 났는데요."

그러고는 덧붙였다.

"부딪치는 소리 같았어요."

안병석은 주머니에서 비상키를 꺼내 화장실 고리에 넣었다. 뒤쪽에 스튜어디스 둘이 서있다. 안병석이 이곳에 온 것은 우연이다. 기체 뒤쪽 화장실에 가보고 싶었던 것이다. 예감이라고 해도 된다. 문을 연 안병석의 가슴이 덜컹 내려앉았다. 사내 하나가 변기에 앉아 머리를 옆으로 기울인 채 쓰러져 있는 것이다. 머리를 든 안병석의 눈이 와락 커졌다. 세면기 위에 놓인 상자, 전선, 그리고 열려진 가방 속에 켜진 불빛. 가방을 헤쳐 본 안병석은 그것이 타이머인 것을 보았다. 타이머의 붉은 전광 시계는 47초에 멈춰져 있다. 이를 악문 안병석이 가방에서 손을 떼고는 사내를 보았다. 사내는 숨을 쉬지만 의식은 끊긴 것 같다.

방콕 공항에 착륙한다는 기장의 짧은 방송을 듣자 나는 화장실을 보았다. 몸은 일등석에 앉아있지만 마음먹은 곳은 다 보이는 것이다. 화장실 안의 유한성은 기내 보안요원에게 팔 다리가 묶인 후에 입에도 테이프가 붙여져 주방 안에 감금되었다. 폭탄이 들어있는 화장실은 봉쇄 되었고 지금 방콕 수완나품 공항에서는 대테러 부대와 폭발물 처리반이 대기하고 있는 것이다. 그때 하정연이 옆으로 다가와 섰다. 서둘러 온 듯 숨이 가쁘다. 내 의자의 팔걸이에 손을 붙인 하정연이 상반신을 숙이며 말한다.
"수완나품 공항에서 비행기 체크하려고 모두 내려야 될 것 같아요."
내 시선을 받은 하정연의 눈동자가 흔들린다.
"비행기를 바꿔 타야 하거든요."
"그럼 정연씨도 태국에서 내리겠군."
내가 말하자 하정연이 머리를 끄덕였다.
"네, 우린 방콕에서 쉬게 되었어요."
그러더니 길게 숨을 뱉는다.

"하마터면 큰일 날 뻔 했어요."

"아니, 왜?"

"그건 나중에 말씀 드릴게요."

하면서 하정연이 몸을 세웠으므로 나도 입을 다물었다. 하정연이 다시 서둘러 사라졌을 때 나는 쓴웃음을 짓는다. 하정연이 타고 있지 않았다면 이 비행기는 20분쯤 전에 남지나해 상공에서 폭발했을 것이다. 내가 지구상의 모든 일을 다 볼 수는 없기 때문이다. 파리로 떠나는 하정연을 떠올렸을 때 남지나해 상공에서 폭발하는 장면이 이어졌다. 그래서 서둘러 파리행 티켓을 구입한 것이다.

수완나품 공항에서 내린 나는 기관원들의 조사를 마치고 공항 밖으로 나왔다. 파리행을 취소하고 방콕에 내린 것이다. 내가 호텔방에 들어섰을 때는 한국항공 테러 미수 사건이 TV에 특종으로 보도되고 있었다. 범인은 프랑스 교민 2세인 유한성, 아랍 강경 테러조직인 알 마후드파의 자살 특공대라고 자백했다. 아나운서는 유한성이 갑자기 의식을 잃으면서 시한폭탄의 중지 버튼을 눌렀기 때문에 사고가 일어나지 않았다고 했다. TV 화면에 유한성의 얼굴이 비쳤는데 어리둥절한 표정이었다. 자신이 왜 기절했는지, 타이머가 왜 작동을 멈췄는지 이해가 안 간다는 표정으로 보였으므로 나는 쓴웃음을 지었다. 유한성을 기절시키고 타이머 작동을 끊은 것은 나인 것이다. 나는 유한성이 속해있는 테러단 전체를 순식간에 뿌리까지 증발시킬 수도 있지만 내막을 모르는 일에 상관하지 않는 것이 내 입장이다. 일단 나하고 관계가 있는 일에만 상관한다.

"어디 계세요?"

하정연의 전화가 온 것은 30분쯤 후다. 소파에 앉아있던 내가 휴대폰을 고쳐 쥐고 말했다.

"샹젤리제 호텔 2002호실."

지금 하정연은 그랜드 호텔 라운지에서 전화를 하고 있다. 숙소로 온 것이다.

"제가 거기로 가요?"

하고 하정연이 물었으므로 나는 방안을 둘러보았다. 오후 5시 반, 저녁 식사는 호텔 식당에서 먹어도 되겠다.

송아지 고기는 연하고 맛이 있었다. 거기에다 프랑스산 포도주를 곁들이자 피로가 싹 풀리는 것 같았다. 하정연은 포도주잔을 들고 식당 안을 둘러보았다. 샹젤리제 호텔은 방콕의 특급 호텔로 소문이 났지만 처음 와본다. 그때 이경훈이 묻는다.

"방콕에서 며칠 쉬지?"

"며칠씩이나."

풀썩 웃은 하정연이 말을 잇는다.

"내일 오후에 파리행 비행기를 타요."

"그럼 내일 오후까지 시간이 있겠네."

"오빠도 내일 같이 가시게요?"

불쑥 오빠라고 불러본 하정연의 가슴이 뛰었다. 그러자 이경훈이 머리를 젓는다.

"아니, 난 여기서 며칠 쉬었다가 가려고. 마침 할 일도 있고 해서."

머리를 끄덕인 하정연이 창밖으로 시선을 돌렸다. 양식당은 호텔 최상층인 22층에 있다. 창밖으로 어둠에 덮인 도시의 야경이 펼쳐져 있다. 심호흡을 한 하정연이 문득 오늘 이곳에서 이경훈과 같이 지냈으면 좋겠다는 생각을 한다. 이만하면 충분한 인연 아닌가? 그때 이경훈이 불쑥 말했다.

"저녁 먹고 시내 구경이나 갈까? 그래, 쇼핑이나 하자."

시암 파라공은 방콕 제일의 쇼핑센터로 규모가 커서 몇 번 와 본 하정연도 아직 더듬거린다. 그래서 앞장선 나를 따르면서 하정연이 물었다.

"여기 자주 오셨어요?"

"몇 번."

그렇게 대답했지만 난 이곳이 처음이다. 내가 2층의 보석상 '엘빈'에 들어서자 하정연이 바짝 붙어 섰다. 화려한 보석상 분위기에 압도된 것이다. 매장 안에는 종업원만 네 명이 진열대 뒤에 서있는데 안쪽에는 정장 차림의 지배인이 이쪽에 시선을 주고 있다.

"뭘 찾으십니까?"

옆쪽 진열대에 서있는 직원이 은근한 웃음을 띠면서 묻는다. 그때 내 귀에 직원의 머릿속 말이 들렸다.

"내기해도 돼. 저 기집애 꼬시려고 5백 불 미만의 귀걸이나 반지야."

그러자 직원을 향해 머리를 끄덕여 보인 내가 옆쪽으로 시선을 돌렸다. 그러자 이번에는 여직원이 웃음 띤 얼굴로 나를 보았다. 그 순간 입은 열지 않은 대신 머릿속 생각이 들렸다.

"괜찮은 쌍이네. 부러워라. 저 여자는 잔뜩 기가 죽어 있구나."

나는 여직원 앞으로 다가가 섰다.

"내 애인한테 줄 선물을 찾는데."

하고 영어로 말했을 때 옆에 붙어 서 있던 하정연이 내 팔을 잡았다.

"아이, 오빠."

올려다보는 하정연의 양 볼이 붉어져 있다.

"싫어요, 선물 안 해줘도 돼."

그때 여직원이 말한다.

"많습니다. 하지만 선생님, 고르기 전에 가격대를 말씀해주시면 저희들이 더 쉽게 추천해 드릴 수 있겠는데요."

열중한 여직원의 머릿속 말은 들리지 않는다. 나는 머리를 끄덕였다.

"그렇군요. 그럼 1만 불 정도의 가격대로 시작해 볼까요?"

"오빠."

놀란 하정연이 내 팔을 움켜쥐었다가 시선이 마주치자 머리를 젓는다.

"싫어요. 너무 비싸."

"놔둬. 내가 해주고 싶어서 그래."

정색한 내가 하정연의 어깨를 손바닥으로 가볍게 두드렸다.

"우리가 만난 기념으로. 의미는 그것뿐이니까 심각하게 생각하지 마."

그때는 내 말을 들은 지배인까지 다가와 있었는데 만면에 웃음을 띠고 묻는다.

"안쪽 응접실로 가시지요. 소파에 앉아 계시면 직원들이 샘플을 가져올 것입니다."

하정연한테는 1만6천 불짜리 목걸이를 사주었다. 목걸이를 건 하정연은 대기시켜놓은 호텔 리무진에 타고 나서도 입을 열지 않는다.

"그랜드 호텔."

내가 운전사에게 말하자 차는 부드럽게 출발한다. 하정연의 숙소가 그랜드 호텔인 것이다. 밤 10시 10분이다. 나는 옆에 앉은 하정연의 머릿속을 울리는 말을 계속해서 듣고 있다.

"나한테 이렇게 해주는 이유는 뭐지?"

"1만6천 불이야. 2천만 원이 넘는다고."

"뭐야, 이게. 거절하지도 못하고."

"거절하기 싫었지 뭐."

"세상에, 세상에. 2천만 원짜리 목걸이."

"너무 이뻐."

"그런데 내 호텔로 데려다 주는 거야?"

그러더니 생각이 뚝 끊겼다. 뇌 안이 혼란스런 상태가 되었다. 그때 내가 차분하게 말한다.

"잘 다녀와. 서울에서 다시 만나자."

그때 와락 머리를 든 하정연이 나를 보았다. 두 눈동자가 반들거리고 있다.

"오빠. 나, 오빠 호텔로 가면 안 돼?"

"안 돼."

내가 웃음 띤 얼굴로 하정연을 보았다. 그러고는 손을 뻗어 하정연의 손을 쥐었다.

"내가 여자하고 만난 경험이 없어서 그래. 난 조금 더 기다릴 거야. 물론 너와 함께 말이지."

내 말은 진심이었지만 하정연한테는 이해가 되지 않을지도 모른다. 그러나 내 진심이 통한 것 같기는 하다. 하정연이 내 손을 마주 잡아줬으니까 말이다.

　서울로 왔다. 다음날 아침 호텔에 체크아웃을 하고 나서 바로 서울의 오피스텔 소파로 돌아온 것이다. 방콕과 인천공항에서 출입국 스탬프를 받지 않았지만 그것까지 거칠 수는 없다. 만일 호텔에서 그냥 사라진다면 난리가 날 것이기 때문에 아침까지 기다려준 것뿐이다. 오전 10시 40분, 소파에 등을 붙이고 앉은 나는 탁자위에 놓인 휴대폰의 벨소리를 듣는다. 휴대폰을 든 나는 발신자 번호를 볼 필요도 없다. 민족당 의원 전기준이다. 휴대폰을 귀에 붙인 내가 웃음 띤 목소리로 인사한다.
　“예, 이경훈입니다.”
　“이 선생님.”
　전기준은 정색하고 있다. 마치 내가 앞에 있는 것처럼 말한다. 그것을 내가 보고 있는 것이다.
　“조금 전에 인사수석한테서 연락이 왔습니다. 말씀 해주신 대로 행자부 장관을 제의했습니다.”
　들뜬 표정으로 말한 전기준이 심호흡을 했다. 흥분을 가라앉히려는 것이다.
　“당에 보고하면 당연히 야당 분열 공작이라고 하겠지요. 당에서는 받아들이지 않을 것입니다.”
　“제가 말씀 드린 대로 하세요. 그것이 국가와 국민을 위한 길이 될 테니까요.”
　내가 말하자 전기준은 상체를 반듯이 세운다. 전기준은 지금 의원회관의 사무실에 앉아있다.

"알겠습니다. 그렇게 할 겁니다."

전기준이 눈을 크게 뜨고는 말을 잇는다.

"행정부에서 봉사 하는 것이 제 꿈이기도 했습니다. 그럼 다시 연락드리지요."

그러고는 통화가 끝났으므로 나는 다시 소파에 등을 묻는다.

오후 3시 반, 나는 지난번에 들렀던 안양 교외의 건물 지하실 안에 서 있다. 천지통합교의 교당에 다시 온 것이다. 교당에는 그야말로 발 디딜 틈도 없도록 사람들이 가득 차 있다. 앞쪽 강단에 선 교주가 소리치면 따라 외치고 웃으면 같이 웃는 통에 지하실이 무너질 것 같다. 남녀노소의 열기가 전보다 더 높아졌다. 뒤쪽 기둥에 붙어선 나는 강단에 선 교주를 본다. 이제 교주는 부교주였던 오한상이 되어있다. 두 눈알이 없어진 교주 강천이 집에 드러누웠기 때문이다. 금고의 돈은 물론이고 예금까지 깡그리 증발된 것을 알게 된 장님 교주 강천과 오한상은 치고받고 싸웠다가 결국 눈이 안 보이는 강천이 갈비뼈가 부러지는 중상을 입었다. 그래서 지금 집 안에 누워있는 대신 오한상이 교주가 된 것이다.

"이제는 내가 유일신의 뜻을 이어 선지자가 되었도다!"

오한상이 소리치자 모두 열광한다.

"내 몸을 가지시고 어린 양을 구원해주옵소서!"

두 손을 뻗은 오한상이 이제는 자신이 대신 희생양이 되겠다고 외치는 것이다. 옆에 선 천사들이 환호했다. 그중에는 강천과 은밀한 관계였던 임미영도 있다. 나는 팔짱을 끼고 교주 오한상을, 어제 밤부터 오한성의 정부가

238

된 임미영을, 그리고 열광하는 남녀를 보았다. 내가 모습을 드러낸 가장 큰 이유가 바로 이런 연약한 인간들 때문이다.

성경을 접은 김윤수가 의자에서 일어섰을 때 뒤쪽에서 인기척이 났다. 몸을 돌린 김윤수는 앞에선 사내를 본다. 20대 후반쯤, 큰 키, 그 누구와 비슷하지 않았지만 잘 다듬어진 얼굴, 그리고 부드러운 웃음이 따뜻한 기운을 내뿜는 것 같다.

"누구시더라?"

하고 김윤수가 묻자 사내가 웃음 띤 얼굴로 대답한다.

"지금부터 그대의 주인이 될 사람이다."

그 순간 김윤수는 사내의 눈동자에 시선을 준 채 움직이지 않는다. 그러더니 어깨를 늘어뜨리며 묻는다.

"그 말에 조금도 거부감이 들지 않는군. 청년은 누구신가?"

"신이라고 부르도록."

"신이라고?"

머리를 기울였던 김윤수가 다시 묻는다.

"나에게 무엇을 바라시는가?"

작은 교회당 안에는 둘뿐이다. 이곳은 봉천동 산자락의 20평도 안 되는 개척교회. 김윤수는 신학대학을 나온 목사로 10여 년째 개척교회로만 옮겨다닌다. 이 영생교회에는 신자가 20여 명 뿐이지만 김윤수는 만족한다. 그때 사내가 말했다.

"내 집사장이 되어라."

"집사라면 무슨 일을 하는가?"

"선량한 인간을 등쳐먹는 악덕 교주가 창궐하면 안 된다. 그러기 위해서는 인간들에게 내 능력을 보여줄 필요가 있다."

"그대가 정녕 신인가?"

"아직 믿지 못하는군."

그러면서 사내가 다시 웃는다.

"집사장, 내가 그대를 선택한 이유가 뭔지 아는가?"

이제는 눈만 크게 뜬 김윤수를 향해 사내가 말을 이었다.

"그대가 조금 전에 이렇게 기도했지 않은가? 주님이시어, 제가 목자의 길로 나선 지 14년 반이 되었습니다. 이제 조금씩 지쳐가고 있습니다. 내 주님이시어, 저에게 용기를 불어넣어 주시옵소서. 주님의 작은 기적 하나만 저에게 만들어 주시옵소서. 하고 말이다."

김윤수가 숨을 죽였을 때 사내가 주머니에서 봉투 하나를 꺼내 내밀었다.

"그래서 내가 그대에게 기적으로 찾아온 것이다. 자, 이걸 받으라."

"뭡니까?"

반쯤 정신이 나간 상태에서 봉투를 받으며 김윤수가 묻자 사내는 정색했다.

"그건 현실이다. 안에 10억짜리 수표가 5장 들어있다. 그 돈으로 먼저 그대가 교회 일로 진 채무 7천만 원을 갚으라. 그리고 나머지는 안양 교외에 신축된 대한 빌딩과 그 근처 부지를 매입하도록. 그곳을 교당으로 사용하겠다."

"교당이라면."

긴장한 김윤수가 묻는다.

"무슨 교당입니까?"

"나를 믿는 교당이다."

그 순간 김윤수는 눈을 뻔히 뜨고 있는데도 사내가 사라진 것을 보았다. 그러나 손에 쥔 봉투는 그대로 있다. 떨리는 손으로 내용물을 꺼낸 김윤수는 그것이 10억짜리 수표가 5장인 것을 확인했다.

오피스텔 현관으로 들어선 나는 경비실에 앉아있는 김상호를 본다.

"안녕하십니까?"

자리에서 일어선 김상호가 굳은 표정으로 인사했는데 시선을 마주치지 않는다. 머리를 숙여 보인 내가 엘리베이터로 다가갔을 때 뒤쪽에서 발자국 소리가 났다. 세 사람, 서둘러 다가온다. 엘리베이터는 마침 1층에 서 있었으므로 내가 버튼을 누르자 곧 열렸다. 안으로 들어선 내가 몸을 돌리자 세 사내가 서둘러 탄다. 건장한 체격, 모두 간편한 신발을 신었고 한 놈은 배낭을 메었다. 이제 엘리베이터는 28층을 향해 빠르게 올라가고 있다. 그때 내가 문득 옆에 선 사내를 향해 웃어 보였으므로 셋은 일제히 긴장한다. 셋은 경비원 김상호가 보낸 강도들이다. 배낭을 멘 놈은 최갑기. 김상호의 처남으로 강도 전과 2범이었고 그 옆의 짧은 머리가 김상호의 후배 박창일. 택배 일을 하다가 사고를 낸 후에 도망중이다. 앞쪽 사내는 최갑기의 친구 조대일. 최갑기의 교도소 동기로 강도 전과가 4범이다. 엘리베이터가 28층에서 멈췄을 때 나는 이제 정색하고 세 사내를 보았다. 이곳은 나 혼자만 사는 층이며 셋이 타고 있을 이유가 없다. 엘리베이터 문이 열렸을 때 내가 부드러운 목소리로 말했다.

"이 순간이 너희들에게 마지막으로 보고 듣고 말할 수 있는 시간이다. 너희들은 장님에 귀머거리에 벙어리가 된다."

셋이 제각기 눈을 치켜떴을 때 내가 선언한다.

"자, 지금부터다."

내가 밖의 복도로 나왔을 때 안에서는 소동이 일어났다. 세 사내는 눈을 부릅뜨고 입도 딱 벌렸지만 아무것도 보이지도 들리지도 않고, 소리를 뱉을 수도 없게 된 것이다. 방향 감각도 잃어 서로 엉킨 사이에 엘리베이터 문이 닫히더니 내려가기 시작했다. 그 순간에 경비실에 앉아 CCTV를 지우고 있던 김상호도 마찬가지였다. 손으로 눈을 쥐어뜯고 있었지만 인간 세상의 어떤 의사도 치료는 말할 것도 없고 원인 규명도 하지 못 할 것이었다.

두 번째 전설
내가 신이다

3장

　　김윤수는 집사 일을 맡고 있는 처 오선주와 고1짜리 딸 미선까지 세 식구가 교회 안쪽의 단칸방에서 살고 있었는데 신이라고 칭한 사내에 대한 이야기는 아직 하지 않았다. 그러나 그가 다녀간 후부터 김윤수의 생활은 전혀 달라졌다. 아침에 잠깐 교회 일을 보고나서 하루 종일 나갔다가 밤중에야 돌아왔는데도 기운이 남았다. 사흘 전, 미선이의 밀린 학원비는 물론 돈 없어서 엄두도 못 내었던 과외 3개를 한꺼번에 받으라고 김윤수가 5백만 원을 내놓았을 때 모녀는 놀라 말을 잃었다. 거기에다 이곳저곳에서 빌린 돈, 2년 전 교회 시설비 밀린 돈까지 합해 6천5백 가깝게 되어있던 부채를 갚으라고 김윤수가 6천5백짜리 수표를 줬을 때는 마침내 오선주가 펑펑 울었다. 김윤수가 독지가로부터 돈을 받았다고 했을 때 오선주는 다 주님의 뜻이라고 소리쳤다. 바라던 기적이 일어난 것이다. 김윤수가 바란 이상으로 오선주도 기적을 갈망하고 있었기 때문이다. 내색은 하지 않았지만 오선주도 지쳐 있던 것이다. 밤 10시 반, 교회 안의 나무 벤치에 세 식구가 앉아있다. 교회라고 해야 나무벤치가 두 줄로 6개씩 12개 놓여있고 앞에 두 평짜리 교단과 설교대, 낡은 오르간 한 대가 전부인 살림이다. 나무벤치에 4명씩 앉으면 48명이 정원이지만 지금까지 교인이 25명을 넘은 적이 없다. 김윤수가 시계를 내려다보면서 말했다.

"곧 오실거야."

그들은 지금 신을 기다리고 있다. 오선주와 김미선은 독지가인 줄로만 안다. 그때 오선주가 불쑥 묻는다.

"나이가 젊다면서요? 재벌 2세인가?"

오선주는 아직 김윤수가 얼마 받았는지도 모른다. 김윤수가 말해주지 않은 것이다.

"글쎄."

머리를 기울인 김윤수에게 이번에는 김미선이 묻는다.

"아빠, 그 아저씨하고 같이 일한다고 하셨는데 무슨 말예요?"

지나가는 말처럼 했지만 역시 사춘기 여자애는 예민하다. 오선주는 흘려 들었는데 감동이 더 컸기 때문일 것이다. 김미선의 시선을 받은 김윤수가 헛기침을 했다.

"내가 안양 근처의 큰 교당으로 옮길지 모르겠다."

"으응?"

놀란 오선주가 눈을 크게 떴다.

"아니, 그게 무슨 말이야. 큰 교당이라니? 어느 교회로 가려고? 이야기 되었어?" 하고 연거푸 물었으므로 김윤수는 쓴웃음을 짓는다.

"글쎄, 오늘 만나보고 최종 결정을 할 거야. 아직 확신이 덜 되어서."

"누구를?"

"기부금 낸 독지가."

그때 뒤쪽에서 인기척이 났으므로 머리를 돌린 셋은 일제히 소스라쳤다. 사내 하나가 서 있었기 때문이다. 문 열리는 기척도 나지 않았는데도 바로 뒤에 서있다. 나무 바닥인데 발자국 소리도 안 들렸다. 그래서 김윤수까지 놀랐다. 그러나 오선주는 앞에 선 젊은 사내의 웃음 띤 얼굴을 보자 가슴이 따뜻해진다. 김미선도 마찬가지인 모양이었다. 그때 정신이 든 김윤수가 입을 열었다.

"신님, 여긴 제 처이고 이 아이는 제 딸입니다."

나는 오선주와 김미선의 호기심에 가득 찬 시선을 받는다. 김윤수와 함께 일을 하기 위해서는 가족들의 믿음 또한 필요하다. 그리고 보라, 김윤수의 얼굴에도 아직 망설이는 기색이 떠있다. 반신반의, 아직 확신하지 못하고 있다. 나는 얼굴을 펴고 웃는다.

"나는 신이다. 앞으로 김 집사장과 함께 교당을 일으킬 존재다."

내가 말하자 셋의 표정이 굳어졌다. 머릿속 생각을 모두 읽은 내가 쓴웃음을 짓는다.

"너희가 믿는 기독교를 버리는 건 아니다. 그렇지, 나는 너희들의 주님을 대신해서 사교와 이단을 정리하려고 온 사자라고 불러도 상관없다."

"잠깐만요."

그때 오선주가 나섰다. 긴장으로 굳었지만 똑바로 나를 보았고 목소리도 또렷하다. 오선주가 말을 잇는다.

"주님의 사자라는 증거, 있습니까?"

그러자 나는 머리를 끄덕였다.

"오선주, 그대는 돌아가신 아버지한테 잘못했다는 용서를 받지 못한 것을 한으로 여기고 있었지 않느냐?"

순간 놀란 오선주가 입을 딱 벌렸다. 오선주는 어렸을 때 어머니를 잃고 아버지 오명구와 둘이 살았다. 오명구는 재혼도 하지 않고 시장에서 생선가게를 하면서 오선주를 대학까지 보낸 것이다. 그런 오선주가 장래희망이 없어 보이는 나이든 신학생과 결혼하겠다고 했을 때 오명구는 반대했다. 그러자 오선주는 집을 나가 김윤수하고 동거를 한 것이다. 그리고 동거를 시작한 지 한 달도 안 되어서 오명구는 새벽에 시장으로 가다가 교통사고로 사망했다. 그것이 지금도 오선주에게 가슴을 찢는 것 같은 한으로 남아있는 것이다. 내 시선을 받은 오선주의 눈에서 주르르 눈물이 흘러내렸다. 그때 내가 말했다.

"뒤를 돌아보아라."

그러자 몸을 돌린 셋의 입에서 저마다 놀란 외침이 터졌다. 초로의 사내가 서있었기 때문이다. 바로 죽은 오명구다. 오명구가 죽기 직전 시장에 나가던 차림이다. 누군지 모르는 김미선은 그냥 놀란 외침을 뱉었지만 장인의 얼굴을 두 번이나 본 적이 있던 김윤수는 머리끝이 곤두섰다. 그러나 오선주하고 비교가 되겠는가? 숨도 죽이고 눈만 치켜떴던 오선주의 입이 열렸다.

"아버지?"

"그래, 선주야. 나다."

오명구가 차분한 표정으로 말한다. 목소리도 틀림없다. 시선을 돌린 오명구가 김윤수와 김미선을 차례로 보았다.

"옳지, 저놈이 내 손녀로구나."

김미선에게 머리를 끄덕여 보인 오명구의 시선이 김윤수에게로 옮겨졌다.

246

"잘 살아줘서 고맙네, 김 서방."

"장, 장인어른."

그때 오선주가 와락 오명구에게 다가가 부둥켜안는다.

"아버지, 아버지, 지금 살아계신 거죠?"

"아니다."

오선주의 등을 두드려주면서 오명구가 부드럽게 말한다.

"잠깐 다니러 왔단다."

"아버지, 용서해주세요."

오명구의 품에 안긴 오선주가 흐느껴 울었다. 너무 슬프게 울어서 김미선도 따라 울었고 김윤수도 손등으로 눈물을 닦는다.

"용서라니? 그게 무슨 말이냐? 너희들이 이렇게 잘 사는 것으로 이미 용서가 다 되었다."

오명구가 오선주의 등을 토닥이면서 한마디씩 힘주어 말한다.

"신님한테 선택을 받은 것이 그 증거가 아니겠느냐?"

"아버지."

"장인어른."

둘이 목메어 불렀을 때 오명구가 말을 잇는다.

"난 가겠다. 하지만 내가 보고 싶을 때 언제든지 신님한테 말씀을 드리거라."

그리고 다음 순간 오명구가 사라졌다. 김윤수, 김미선이 눈을 똑바로 뜨고 있었는데도 사라진 것이다. 오선주는 아직도 안긴 자세로 서있다.

TV 뉴스에 민족당 전기준 의원이 행자부장관직을 수락하자 당에서는 제명하기로 결정했다는 보도가 나온다. 이제 곧 전기준은 민족당을 탈당하게 될 것이고 장관 청문회에서 한때 동지였던 민족당 의원들로부터 집중공격을 받게 될 것이었다. 그러나 전기준은 본회의에서 압도적인 지지를 받아 장관이 될 것이다. 오후 3시 반, 모처럼 오피스텔 소파에 몸을 눕히고 있던 나는 전화를 받는다. 이른바 휴대폰. 연락하고 싶으면 내 능력처럼 상대방이 바로 눈앞에 떠 있는 상태로 개발되면 좋으련만. 하정연의 전화다. 하정연은 오늘 오전 11시 반에 미국에서 돌아왔다. 오늘부터 이틀 동안 쉰다. 핸드폰을 귀에 붙인 내가 빙긋 웃는다. 하정연은 마치 내가 눈앞에 있는 것처럼 가운 깃을 여미었기 때문이다. 방금 샤워를 마친 하정연은 알몸에 가운만 걸쳤을 뿐이다.

"응, 한국에 왔어?"

내가 부드럽게 묻자 하정연이 얼굴을 펴고 웃는다.

"네, 오늘 오전에. 앞으로 이틀 쉬어요."

"잘됐군."

"오빠, 내일 시간 있어요? 내일은 제가 한잔 살게요."

하정연이 밝은 목소리로 말했지만 얼굴은 굳어져 있다. 그것을 본 내 가슴도 무거워졌다. 왜 이렇게 인간은 복잡한가?

"나 내일부터 출장이야."

그 순간 하정연의 어깨가 늘어졌다. 그러나 어쩔 수 없었으므로 나는 말을 잇는다.

"열흘쯤 떠나 있을 것 같아. 내가 돌아와서 연락하면 되겠어?"

"그럼요, 오빠."

눈을 똑바로 뜬 하정연의 얼굴은 맑다. 차가운 인상이었던 것이 이제는 맑고 순수하게 보인다. 하정연이 한 마디씩 또박또박 말한다. 마치 기내 안 내방송을 하는 것 같다.

"언제든지요. 밤늦게라도 좋아요. 새벽도 상관없어요. 왜냐면 제 시차가 뒤죽박죽이거든요? 꼭 전화 해주셔야 돼요."

나는 하정연의 얼굴을 가만히 보기만 했다.

안양 교외의 대한빌딩은 본래 자동차 부속을 만드는 공장 건물로 지었지 만 회사가 망하는 바람에 입주도 못하고 새 건물만 남았다. 3층 건물에 1,2층 은 그냥 넓은 홀이었고 3층은 사무실 용도로 설계되었기 때문에 교당으로는 적합했다. 김윤수는 연건평 2천 평이나 되는 건물과 함께 건물 주위의 황무 지 5천 평을 교회 용도로 매입했는데 총 47억이 들었다. 오전 11시 반, 건물 1 층의 텅 빈 홀에 8명의 남녀가 서있다. 중심 부근에 선 사내는 바로 김윤수. 그리고 나머지 7명의 남녀는 김윤수가 선출한 시종들이다. 모두 독실한 신 자거나 착한 성품의 친지. 김윤수가 우연히 찾아낸 불교 신자도 있고 무신론 자도 있다. 손목시계를 내려다본 김윤수가 웃음 띤 얼굴로 말한다. 11시 반 정각이다.

"신님이 곧 오실 겁니다."

그때 뒤쪽에서 말소리가 들렸다.

"다 왔는가?"

놀란 모두가 몸을 돌렸다. 사내 하나가 서있었는데 젊다. 그리고 얼굴에 는 웃음을 띠고 있다. 신이다.

"신님, 시종 후보 7명을 모았습니다."

김윤수가 한 걸음 다가서며 말했다.

"제가 한 명씩 소개 해드리겠습니다."

"안다."

손을 들어 보인 신이 우측 끝에 선 사내를 보며 말했다.

"그대는 박기종, 5년간 불도를 닦았다가 다 헛것이라는 생각으로 작년에 절집을 나와 기독교 교리를 공부하고 있지 않은가?"

30대쯤의 사내가 얼굴만 굳힌 채 시선만 주었고 신이 말을 잇는다.

"내가 기적을 일으킨다는 말을 듣고 자원했지만 내 능력을 확인하지 못하면 떠날 생각이구나."

그러고는 머리를 돌려 김윤수 옆에 서있는 40대 여자를 보았다.

"서지연, 그대가 이곳에 온 이유는 돈 때문이구나. 남편이 보증을 잘못서서 당장 6천만 원이 없으면 아파트가 경매처분 당할 상황이 되었다."

서지연의 얼굴이 하얗게 굳어졌고 신이 이제는 왼쪽 끝의 사내를 본다.

"안선호, 네가 기적을 바라는 마음은 안다. 뇌사 상태에 있는 네 아들이 방금 깨어났을 테니 병원에 연락을 해보도록."

안선호라고 불린 사내가 허겁지겁 주머니에서 휴대폰을 꺼내 들었을 때 신이 말한다.

"대가를 바라고 날 믿으면 안 된다."

그러고는 신이 빙그레 웃었다.

"그러나 너희들한테만은 내가 작은 기적을 보여주마."

그리고 그 다음 순간 김윤수는 신이 눈앞에서 사라진 것을 보았다. 김윤수가 심호흡을 했을 때 먼저 서지연이 날카로운 목소리로 외쳤다.

"어머나, 이게 뭐야?"

서지연은 손에 종이 한 장을 쥐고 있었는데 모두 그것이 수표인 것을 알아보았다. 수표를 들여다본 서지연은 온몸을 떨었다.

"내가 왜 수표를 쥐고 있지? 육, 육천만 원짜리 수표야."

"아아악!"

그때 휴대폰을 귀에서 뗀 안선호가 절규했다. 눈을 치켜뜬 모습이 미친 사람 같다.

"내, 내 아들이 깨어났어! 신이여! 신이시어!"

"아니, 내 다리!"

사내 하나가 다리 한 쪽을 들어 보이면서 소리쳤다. 그러더니 두 다리로 땅을 굴러 달리는 시늉을 하면서 이제는 악을 썼다.

"내 다리 좀 봐! 내가 달려!"

사내는 소아마비로 한 쪽 다리가 5센티나 짧았던 것이다. 땅바닥에 내던진 지팡이를 밟으면서 그가 울부짖는다.

"신이시어! 내 신이시어!"

김윤수는 심호흡을 했다. 모두 다 기적을 받았다. 이제 시종들은 신께 의심 없는 믿음을 갖게 될 것이었다.

"소문 들었어?"

동방극락교의 대교주 장동민이 앞에 선 유영근에게 물었다. 대교주실 안에는 둘뿐이다.

"무슨 소문 말씀입니까?"

유영근이 묻자 장동민이 쓴웃음부터 짓는다.

"뭐, 기적을 일으킨다나? 또 어떤 사기꾼 한 놈이 나타났다고 하잖아? 제 이름이 신이라고 했던가?"

"예, 저도 들었습니다."

유영근이 정정했다.

"아주 젊답니다. 아직 서른 살도 안 된 미남으로 돈이 엄청 많다고 합니다."

"도대체 그놈은 어디서 나타난 거야? 내말은 어떤 놈한테서 배운 수작이냐고?"

"그건 모릅니다, 대교주님."

"세상에 별 사기꾼도 많아. 이제는 어린놈까지 나서서 제가 주님이라고 떠들어대니."

"그자는 제가 예수 그리스도와 부처님을 포함한 모든 신의 대리인이라고 합니다. 그래서 이름도 신이고 교당 이름도 신교라고 만들었다는데요."

"여우같은 놈이 이쪽저쪽의 신자를 다 끌어들이려는 수작이지."

눈을 치켜뜬 장동민이 잇사이로 말한다. 동방극락교는 기독교에서 분파되었다고 하지만 철저한 장동민의 사교 집단이나 같다. 그러나 장동민이 여러 번 기적을 일으킨 데다 단식수련, 영혼단련 등으로 교인들의 결속력을 강화시켜서 신자수가 5천여 명에 이르렀다. 부천 공단지역 근처에 3개 공장을 운영하고 있는데다 돈 많은 신자들의 재산 관리를 맡은 동방신탁이라는 사설 금융업체도 소유한 장동민은 기업가 행세도 했다. 그런 그에게 근처인 안양에 나타난 신교는 적이나 같은 것이다.

"대교주님, 강론 시간이 되었습니다."

유영근이 말하자 장동민은 소파에서 일어섰다. 영혼단련을 하고 있는 20여 명의 특별 신자에게 기적 체험을 보여줄 시간인 것이다.

유영근은 45세로 5년 전까지만 해도 착실한 은행 간부였다. 그러다 우연히 동방극락교주 장동민의 설교를 듣고 나서 직장은 물론이고 가족도 버린 채 부천의 교당에서 숙식하게 되었다. 그 동안 와이프하고는 이혼을 했고 두 딸에 대한 법적권리도 포기했지만 전혀 미련이 없다. 동방극락교는 종말교였다. 세상이 곧 멸망한다는 전제하에 교인들에게 모든 것을 교주께 바치고 천국에 가라는 것이 교리였다. 유영근이 장동민의 비서장으로 임명된 것은 2년 전이다. 회계에 밝은데다 믿음이 두텁고, 거기에다 입까지 무거워서 비서장으로는 적임자였던 것이다. 장동민이 영혼단련을 하는 수련장 명상실 안으로 들어가자 유영근은 복도에 놓인 나무 의자에 앉았다. 이곳 수련장은 본당 뒤쪽의 3층 건물로 출입이 통제 되어 있다. 창에는 쇠창살이 붙여졌으며 2중으로 된 철문에는 교도소처럼 경비원이 주야 감시를 하고 있다. 지금 명상실 안에는 23명의 특별회원이 3박4일 일정으로 영혼단련을 하는 중이다. 그들은 모두 1인당 5천만 원씩의 특별헌금을 내고 단련 중이었는데 오늘은 신을 만나는 날이다. 힐끗 명상실의 문에 시선을 준 유영근이 가늘고 긴 숨을 뱉는다. 측근에서 모시게 된 후부터 유영근은 장동민의 진면목을 알게 되었다. 장동민은 기적을 일으키는 신의 대리인도, 그렇다고 종말을 믿는 선지자도 아니었다. 탐욕이 가득한 사기꾼, 위선자, 범법자였다. 장동민은 종말을 핑계로 수백 명이나 되는 여자를 희롱했으며 재산을 빼앗았고 공장으로 보내 노동력을 착취했다. 또한 장동민은 천사단이란 비밀조직을 운영했는데 의심을 품거나 교단에 방해가 되는 세력을 제거했다. 그 천사단의 단장이 장동민의 사촌동생 장태민으로 공장 사장까지 겸하고 있는 것이다. 그때 명상실 안에서 여럿의 외침소리가 일어났다. 장동민이 영상 장치를 이용하여 기적을 일으켜 보인 것이다. 이미 23명의 회원은 금식으로 몸이 쇠약해진 상태에서 마약을 먹인 터라 기적으로 믿는다. 유영근은 다시 길게 숨을 뱉는다. 그때 주머니에 넣은 휴대폰이 진동을 했다. 꺼내 보았지만 모르는 번호여서 잠깐 망설이던 유영근은 휴대폰을 귀에 붙이고 응답했다. 그러자 곧 굵은 사내의 목소리가 울린다.

"영근이냐? 나 선우다, 백선우."

고등학교 동창이다. 은행 다닐 때까지 친하게 지냈다가 연락이 끊긴 친구. 3년쯤 전에 통화를 한 번 한 적이 있다. 착실한 회사원으로 교회에도 열심히 나가던 친구였는데 3년 전에도 만나자고 했지만 거절했다.

"응, 갑자기 웬일이냐?"

유영근이 묻자 백선우는 긴장된 목소리로 말한다.

"너, 나 좀 만나야겠다. 너한테 아주 중요한 일이야."

지난번에도 이런 식이었으므로 유영근의 얼굴에 쓴웃음이 떠올랐다. 사교에 빠지지 말라는 충고를 하겠지만 이미 깊게 빠져있는 것이다. 이제는 나갈 기력도, 자신도 없다. 그때 백선우가 말을 잇는다.

"좋아. 네가 한 번만 보고 결정해라. 기적이 일어나는 것을 네 눈으로 보란 말이다, 이 바보 같은 놈아."

오후 4시 반, 유영근이 부천 공단 외곽에 허름한 식당 안으로 들어선다. 식당 안에는 손님이 한 사람뿐이다. 바로 백선우다.

"어서와."

웃음 띤 얼굴로 일어선 백선우가 손을 내민다.

"음, 오랜만이구나."

빈 식탁을 사이에 두고 마주 앉은 유영근의 표정은 아직도 굳어져 있다.

눈동자도 불안하게 흔들린다.

"우리 둘이 잠깐 이야기 하려고 주인 내보냈다."

백선우가 부드러운 표정으로 말했지만 유영근이 손목시계를 보는 시늉을 했다.

"내가 곧 들어가야 되거든? 그러니까……."

"너 거기서 나와."

불쑥 백선우가 말했을 때 유영근이 자리에서 일어섰다.

"그런 이야기는 이제 그만 하기로 했잖아?"

그때 뒤에서 인기척이 났으므로 유영근이 머리를 돌렸다.

"아앗."

그 순간 유영근이 놀란 외침을 뱉는다. 사내 하나가 서 있었기 때문이다. 시선이 마주치자 사내가 빙그레 웃는다. 문 열리는 소리도 나지 않았는데 어떻게 뒤로 다가왔단 말인가? 그때 사내가 말했다.

"유영근, 네가 사술에 빠진 인간들을 구해내는데 나를 도와줘야겠다."

"당신은 누군데?"

눈을 치켜뜬 유영근이 기를 쓰고 물었다. 그러자 사내가 지그시 유영근을 보았다.

"네가 지금까지 기다리던 존재다."

그러고는 몸을 돌려 옆쪽 자리에 앉는다.

"자, 네가 바라는 기적을 말해라."

"난 갈 거야."

백선우에게 머리를 돌린 유영근이 말한 순간이었다.

"아앗!"

유영근의 입에서 놀란 외침이 터졌다. 자신이 지금 장동민의 침실 안에 서있었기 때문이다. 그리고 바로 눈앞에서 벌거벗은 한 쌍의 남녀가 격렬한 정사를 벌이고 있다. 교주 장동민과 시녀. 유영근이 숨을 죽였을 때 앞에 선 사내가 말했다.

"우리는 이 인간들에게 보이지도 들리지도 않는다. 지금 우리는 다른 공간에서 이것들을 보고 있는 것이다."

"당, 당신은 누굽니까?"

꺼져 들어가는 목소리로 유영근이 묻자 사내가 다시 웃는다.

"나는 신, 인간 세상을 맑게 해주려는 것이다."

"이, 이것은 기적입니까?"

"너희들한테는."

두 남녀는 신음을 뱉으며 아직도 뒤엉켜 있다. 신이 벌거벗은 장동민의 등판을 가리키며 말했다.

"이런 자에게 넘어간 너희들의 인생이 너무 가여워서 그렇다."

나는 인간들의 사고와 모든 언어, 또한 모든 지식과 경험까지 뇌라고 불리는 기관에 넣었으며 육체도 적응 시켰지만 실제 상황에 부딪치면 익숙하지 못한 자신이 느껴진다. 몸과 뇌는 익숙하게 반응하나 감정상 그렇다는 말이다. 인간의 물질에 대한 욕심도 나에겐 그야말로 불가사의다. 짧은 인생 동안 실컷 쓰고도 남을 만큼 재산이 있는데도 욕심을 부리는 인간들이 많다. 제 자손한테 넘겨주겠다는 의식이 강한 것 같지도 않은데 마치 미친 것처럼 모으고 또 모은다. 그러고는 베풀지 않아서 그쪽을 보면 썩은 물구덩이 같다. 그 반대로 열심히 일 하는데도 하루 일해서 하루 먹고 살기에도 벅찬 인간들이 있다. 그런데다 순박해서 아주 작은 선물에도 감동을 받는 가난한 인간들. 가만히 보니까 인간 세상에서 착하고 열심히 사는 인간보다 악랄한 기회주의자가 성공하는 경우가 많다. 경쟁 과정이 혼탁하기 때문이다. 과정보다 결과를 중시하는 사회 분위기인 것이다.

예상했던 대로 전기준은 의원 본회의의 압도적 지지를 받아 행자부장관에 취임했다. 민족당에서 제명당한 전기준은 무소속 의원을 겸하게 되었다. 취임 다음날 오전, 전기준은 나에게 전화를 했다.

"덕분에 잘 끝냈습니다."

그렇게 인사를 한 전기준이 웃음 띤 목소리로 말을 잇는다.

"내가 이 선생을 믿기 시작했다는 것도 알고 계시지요?"

"압니다."

내 얼굴에도 웃음이 떠올랐다. 전기준의 마음속은 내 손바닥처럼 다 보인다. 그때 전기준이 목소리를 낮추고 말했다.

"나도 많이 생각했습니다. 이 선생이 나를 선택한 이유 말이지요. 그래서 선생의 일이 국가와 국민을 위한 일이라면 기꺼이 돕도록 하겠습니다."

"고맙습니다."

역시 전기준은 분명한 인간이다. 내가 자신을 선택한 이유를 대충 짐작하고는 일에 분명하게 선을 그은 것이다. 국가와 민족을 위한 일이라고 했다.

동방극락교의 제사장 회의는 최고간부회의나 같다. 대교주 장동민과 천사단장 장택민, 그리고 18명의 제사장과 비서장 유영근까지 참석한 회의로 지난 한 달간의 행사와 실적을 결산하고 이번 달 계획을 논의한다. 오전 10시, 대교주 장동민이 원탁에 둘러앉은 제사장들을 둘러보았다. 모두 붉은색 가운을 걸치고 금박을 입힌 둥근 모자를 썼다. 장동민 혼자서만 흰 대교주 제복에 금관을 쓰고 있어서 붉은 꽃 중심의 흰 술 같다. 장동민이 입을 열었다.

"안양에 스스로 제가 신이라고 나선 정신병자 놈이 있어. 어디서 돈을 모았는지 빌딩과 부지를 구입하고 신도들을 모은다는 소문이 났는데 신도들이 현혹되지 말도록 주의해야 돼."

"별거 아닙니다."

제1제사장 박우근이 말했다. 박우근은 장동민의 심복으로 동방극락교의 창설 멤버 중의 하나였다. 쓴웃음을 지은 박우근이 말을 잇는다.

"제가 알아보았더니 시종 몇 명을 모아 놓았을 뿐입니다. 교세를 확장하려면 행사를 해야 되는데 전혀 그런 낌새가 보이지 않습니다."

그러자 천사단장 장택민이 나섰다.

"아예 그놈을 보았다는 사람이 없단 말입니다. 주식투자로 돈 번 미친 젊은 놈이라는 말도 있더만요. 그 빌딩을 며칠 동안 감시했는데 인부들이 내부 공사만 하고 있을 뿐입니다."

"어쨌든 교당은 세웠지 않나 말이야."

이맛살을 찌푸린 장동민이 말을 자른다.

"석 달 전부터 신도수가 겨우 열댓 명씩 늘어나고 있을 뿐이야. 이런 상황에서 옆쪽 안양 미친놈한테 영향을 받으면 안 돼."

"예, 대교주님."

모두가 일제히 머리를 숙이며 대답한다. 회의는 항상 이렇다. 발언자는 박우근과 장택민 둘뿐이었고 나머지는 장동민이 물어야 대답한다. 그때 비서장 유영근이 자리에서 일어섰으므로 모두의 시선이 모여졌다.

"대교주님."

유영근이 장동민에게 말한다.

"신께서 오셨습니다."

"누구라고?"

장동민이 눈을 치켜떴고 모두가 웅성거렸다. 회의실을 둘러보는 사람도 있다. 그때 유영근이 말했다.

"신께서 여러분께 기적을 보여 주신다고 합니다."

"비서장, 당신 정신 나갔어?"

하고 장택민이 꾸짖었다. 대교주 장동민은 눈을 치켜뜨고만 있다. 그때 유영근이 손으로 장동민을 가리켰다.

"저기 오셨습니다."

"아앗!"

그 순간 장동민과 유영근을 제외한 나머지 사람들의 입에서 일제히 놀란 외침이 뱉어졌다. 장동민의 뒤에 사내 하나가 서있었기 때문이다. 모두의 시선을 따라 머리를 돌린 장동민도 몸을 굳힌다. 바로 눈앞에 사내 하나가 서 있었기 때문이다. 젊다, 그리고 잘 생겼다.

"너, 누구야!"

하고 먼저 소리친 것은 천사단장 장택민이다. 벌떡 자리에서 일어선 장택민이 두 손을 벌리고 다가왔다.

"여기 어떻게 들어온 거야!"

그때 사내가 말했다.

"넌 천장에 붙어있거라."

그 순간 회의실안의 모두는 장택민의 몸이 날아가 천장에 딱 붙는 것을 보았다. 네 활개를 쫙 펴고 빈틈없이 밀착된 것이다. 놀란 모두는 이제 소리도 뺄지 않는다. 그때 사내가 장택민의 빈자리로 다가가 앉는다. 그러고는 장동민을 향해 빙그레 웃었다.

"나는 신, 네가 기적을 일으킨다는 동방극락교 대교주인가?"

"무엄한 놈!"

그때서야 정신을 차린 장동민이 소리쳤지만 목소리가 갈라져있다. 장동민의 시선이 천장에 붙어있는 제 동생 장택민을 스치고 지나갔다. 천장에 붙어있지만 장택민은 숨도 쉬고 눈동자도 움직였다. 옅게 겁에 질린 신음도 뱉었는데, 그것이 보는 사람들에게 더 끔찍하게 느껴졌다. 그때 신이 웃음 띤 얼굴로 말한다.

"넌 수많은 인간을 속여 네 욕심을 채웠다. 자, 떠라."

"아앗!"

그 순간 모두의 입에서 외침이 터졌다. 장동민의 몸이 허공에 뜬 것이다. 몸을 내려뜨리려고 장동민이 팔다리를 허우적거리는 모습이 처절하면서도 우스꽝스럽다. 그러나 장동민의 얼굴은 공포에 질려 있었다. 놀라 소리도 지르지 못한다.

"돌면서 네 죄를 뉘우쳐라."

신이 지시하자 장동민의 몸이 거꾸로 뒤집힌 채 원탁 주위를 맴돌기 시작한다. 둘러앉은 제사장들의 뒤로 도는 것이다.

"으아앗!"

마침내 겁에 질린 장동민의 입에서 공포의 외침이 터졌다. 제사장들은 모두 돌로 만든 조각처럼 굳어져 있다. 일부는 소리죽여 뭔가를 중얼거렸는데 '신(神)'이라는 말도 들렸다.

10월 2일 일요일 아침, 신교 교당 1층의 집회실로 명명된 대강당에는 50여 명의 남녀가 모여 앉았다. 시종장 김윤수를 포함한 시종들이다. 그중에는 이번에 시종이 된 동방극락교의 비서장 유영근과 네 명의 제사장이 포함되어 있다. 김윤수가 모여 앉은 시종들을 둘러보며 말한다.

"우리는 다른 교단처럼 무조건 신도를 모으지 않습니다."

모두 긴장했고 김윤수의 말이 대강당을 울렸다.

"그 선별을 시종들인 여러분이 맡고 최종 결정은 신께서 하시는 것이죠."

김윤수를 향한 시종들의 얼굴에 자랑과 자부심이 비치었다. 그때 김윤수의 말이 이어진다.

"우리들의 두 번째 임무는 사교 단체의 추방입니다. 사술로 인간을 유혹해서 파멸시키는 사교를 없애고 인간을 구원해야 합니다."

그때 백선우가 손을 들었다. 백선우는 유영근의 고등학교 동창으로 이번에 동방극락교를 폐문시킨 활동을 했다. 김윤수의 시선을 받은 백선우가 물었다.

"벌써부터 우리 신교를 사술 집단이라고 부른 매스컴도 있습니다. 곧 매스컴 기자들이 몰려올 텐데 그에 대한 방책이 있습니까?"

"보여드릴 예정입니다."

거침없이 말한 김윤수가 빙그레 웃었다.

"신께서는 이제 자신을 드러내기로 하셨습니다."

"신?"

쓴웃음을 지은 유석재가 컴퓨터 전원을 끄더니 박병호에게 말했다.

"소문은 들었어. 다 그렇고 그런 놈들이지 뭐. 기적을 일으킨다든가 곧 세계 종말이 온다는 걸로 먹고사는 놈들."

대한일보의 편집국 안이다. 사회부장 유석재는 40대 중반으로 기자생활 20년차라 시쳇말로 귀신이 다 되었다. 기자만큼 다양한 상황을 겪는 직업이 어디 있는가? 그러다보면 나름대로 인간관이 형성되는 법이다. 여러 부서를 거쳤지만 사회부에서 가장 오랜 세월을 보낸 유석재는 비판정신이 강했다. 그리고 그의 직감 대부분이 맞았다. 그때 사회부 기자인 박병호가 말을 잇는다.

"신이라고 불린 이경훈이 내일 기자회견을 한다는데 어떻게 할까요?"

"놔둬."

대번에 말한 유석재가 입술을 비틀고 웃는다.

"뻔한 수작 아니냐? 매스컴을 타서 광고 하겠다는 거야. 이용당하면 안 돼."

"국제신문, 고려일보에서도 취재 한다는데요? 스포츠지는 말할 것도 없고요."

"자식들, 할 일 드럽게 없나보다."

투덜거린 유석재가 묻는다.

"내일 어디서 몇 시에?"

"신교 교당이라는 안양 교외 빌딩에서 오후 2시 정각입니다."

"내가 인천에서 점심 약속이 있으니까 끝나고 가도 되겠다. 나하고 거기서 만나자."

마음을 바꾼 유석재가 말했다. 취재는 하되 보도는 안 하면 그만이다.

자, 드디어 시작이다. 나는 기자회견장인 1층 대회의실로 향하면서 혼자

웃음 짓는다. 뒤를 따르는 시종장 김윤수는 긴장하고 있다. 내 능력을 믿으면서도 세상 사람에게 어떻게 비춰질지 불안한 것이다. 대회의실로 들어서자 모여 있던 20여 명의 기자들이 일제히 머리를 든다. 시종 유영근이 정리를 맡고 있었는데 통제가 잘 안 되는 것 같다. 카메라 기자들이 우르르 다가오는 것을 봐도 그렇다.

"이경훈 씨, 기적을 한번 보여주시죠."

여자 하나가 마이크를 내밀면서 소리쳐 말했다. 뒤쪽에 선 남자 두엇은 이를 드러내고 웃는다.

"이경훈 씨, 이 교당을 세운 자금은 어떻게 만든 겁니까?"

하고 사내가 커다랗게 묻는다. 카메라 플래시가 연거푸 터졌고 뒤쪽에서는 두 명이 비디오카메라를 눈에 붙이고 있다. 그때 다시 여자가 소리쳤다.

"이경훈 씨, 신교는 이단교라는 소문이 있는데 맞습니까?"

악착같은 기세였다. 나는 중앙에 마련된 내 자리에 앉기 전에 머리를 돌려 여자를 보았다. 그러자 여자의 이력이 쫙 눈앞에 떠올랐다.

"어젯밤에 만난 김동훈 씨가 한 충고를 기억하도록."

내가 차분한 목소리로 말했을 때 여자는 눈을 크게 떴다가 금방 말을 받는다. 뱃심이 좋고 임기응변도 뛰어나다.

"말씀 다른 데로 돌리지 마시구요. 먼저 기적을 보여주시죠."

"그러지."

선선히 머리를 끄덕인 내가 손을 들어 테이블 위를 가리켰다.

"아앗!"

그 순간 놀란 외침이 터졌다. 테이블 위에서 알몸의 두 남녀가 엉켜있는 것이다. 그런데 밑에 깔린 여자는 바로 금방 질문한 여자였다. 두 남녀는 주위의 시선도 아랑곳하지 않고 정사에 몰두하고 있다. 여자의 신음소리와 가쁜 숨소리가 회의실에 가득 찼다. 카메라 플래시가 연거푸 터졌고 경악한 회의실 안은 두 남녀의 소음으로만 덮여 있다. 그 동안 여자는 두 눈을 치켜뜬 채 몸을 굳히고만 있다. 그때 내가 묻는다.

"강미영 씨, 이게 어젯밤의 당신이요. 이만하면 되셨소?"

여자는 대답하지 않았고 내가 손을 흔들자 두 남녀는 순식간에 사라졌다.

"잠깐 동안의 여흥이었습니다."

자리에 앉은 내가 웃음 띤 얼굴로 기자들을 둘러보았다.

"그럼 순서대로 질문해 주시겠습니까?"

그러자 옆쪽 사회석에 서 있던 유영근이 헛기침을 하고 말했다.

"먼저 대한일보 사회부장이신 유석재 기자가 질문하시겠습니다."

그러자 유석재가 웃음 띤 얼굴로 일어섰다.

"놀랍습니다. 정말 현실처럼 보이는군요. 그럼 신교를 창설한 목적을 말씀해주시지요."

"인류의 보호."

내가 한마디만 말하고는 입을 다물었다. 그렇다. 악으로부터, 사교 집단으로부터, 전쟁과 기아와 질병으로부터 보호해주고 싶다. 다시 내가 입을 연다.

"그러나 선별해서 가치 있는 인류만 보호해줄 것이다. 그래서 이 공간을 그대들이 꿈꾸는 천국으로 만들어줄 것이다."

"그런 능력이 있습니까?"

정색한 유석재가 물었으므로 나는 얼굴을 펴고 웃었다.

"보라."

내가 눈으로 다시 테이블 위를 가리킨 순간 이번에는 사방에서 탄성이 터졌다. 테이블 위에 손바닥만 한 금덩이가 쌓여 있었기 때문이다. 내가 말했다.

"그것으로 현실임을 깨닫도록 하라. 각자 한 개씩 가져가도록, 순금이다."

"가져가도 됩니까?"

누군가 소리치듯 물었다. 금괴는 1킬로그램짜리다. 내가 웃음 띤 얼굴로 대답했다.

"모두 한 개씩 가져갈 수 있을 것이다."

"이 필름 방영해도 되겠지요?"

비디오카메라를 눈에 붙인 촬영기사 옆에 선 기자가 흥분한 얼굴로 묻는다. 나는 천천히 머리를 끄덕였다.

다음날 신문과 방송은 내가 보여준 기적을 대대적으로 보도했다. 물론 동일 뉴스의 강미영 기자가 전날 밤에 정부인 본부장 김동훈 씨와 벌린 정사 장면은 약속이나 한 듯이 빼놓고 말이다. 뉴스 시간마다 내가 준 금괴가 나왔는데 감정사가 순도 99.99%의 순금이라고 감정하는 장면이 그럴듯했다. 나하고 인터뷰를 하려고 모인 기자, 촬영기사, 보조까지 27명이 각각 1킬로그램짜리 금괴를 소유하게 되었다. 그야말로 대박을 맞은 것이다. 그때부터 신교 교당 주위는 구경꾼들로 인산인해를 이뤘는데 경비회사에 부탁해서 철저히 출입 통제를 시켜야 했다. 신교에 가입하고 싶다는 전화가 이어졌고 시종들을 붙잡고 사정하는 사람도 많았다. 그러나 나는 며칠간은 내버려두었다. 언론은 내 신원을 확인하려고 야단법석을 떨었지만 인연이 있는 인간들의 나에 대한 기억은 싹 지워놓았기 때문에 꼬투리를 잡지 못했다. 내가 한때 심부름을 시켰던 부동산업자 조병호도 TV에서 나를 보고는 멀뚱멀뚱했다. 머릿속이 다 지워졌기 때문이다. 그러나 저녁 무렵이 되었을 때 시종 겸 비서로 임명한 유영근이 나에게 전화기를 건네주었다. 행자부장관 전기준이다. 전기준의 기억은 지우지 않았다. 전기준이 말했다.

"이제 사업을 공개하실 계획이시군요. 인류의 보호라는 목적은 아주 좋습니다."

그러고는 덧붙였다.

"법에 어긋나지 않는 한 도와드리지요. 이 선생의 능력을 국민과 국가의 발전에 전용시켰으면 좋겠습니다."

"고맙습니다."

내 의도 또한 그렇다. 그래서 전기준에게 조언을 해준 것이다. 내가 말을 이었다.

"국가간 어려운 일이 일어날 때도 나에게 부탁하라고 장관님과의 인연을 만든 것이지요. 그러니까 주저하지 마시고 연락 하십시오."

전화기를 내려놓은 내가 옆에 서있는 유영근을 보았다. 그러고는 구석에 놓여진 검정색 가방을 가리켰다.

"저기 가방은 네 것이다, 가져라."

유영근이 눈만 껌벅였으므로 내가 입맛을 다셨다. 나도 이젠 인간의 습성에 익숙해졌다. 답답할 때는 입맛을 다시는 것이다. 내가 말을 잇는다.

"그 가방에 5억이 들었다."

그러고는 내가 유영근을 노려보았다.

"네 처는 지금 수원에서 파출부 일을 하면서 두 딸을 키우고 있다. 반지하

월세방에 살고 있지. 주소는 네 머릿속에 금방 넣었다."

유영근이 눈을 치켜떴다. 지금 유영근의 눈앞에는 이혼한 와이프가 사는 반지하 셋집 위치가 선명하게 떠올라있는 것이다. 거리, 동네, 버스의 번호까지 눈앞에 떠 있다가 머릿속에 입력된다. 내가 말을 이었다.

"저녁 9시쯤 가면 식구가 다 모여 있을 거다. 가서 다시 결합해라. 네 처와 딸들은 눈물을 흘리며 반길 것이다. 그것이 행복 아니겠느냐?"

"신, 신님."

목이 멘 유영근이 갈라진 목소리로 불렀을 때 내가 손바닥을 펴 보였다.

"닷새 시간을 주마. 집안 정리를 하고 다시 나에게 돌아오너라. 그러고는 아침에 출근해서 저녁에 퇴근하는 것으로 한다. 알았느냐?"

"신님."

털썩 무릎을 꿇은 유영근이 이마를 바닥에 붙이면서 흐느껴 운다. 내가 손을 들자 유영근의 몸이 가볍게 세워졌다. 유영근의 얼굴은 눈물범벅이다.

"자, 가거라."

내가 말하자 유영근은 몸을 돌려 가방을 쥐었다. 다리가 휘청거리고 있다.

두 번째 전설
내가 신이다

4장

한국방송의 특별 취재단이 도착 했을 때는 오후 3시경이다. 한국의 3개 TV 메이저 방송국이 모두 특별취재를 요구해왔지만 나는 국영 방송인 한국 방송을 선택한 것이다. 취재단 일행은 메인 앵커 겸 보도본부장인 한윤성을 단장으로 20여 명이나 되었다. 자재를 실은 차량이 3대나 되었고 지원 차량이 10여 대였다. 한윤성은 40대 후반의 메인 뉴스 앵커로 영향력이 대단한 인물이다. 몇 년 전부터 정치권에서 프러포즈를 해왔지만 전혀 치우치지 않는 중도 노선을 걷고 있는 것이 한윤성의 인기를 증폭시켰다.

"오늘, 기적을 보여주실 수 있습니까?"

인터뷰를 시작하기 전에 대본을 보던 한윤성이 문득 물었다. 얼굴에는 웃음기가 떠올라 있다. 따라 웃은 나는 한윤성의 마음을 읽는다. 한윤성은 아직도 나에 대해서 의심하고 있는 것이다. 어떻게든 트릭을 잡아낼 계획이었다. 지난번 방영된 금덩이 장면은 원탁에 놓인 금덩이만 찍혔기 때문에 그 당시의 27명이 하나처럼 증언했지만 필름에는 나타나지 않았다. 그래서 이번에는 기적의 장면을 처음부터 그대로 찍고 분석하려는 것이다.

내가 물었다.

"어떤 기적을 원합니까?"

"뭐, 모자에서 비둘기를 빼는 것은 말구요."

내 눈치를 살핀 한윤성이 말을 잇는다.

"간단한 것도 좋습니다. 공중부양도 좋고."

"그러죠."

내가 선선히 머리를 끄덕였더니 한윤성은 벌떡 자리에서 일어섰다.

"김 PD! 고 기사!"

한윤성이 소리쳐 부르자 사내들이 달려왔다.

"이 선생이 기적을 보여주기로 했으니까 잘 찍어야 돼! 공중부양이야!"

흥분한 한윤성의 떠들썩한 목소리에 모두의 시선이 쏠렸다.

"어떻게 부양을 하실 겁니까?"

하고 김 PD라고 불린 사내가 묻는다. 역시 흥분한 표정이다.

"얼마만큼 떠있으실 건가요? 시간은요?"

그때 내가 한윤성을 바라보며 묻는다.

"앵커께서 떠있으시겠습니까?"

그러고는 턱을 들고 묻는다.

"이정도면 어때요?"

"와앗!"

그 순간 여럿의 놀란 외침이 터졌다. 한윤성의 몸이 땅에서 일 미터쯤 높이로 떠있었기 때문이다.

"아이구."

놀란 한윤성이 팔다리를 버둥거렸지만 그대로 떠있다.

"카메라! 카메라!"

정신을 차린 PD가 악을 썼지만 아직 준비가 되지 않았다.

"나 좀, 나 좀!" 하고 한윤성이 비명을 질렀으므로 나는 머리를 끄덕였다. 그 순간 한윤성이 부드럽게 내려와 땅바닥에 발을 딛는다.

"아휴."

얼굴이 땀투성이가 된 한윤성이 가쁜 숨을 헐떡이며 나를 보았다. 눈을 치켜뜨고 있다.

"정말이시군요. 놀랐습니다."

한윤성의 목소리는 떨렸다.

한국 방송에서 밤 10시 특집의 방영을 시작했을 때 시청률은 52%였다. 그것만으로도 사상 최고 기록이다. 10시 특집은 말할 것도 없고 어떤 프로그램도 방영 시작에 52%를 내지 못했다. 그것은 10시간 가깝게 연속해서 자막과 뉴스 사이에 이경훈의 기적에 대한 광고를 했기 때문이다. 10시 15분, 하정연은 카페 안에서 친구들과 함께 TV를 보고 있다. 그때 한윤성이 신(神)에게 묻는다.

"자, 이경훈님. 기적을 한번 보여주시겠습니까?"

그 순간 하정연은 입을 딱 벌렸다. 장면배경이 갑자기 짙은 숲속으로 바뀌었기 때문이다. 테이블과 의자는 그대로 있지만 주위는 울창한 나무로 둘러싸였다.

"아앗!"

놀란 외침이 일어났다. TV 안의 한윤성과 카페에 앉아있던 시청자들의 입에서 동시에 터진 것이다. 그것은 황소만한 호랑이 한 마리가 어슬렁거리며 테이블 옆을 지나가고 있었기 때문이다. 놀란 한윤성이 다급한 나머지 테이블 위로 올라갔지만 아무도 웃지 않았다.

"장면 바뀐 거야 뭐야?"

하고 누군가가 소리쳤지만 아무도 대답하지 않는다. 그때 이경훈이 말했다.

"지금부터 1만 년 전의 이 장소를 우리가 보고 있는 겁니다."

"아, 아니. 그럼."

테이블 위에 올라선 한윤성이 호랑이 뒷모습을 보면서 묻는다.

"이게 현실입니까?"

"그렇죠. 하지만 공간이 달라서 서로 겹치지는 않습니다."

그러고는 이경훈이 손을 흔들었고 다음 순간 본래의 인터뷰장인 회의실이 비치었다. 그때서야 테이블 위에서 내려오는 한윤성을 보고 몇 명이 큭큭 웃었다.

"마술일까?"

하고 박명진이 물었을 때 하정연은 머리만 기울였다.

"매력 있는데? 저 남자."

박명진이 다시 신(神)을 바라보며 말했다. 하정연은 화면에서 시선을 떼었다. 이경훈에 대한 기억은 다 지워져 있는 것이다. 하정연이 술잔을 들며 말한다.

"그렇구나. 끌리는 남자야."

"과학으로 해결이 안 돼. 도저히."

'도저히'란 단어를 강조한 김동환 박사가 머리를 젓는다.

"그래서 세계 각국의 보도진, 과학자들이 몰려오고 있어. 글쎄 중동에서도 전쟁 도중에 지난번 한국방송 필름을 튼다고 한다니까?"

"그거 진짭니다."

유석재가 정색한 얼굴로 김동환에게 말한다. 김동환은 국립과학원장이다. 김동환이 지휘하는 12명의 과학자는 이경훈의 기적을 열흘 동안 밤을 새고 분석했지만 조작 되었다는 증거를 찾지 못했다. 그래서 오늘 평소에 알고 지내던 유석재가 찾아오자 하소연하듯 말하고 있다.

"NASA에서도 한 무리가 온다지만 그놈들이라고 별 수 있겠어?"

"기네스 위원회에서도 왔습니다."

"그건 더 말할 것도 없고."

"일본 방송국에서는 분석단으로 30명이나 되는 과학자들이 실험기구를 가져왔습니다."

"글쎄."

입맛을 다신 김동환이 쓴웃음을 띤 얼굴로 말한다.

"이번 인터뷰는 전 세계로 나가겠군. 아프가니스탄, 이라크의 내전도 인터뷰가 나가는 동안 중지될 거야."

이경훈에 대한 관심은 이제 전 세계로 증폭되었다. 인터넷을 통해 수초만에 지구 반대편까지 동영상이 닿는 상황인 것이다. 호랑이를 피해 테이블 위에서 인터뷰를 하던 한윤성에게는 타이거 한이라는 별명까지 붙여졌다. 세계는 지금 이경훈에 대한 국제 인터뷰에 관심이 집중되고 있다. 유석재가 길게 숨을 뱉으며 말한다.

"이번 국제 인터뷰가 끝나면 이경훈은 세계적 명사가 되겠군요."

"하지만."

정색한 김동환이 말을 받는다.

"어느 과학자가 그 기적의 비밀을 밝힐지도 모르지."

유석재는 입을 다물었다. 사흘 후에 이번에는 서울 중심부의 프레스센터 대회의장에서 신(神) 이경훈의 국제 인터뷰가 열리는 것이다. 이경훈은 서울에서 초중고, 대학까지 나온 것은 분명했다. 그러나 동급생이나 선생님들은 이경훈에 대한 특별한 기억은 갖고 있지 않았다. 그저 학생이었다는 것만을 증언해줄 뿐이다. 두드러지지 않았던 학생이었다는 것이다. 또한 이경훈의 가족 관계도 마찬가지 상황이었다. 부모는 일찍 돌아가신데다 형제, 자매는 물론이고 친척도 없다. 자료는 명백한데 가까운 친척 친구가 나타나지 않아서 어느 언론에서는 신(神) 이경훈을 유령 인간이라고도 불렀다.

"사흘 남았어."

김동환이 혼잣소리처럼 말한다.

"이경훈이 심판 받을 날이 말이야."

"글쎄, 저는 믿는다니까요."

불쑥 유석재가 말하자 김동환이 웃었다.

"아니, 유 기자답지 않은 말이군."

내 앞에 앉아있는 여자는 최영희. 15년 전 아버지 최승호가 동해상에서 고기를 잡다가 북한 경비정에게 나포되어 끌려갔다. 그때 최영희의 나이가 14살, 중학 1학년 때였고 최승호는 42세, 지금은 57세가 되겠다. 최영희는 중학교 때부터 온갖 곳에 아버지를 돌려달라는 탄원서를 내었지만 소득이 없다. 각계의 동정은 받았어도 이미 북한 수중에 든 아버지를 빼내오는 것은 역부족이었던 것이다. 최영희를 데려온 비서 유영근이 불안한 듯 주춤거렸으므로 나는 머리를 들었다. 방으로 들어온 최영희에게 내가 입도 열지 않았기 때문이다. 그러나 얼굴을 본 순간에 내력이 다 펼쳐진 터라 이야기를 들을 필요가 없다.

"알았다."

내가 말했을 때 최영희가 놀란 듯 눈을 크게 떴다. 잠깐 앞쪽 벽을 본 내 눈 앞에 최승호의 모습이 떠올랐다.

"네 아버지는 지금 교화소에 갇혀있다."

내가 최영희에게 말했다. 놀란 최영희가 숨을 죽였고 내가 말을 잇는다.

"탈북 하다가 잡혔기 때문이지. 네 아버지는 지금 많이 쇠약해져 있구나."

"신님."

두 손을 모은 최영희가 눈물을 쏟았다. 그러고는 더듬거리며 말한다.

"제 어머니도 누워계십니다. 제발 기적을 일으켜 제 아버지를 돌려주십시오."

길게 숨을 뱉고 난 내가 뒤에 서있는 유영근을 보았다. 유영근이 최영희를 데려온 것이다.

"그렇게 하나씩 기적을 일으킨다면 혼란만 일어난다."

내가 말하자 유영근의 얼굴이 붉어졌다.

"죄송합니다, 신님. 최영희는 제 먼 친척이 됩니다. 아버지를 그리워하는 것이 너무 딱하고 해결 방법이 보이지 않아서 제가 욕심을 부렸습니다."

"보아라."

내가 말한 순간 눈앞에 교화소 안의 숙사 구석에 누워있는 최승호가 드러났다. 마른 몸에 헤어진 옷을 걸치고 누운 최승호를 본 최영희가 눈만 크게 떴다. 자신의 기억에 남아있던 아버지가 아닌 것이다. 그때 내가 말했다.

"너희들 둘만 있도록 공간을 만들어줄 테니 네 아버지와 이야기를 하거라."

그러고는 덧붙였다.

"둘이 이야기하는 동안은 아무도 너희들의 공간을 침입할 수 없을 것이다."

내가 주춤거리는 최영희의 표정을 보고는 쓴웃음을 지었다.

"그리고 너만 다시 돌아온다. 네 아버지는 곧 만날 수 있을 것이다."

그 순간 눈앞에서 최영희와 최승호의 모습이 사라졌다. 내가 아직도 머리를 숙이고 있는 유영근에게 말했다.

"이 공간에서도 질서가 있다. 다른 공간을 이용해서 비치거나 또는 뇌를 작용할 수는 있지만 물체를 이동 시킨다면 질서가 깨진다."

"예, 신님."

허리를 숙인 채 유영근이 떨리는 목소리로 말한다.

"명심하고 조심하겠습니다."

"신교 교인은 인간의 대를 이어갈 자질을 갖춘 자만 받아들인다."

내가 엄숙한 표정으로 말을 잇는다.

"그저 기적의 혜택이나 바라고 행운을 얻으려는 인간들은 필요 없다."

대통령 강인덕이 머리를 들고 문광부 장관 홍만수를 보았다. 청와대의 대회의실 안이다. 오늘은 정례 각료회의가 열리고 있어서 총리이하 각료, 청와대 비서실장이하 수석비서관 모두가 참석해 있다. 강인덕이 묻는다.

"문광부장관, 요즘 신교 때문에 세계가 시끄러운데 국민 생활에 지장은 없습니까?"

"예에, 그것은."

홍만수가 서류를 뒤적거리는 시늉을 하다가 강인덕을 보았다.

"국민 모두의 관심이 집중되어 있어서 주목하고 있지만 아직 범법 사실은 없습니다. 다만 과열 현상으로 정국이 혼란스럽게 되지 않을까 우려됩니다."

원론적인 대답이어서 강인덕은 노골적으로 입맛을 다신다. 그러자 홍만수의 얼굴이 대번에 굳어졌다.

그때 행자부 장관 전기준이 발언했다.

"신교 교주 이경훈은 신원은 확실하지만 안다는 친지, 친척을 하나도 찾지 못해서 유령인간이라고도 불립니다. 그러나 이경훈은 사교 집단을 와해시키고 사술에 빠진 약자들을 구원해낸 것은 확실합니다. 따라서 아직 사회에 나쁜 영향은 끼치지 않았습니다."

그러자 강인덕이 머리를 끄덕이며 묻는다.

"세계 언론과의 인터뷰가 내일이라고 했지요?"

"예, 대통령님."

"이번에 또 기적을 일으키면 다음 대선 때 대통령은 틀림없겠지요?"

하고 강인덕이 묻자 모두 '와'하고 웃었지만 전기준은 웃지 않았다. 웃음이 그치기를 기다린 전기준이 말을 잇는다.

"대통령님, 이경훈은 세상을 변화 시키려는 것 같습니다. 한국 땅에 집착하는 것 같지가 않습니다."

"NASA와 일본 과학자, 그리고 각국에서 선발된 검증단이 회담장을 개조하겠다는데요."

시종장 김윤수가 걱정스런 표정으로 말했다.

"각종 측정기를 부착하겠답니다."

"협조해주도록."

내가 머리를 끄덕이며 말하자 비서 유영근이 불평을 터트렸다.

"온갖 기계가 다 있어서 마치 실험실 같습니다.

"그들은 끊임없이 의심해야 될 테니까. 그것이 과학자들의 기본자세야."

웃음 띤 얼굴로 말한 내가 유영근에게로 머리를 돌렸다. 신교 교당의 내 방안이다.

"최영희는 안정이 되었지?"

"예, 신님."

유영근의 얼굴이 금방 환해졌다.

"아버지를 보고 돌아온 후에 아주 달라졌습니다. 허약해서 누워만 있던 어머니하고 매일 교당에 나와 심부름을 하고 있습니다."

"희망은 인간에게 힘을 주는 요소야."

내가 김윤수와 유영근을 둘러보며 말했다. 그러자 김윤수가 손목시계를 보았다.

"신님, 인터뷰가 한 시간 반 남았습니다."

이번 인터뷰는 김윤수의 사회로 진행이 되도록 했는데 세계에서 모인 72개 언론사에서 30개가 추첨으로 뽑혀 각각 2개씩 총 60개의 질문을 하기로 합의를 했다. 그 60개 질문 내역이 회담 하루 전인 어제 이경훈에게도 통보되었는데 대한일보의 유석재도 다행히 30개 언론사 안에 포함되었다. 그리고 30개 언론사는 60개 질문 내역을 선별했고 그것도 추첨으로 각각 두 개씩을 갖게 되었으니 공평한 방법인 셈이다. 유석재가 뽑은 질문 두 개는 첫째 신교 교주 이경훈의 정체를 묻는 것과 둘째는 여자관계였다. 두 개 다 이경훈이 간단하게 넘겨버릴 수 있는 질문이어서 유석재의 실망은 컸다. 일본의 도쿄 방송이 뽑은 질문은 기적을 보여 달라는 내용이어서 가장 인기가 있을 것이었다.

"부장님, 여자관계를 묻다가 슬쩍 기적을 보여 달라고 해보시죠."

인터뷰실인 대강당으로 들어서면서 박병호가 목소리를 낮추고 말했다.

"다행히 우리 순서가 도쿄방송 앞이니까요. 나중에 욕 얻어먹겠지만 뜨려면 할 수 없지 않습니까?"

"글쎄, 그래 볼까?"

유석재도 당기는지 주위를 두리번거리며 말했다. 넓은 대강당은 이미 기자단으로 가득 차 있다. 지정된 자리에 앉은 유석재가 입에서 휘파람 소리를 냈다.

"휘유. 한미 정상회담 기자회견장보다 두 배는 더 혼잡하구나."

"1개 방송국에서 평균 20명은 데려왔으니까요. 우리 같은 신문사에서도 카메라맨까지 7명이 왔지 않습니까?"

"이번 방송 시청자가 세계 48개국으로 되어있지?"

"생방송이니까 처음에 48개국으로 나갔다가 10분쯤 후에는 세계 인구의 4분지 3인 45억이 볼 것이라고 예상합니다."

"대특종이군."

감탄한 유석재의 시선이 앞쪽 단상으로 옮겨졌다. 넓은 단상에는 온갖 기재가 장치되어 있었는데 천장에도 매달려 있다. 세계의 모든 과학기관, 연구단체에서 검증을 목적으로 장치한 기구들이다. 그것을 본 유석재가 쓴웃음을 짓고 말한다.

"저 기구가 많을수록 이경훈에 대한 믿음이 강해지겠군."

"부장님은 완전히 이경훈 팬이 되셨군요."

박병호가 말하자 유석재는 머리를 끄덕였다.

"야. 1kg짜리 금덩이를 받은 몸이야, 내가. 팬이 안 되는 게 미친놈이다."

대통령 강인덕이 집무시간에 TV를 시청한 경우는 이번이 처음이다. 그래서 비서실장 이석우는 옆에 앉아 있었지만 조금 거북했다. 오전 10시 20분, 지금 TV에는 이경훈의 특별 인터뷰가 진행되고 있다. 10시 정각에 시작될 예정이었지만 검증 기계 하나가 작동되지 않아서 10분쯤 늦춰졌다. 이번 질문자로 나선 것은 미국의 GNN 방송이다. 나이든 백인 기자가 영어로 이경훈에게 묻는다.

"이렇게 자신을 공개시킨 이유는 뭡니까?"

그러자 이경훈이 거침없는 영어로 대답했다.

"내가 공개적인 조정자 역할을 해야 할 필요를 느꼈기 때문에."

영어에 능통한 강인덕의 입에서 낮게 신음이 울렸다. 감탄한 것이다. 그때 기자가 다시 묻는다.

"공개적 조정자 역할이란 어떤 일인지 구체적으로 말씀 해주시죠."

"단체, 또는 국가간 분쟁 조정, 전쟁 방지, 빈곤, 질병 확산 방지, 자연보호."

잠깐 말을 그친 이경훈이 빙긋 웃는다.

"인간을 구하려는 것이다."

강인덕이 머리를 돌려 이석우를 보았다.

"대단하군."

심호흡을 한 강인덕이 말을 잇는다.

"민족당에서 이경훈을 영입하려고 한다는 소문이 있던데 그렇게만 되면 민족당이 대권을 잡겠구먼."

소문이 아니라 실제. 강인덕은 어제 민정수석으로부터 민족당의 동향을 보고 받았던 것이다. 어느덧 질문 순서가 바뀌어 대한일보의 유석재 차례가 되었다.

"이경훈 씨"

유석재가 긴장한 얼굴로 이경훈을 부른다. 이경훈은 단상의 의자에 편한 자세로 앉아있었는데 전혀 긴장한 것 같지가 않다. 의자에 등을 붙이고는 잠자코 유석재를 본다. 주위를 둘러싼 수많은 기기가 번쩍이고 있었으나 그것이 오히려 이경훈의 신비감을 증폭시켰다. 그때 유석재가 묻는다.

"이경훈 씨의 신원은 분명하게 기록이 되어있지만 친구나 친척이 하나도 나타나지 않았습니다. 그래서 시중에서는 유령인간으로도 불리는데 이에 대한 해명을 부탁드립니다."

"사실이야."

이경훈이 웃음 띤 얼굴로 말을 잇는다.

"나는 갑자기 이 공간에 끼어든 존재여서 신분 확인용 자료가 필요했어. 그래서 모든 자료가 조작된 거야."

순간 강인덕은 숨을 삼켰다. 회견장에서도 기자들이 웅성거린다. 그때 특종을 잡은 유석재가 들뜬 목소리로 다시 묻는다.

"어떻게 조작 하신 겁니까? 관계자들이 모두 진본이라고 확인을 했는데요."

"유부장, 기적을 바라고 있지 않은가?"

불쑥 이경훈이 묻더니 빙그레 웃는다.

"지금 이 순간에 나에 대한 자료는 다 사라졌다. 이제 내 모습과 이름이 공개 되었으니 신원을 확인시킬 자료가 필요 없기 때문이다."

그러고는 주위를 둘러보며 말했다.

"확인 해보라."

그때 강인덕이 비서실장 이석우를 보았다.

"이 실장 확인 해보시오. 과연 그럴 수도 있는 건지 궁금하네요."

도쿄 방송의 기자 가네다는 오락프로를 오래 맡아서 순발력이 뛰어났다. 그래서 이경훈에게 기적을 주문할 특권이 주어졌을 때 환호했다. 자신의 재능을 전 세계에 알릴 절호의 기회라고 생각했기 때문이다. 자신의 순서가 되자 자리에서 일어선 가네다가 단상에 앉은 이경훈을 똑바로 보았다.

"이경훈 씨, 당신이 불멸의 존재라는 증거를 보여주시지요."

기적대신 구체적인 요청을 한 것이다. 기자회견장이 금방 웅성거렸을 때 가네다가 말을 잇는다.

"저는 당신이 불멸의 존재라고 들었습니다. 그럼 죽지 않는다는 것을 전 세계의 시청자들게 보여주시기 바랍니다."

"내가 불멸의 존재라고 말한 적은 없다."

그래놓고 이경훈이 가네다를 향해 쓴웃음을 짓는다.

"그대는 욕심이 지나치다. 자신의 이익을 위해 수많은 인간을 짓밟고 왔구나."

긴장한 가네다가 눈만 껌벅였고 이경훈의 말이 이어졌다.

"좋다. 그럼 내가 삶과 죽음을 비교시켜 주겠다."

그러고는 이경훈의 시선이 연단 바닥으로 옮겨졌다.

"와앗!"

그 순간 놀란 외침이 회견장을 울린다. 카메라 플래시가 쉴 새 없이 반짝였고 모든 시선이 연단위로 옮겨졌다. 그곳에 가네다가 누워있는 것이다. 기자석에 서서 눈동자만 굴리고 있는 가네다와 똑같은 차림, 똑같은 모습의 인간이다. 그때 이경훈이 누워있는 가네다를 보며 말했다.

"이 가네다는 생명이 떠난 몸, 시체다. 확인해 보겠는가?"

그 순간 10여 명의 기자가 연단으로 뛰어올라왔다. 그러고는 가네다를 흔들고 만지고 사진을 찍느라 혼잡해졌다. 서있는 가네다를 찍는 기자도 있다.

"시체야!"

누군가 와락 소리쳤고 또 다른 사내가 말을 받는다.

"가네다 기자야! 기자증도 매달고 있어."

"내려가라."

이경훈이 말하자 웅성거리던 사내들이 주춤대며 회견장으로 내려갔다. 연단에는 다시 이경훈과 가네다 시체만 남았다. 그때 이경훈이 아직도 서있는 가네다에게 묻는다.

"가네다, 여기 네 죽은 몸이 있다. 와서 확인 하겠느냐?"

"보나마나 트릭인데 볼 필요 없소."

어깨를 편 가네다가 눈을 치켜뜨고 말한다.

"내가 이렇게 살아서 서 있는 것이 증거 아니요?"

"아직도 느끼지 못하는군."

이경훈이 정색하더니 말을 잇는다.

"그럼 누워있는 너와 산 너를 바꾸기로 하지. 그 증거로 넌 옆에 앉은 기자한테서 팸플릿을 받아 쥐어라."

그러자 옆에 앉은 기자가 가네다의 손에 팸플릿을 쥐어주었다. 그 순간 회견장에 놀란 외침이 일어났다. 이경훈 앞에 누워있던 가네다가 부스스 일어난 것이다. 가네다의 손에는 노란색 팸플릿이 쥐어져 있다. 그리고 회견장에 서 있던 가네다는 의자에 몸을 늘어뜨리고 누워 있었는데 한눈에 봐도 죽은 시체였다. 그때 이경훈의 목소리가 회견장을 울린다.

"이 공간에서 죽은 내가 다른 공간에서는 살아있다. 이것이 내 불멸에 대한 대답이다."

다음 순간 카메라 화면에 비쳤던 회견장의 가네다가 연기처럼 사라졌다. 남은 가네다는 연단에 서있는 가네다다. 가네다가 주위를 둘러보며 묻는다.

"나를 언제 여기로 데려온 겁니까?"

바보 같은 표정이었지만 아무도 웃지 않는다.

이제 105명이 된 내 시종들은 모두 나한테서 독심력과 제압력을 얻었다. 그래서 상대방의 마음을 읽을 수 있는데다 무기력하게 만들 수도 있다. 그들은 지금 각지에 흩어져 사교와 사술에 빠진 어리석은 인간들을 구제하는 중이다. 국제 회담이 끝난 지 나흘째가 되는 날 오전, 회담에 참여했던 NASA 등 모든 검증기관은 이경훈의 기적에서 트릭을 찾지 못했다고 발표했다. 기적을 인정한 것이다. 그리고 내가 말했던 것처럼 내 자료도 말끔하게 사라졌다. 그러나 그 발표에 놀라는 인류는 거의 없었다. 화면을 보고나서 이미 모두 기적을 믿고 있었기 때문이다. 저녁 무렵, 교당 접견실로 시종장 김윤수의 안내를 받으며 60대쯤의 사내가 들어선다. 기독교계의 존경받는 김성훈 목사. 김성훈이 웃음 띤 얼굴로 나에게 다가왔다.

"이경훈 님 만나서 반갑습니다."

"저도 그렇습니다."

나도 정중하게 대답한다. 지금 김성훈은 모든 종교계를 대표해서 온 것이다. 한국의 기독교, 천주교, 불교, 원불교 등은 말할 것도 없고 이슬람교, 힌두교 등 세계의 모든 종교계가 나를 주목하고 있다. 내가 배척하는 사교 집단들이 기독교나 불교 등에서 분파된 것이어서 시원하면서도 내 한계를 알아보려는 것이다. 서로 마주보고 앉았을 때 내가 먼저 말한다.

"나는 모든 종교를 존중합니다. 다만 악한 사교 집단만 처벌할 뿐이지요."

나는 계속해서 김성훈이 기대한 대답을 했다.

"내 목적은 인류의 행복이요. 부디 내게 여러분의 신께서 축복을 내려주시기를 바랍니다."

"주님의 이름으로 축복을 드립니다."

정색한 김성훈이 말했으므로 나는 머리를 숙였다. 나는 인류가 아니다. 지구인의 표현대로라면 외계인이다. 생명체도 아닌 공간을 떠도는 인자. 무엇이든 될 수 있지만 한편으로는 아무것도 아닌 존재. 문득 나는 가슴이 답답해지는 것을 느낀다. 인간 모습으로 있다 보니 인간처럼 느낌이 온다. 나는 잠자코 김성훈을 보았다. 그 순간 김성훈의 모든 내력이 내 머릿속에 들어가 다 겪은 일처럼 만들어졌다. 65세, 영등포에 2천 평이 넘는 교회를 짓고 40년 가깝게 복음을 전파했지만 청빈했다. 물욕이 없고 가난한 자 약한 자에게 베푸는 선행을 계속해왔다. 그래서 모든 신앙인들의 존경을 받는다. 그때 내가 입을 열었다.

"나도 축복을 드리지요."

김성훈이 머리를 들었으므로 내가 말을 잇는다.

"진실한 자, 가엾은 자를 오른손으로 쓸어주시오. 그럼 축복이 일어날 것입니다."

그러고는 내가 빙긋 웃는다.

"10번입니다. 끝없이 이어질 수는 없으니 10번을 나눠 쓰십시오."

김성훈은 눈만 껌벅였다. 금방 알아듣지 못한 것 같다.

"몇 명이요?" 하고 대통령 강인덕이 묻자 비서실장 이석우가 대답했다.

"일곱 명입니다."

강인덕이 길게 숨을 뱉는다. 지난밤에 어선 한 척이 북한 경비정에 나포되어 끌려간 것이다. 어선은 영해에서 멀리 떨어진 공해상에 있어서 동해안 경비 사령부의 레이더에는 잡히지 않았다. 어선이 끌려가기 직전에 교신 했을 때는 이미 한계선 북쪽이었다는 것이다.

"통일부에서 항의 하도록 합시다."

머리를 든 강인덕이 말했다.

"간첩선도 아니고 어선이 조금 벗어났다고 잡아가는 건 정말 너무하는 군. 말끝마다 민족을 찾으면서 식량, 비료를 달라고 떼를 쓰는 사람들이 말이야."

"알겠습니다."

이석우가 몸을 돌렸을 때 다시 강인덕이 말을 잇는다.

"지난번에 잡아간 어선도 돌려보내지 않았지요? 그럼 두 척이 되었나?"

"예, 지난번은 다섯 명이었으니까 선원은 모두 열둘입니다."

이석우가 대답하자 강인덕은 혀만 찼다.

전 세계에 내 회담 영상이 방영된 후부터 교당 밖은 인산인해를 이뤘지만 교인은 선별해서 받아들였다. 그래서 신교 교인이 된 사람들은 춤을 추며 기뻐했지만 탈락자는 절망했다. 그래서 선발을 한 시종들은 탈락자에게 마음을 정화시키고 다시 오라는 '정화패'를 나눠주었다. 정화 기간은 한 달. 한 달 후에 다시 교인 심사를 받을 수가 있는 것이다. 두 번째 탈락해도 마찬가지다. 또 다시 한 달 후에 오면 되고 세 번째, 네 번째로 끝없이 이어지는 것이다. 끝까지 기회를 주는 것이다. 시종 박기종이 내 앞에 나타난 것은 오후 4시경, 박기종은 불도를 닦다가 다시 기독교리를 공부했던 전력이 있다. 내 앞에 선 박기종이 말했다.

"오늘 선발한 교우가 드릴 말씀이 있다고 합니다."

나와 시선이 마주치자 박기종이 두 손을 모은다. 불도를 닦은 습관이다.

"데려오도록."

내가 말하자 박기종이 나가더니 곧 50대 초반쯤의 사내를 이끌고 돌아왔다. 사내의 이름은 오준호, 통일부의 대북협력국장이다. 고위급 공무원인 것이다. 내 앞에 선 오준호는 굳어져 있다. 나를 똑바로 보고는 있었지만 입술이 열리지 않는다. 이마와 콧등에 작은 땀방울이 돋아나 있다. 그때 내가 말했다.

"오준호, 말하지 않아도 내가 안다. 이번 남북 어선 사건에 내 기적이 필요하다는 것이냐?"

"예, 신님."

오준호의 입이 열렸다. 떨리는 목소리로 오준호가 말을 이었다.

"제가 이틀 후에 남북 간 경제협의회 준비 차 개성에서 북한 측 실무자들을 만나게 되어 있습니다."

"안다. 그때 북한 측에 납북된 어선과 어부 송환을 요구할 예정 이라는 것도."

"저에게 그들을 데려올 지혜를 주십시오, 신(神)님."

그러자 내가 박기종을 향해 웃어 보였다. 긴장한 박기종이 따라 웃지 않았고 내가 오준호에게 말했다.

"북한 측 고위급의 마음을 움직여야 한다. 실무자들은 그럴 능력이 없다."

길게 숨을 뱉은 내가 오준호에게 말을 잇는다.

"네 성실한 태도가 칭찬 받을 만하다. 너에게 시종과 같은 능력을 주마."

그러고는 내가 눈을 감았다가 뜨자 오준호는 꿈에서 깨어난 듯이 심호흡을 하더니 나를 똑바로 보았다. 이제는 초점이 잡혀진 시선이다.

"이제 너는 상대방의 마음을 읽고 행동을 일으킬 수 있는 능력까지 갖췄다. 국가와 민족을 위해 아껴 쓰도록 해라."

내가 말하자 오준호는 털썩 무릎을 꿇더니 이마를 바닥에 붙이며 절을 했다.

"목숨을 바쳐 봉사 하겠습니다."

"나한테 10번의 축복을 주었다는데."

쓴웃음을 지은 김성훈이 앞에 앉은 서경수 부목사에게 말했다. 영등포의 '복음'교회 목사실 안이다.

"내가 오른손을 갖다 대면서 축복을 하면 기적이 일어난다는 거야."

"그렇습니까?"

40대 초반의 부목사 서경수는 달변에 유식했다. 미국에서 종교학 박사 학위까지 받은 엘리트다. 한국 교단을 이끌어갈 스타 중의 하나인 것이다. 서경수가 웃음 띤 얼굴로 말을 잇는다.

"지난번 회담에서 과학자들은 진실을 밝혀내지 못했지만 저는 믿지 않습니다."

그러고는 머리까지 저었다.

"신교는 이단입니다. 말은 번지르르하게 했지만 신교야말로 사교이며 사술로 어린양을 현혹시키는 사탄입니다."

"보지 않으면 믿기 힘들어."

김성훈이 부드러운 표정으로 말을 잇는다.

"서목사, 의심을 버리면 마음이 평온해진다네."

"그러면 마귀가 들어올 틈이 생깁니다."

그때 방문이 열리더니 비서 유정은이 들어섰다. 쟁반에 녹차를 받쳐 든 유정은의 얼굴은 백지장처럼 희다. 김성훈이 유정은을 보더니 소리죽여 숨을 뱉는다.

"쉬라고 했지 않느냐?"

김성훈이 낮게 묻자 녹차 잔을 내려놓으면서 유정은이 희미하게 웃었다.

"힘이 닿는 데까지 일하다가 쉴게요."

유정은은 서른둘로 아직 미혼이었는데 폐암 말기였다. 의사는 앞으로 3개월을 견디기 힘들다고 했는데도 유정은은 교회에 나와 일하고 있다. 유정은이 몸을 돌렸을 때였다.

"잠깐만."

문득 생각이 난 얼굴로 김성훈이 유정은을 불러 세웠다.

"이리 가까이 오너라."

김성훈이 손짓을 하자 유정은이 다가와 섰다. 그때 김성훈이 자리에서 일어나 유정은의 어깨에 오른손을 올려놓았다.

"전지전능하신 하나님 아버지, 이 어린양에게 축복을 내려 주시옵소서. 병마가 사라질 기적을 일으켜 주시옵소서."

김성훈의 열띤 목소리가 방을 울리는 동안 유정은은 눈을 감고 서 있었다. 그러나 앞쪽에 앉은 서경수는 외면하고 있다.

나는 방으로 들어선 두 사내를 향해 웃어 보였다. 두 사내는 제임스 코헨과 마이클 조단, 그리고 두 사내의 뒤를 따라 비서 유영근이 들어와 자리에 앉는다. 교당의 접견실 안은 조용하다. 바깥 교당도 정적에 덮여 있다. 오후 11시 반이 되어있는 것이다. 그때 제임스가 먼저 입을 열었다. 물론 영어다.

"사람을 보시면 이름과 내력, 방문 목적까지 다 아신다고 들었습니다. 맞습니까?"

"맞아, 제임스 코헨."

내가 쓴웃음을 짓고 대답한다.

"CIA 한국 지부장, 지금 나한테 탈레반의 테러단 지도자 압둘 라만의 은신처를 알려달라는 목적으로 왔군."

"그렇습니다."

쓴웃음을 지으면서 제임스가 검은 머리칼을 손가락으로 쓸어 올렸다. 넓은 어깨에 장신의 제임스는 한 곳에 시선을 고정시키지 않는다. 반대로 옆에 앉은 사내는 똑바로 시선을 준다. 그때 제임스가 말을 이었다.

"압둘 라만은 지금까지 7번의 테러를 직간접으로 일으켰으며 무고한 민간인 423명이 사망했습니다. 인류의 공적입니다."

그러고는 머리를 돌려 옆에 앉은 사내를 보았다. 그러나 사내가 앉은 채로 나에게 머리를 숙였다.

"마이클 조단입니다."

"백악관 외교안보 보좌관의 참모시구만. 보좌관 마빈 크로포드씨가 보내셨고."

내가 말하자 마이클이 머리를 끄덕였다.

"미국 대통령께서도 안부를 전하셨고 협조를 부탁하셨습니다."

"내 능력을 믿으시는군."

"지난번 쇼를 보시고 감동을 받으셨습니다."

그러자 심호흡을 한 내가 눈을 떴을 때 앞쪽 벽에 선명한 영상이 떠올랐다. 벽이 화면이 된 것 같았는데 입체감이 풍부해서 마치 눈앞의 장면 같다.

"저 자가 압둘 라만인가?"

내가 물었을 때 제임스는 정신이 나간 것 같은 표정을 짓고 사방을 둘러보더니 와락 소리쳤다.

"그래! 마바릭 계곡이야!"

압둘 라만은 바위에 둘러싸인 계곡에서 두 사내와 함께 앉아 있었는데 여유로운 표정이었다. 마이클도 눈을 부릅뜨고 눈앞의 압둘 라만을 바라보는 중이다. 그때 제임스가 서둘러 주머니에서 핸드폰을 꺼내 들었다.

유영근의 고교 동창이며 시종의 하나인 백선우는 전남 여수에 내려가 있었는데 그곳에 사는 친척으로부터 연락을 받았기 때문이다. 저녁 7시경, 지금 백선우는 여수항 근처의 식당에서 고길준과 함께 저녁을 먹는 중이다. 고길준은 백선우의 이종사촌동생이다.

"형님, 당장 오늘 가시지 말고 좀 천천히, 그러니까 상황을 좀더 보시고……."

젓가락을 내려놓은 고길준이 말했을 때 백선우는 머리부터 젓는다.

"아니, 밥 먹고 바로 가자."

"거긴 미친놈들뿐이란 말입니다. 몇 명이 죽어 묻혔는지도 몰라요."

"글쎄, 괜찮아."

"경찰이 몇 번이나 갔어도 증거 없다고 돌아 나왔습니다. 그놈들은 경찰 차에도 돌을 던지는 놈들이라고요."

"상관없어."

"형님."

마침내 지친 표정이 된 고길준이 상반신을 젖히고는 백선우를 보았다.

"난 형님이 그 신교 교주 양반을 모시고 올 줄 알았단 말입니다. 여러 사람하고 같이요. 그런데 형님만 딱 한 명……."

"아, 됐어."

정색한 백선우가 고길준을 노려보았다. 고길준은 한 달 전까지 극락교라는 사교에 가입해 있다가 탈출해 나왔는데 지금도 쫓기고 있는 중이었다. 극락교는 교주 진성태를 믿으면 극락에 간다는 사교 집단으로 순천 동북방의 산 속에 99칸 대저택을 짓고 남녀 천사 1백 명이 합숙하고 있다는 것이다. 쫓기다가 돈이 떨어진 고길준의 하소연을 듣지 않았다면 백선우는 모르고 있을 뻔 했다. 고길준도 백선우가 신교 교주의 시종이 되어 있는 줄을 모르고 있었던 것이다. 그때 백선우가 자리에서 일어섰다.

"자, 가자."

내가 신이다

5장

백선우와 고길준이 극락교의 본당인 극락궁 대문 앞에 섰을 때는 오후 8시 반이 되어있었다. 주위는 어두웠지만 99칸 대저택의 불은 환하게 켜졌고 담장 밖에서도 안의 떠들썩한 소음이 울렸다. 고길준이 다시 백선우에게 묻는다.

"형님, 진짜 괜찮은 거죠?"

TV를 통해 이경훈의 기적을 보지 않았다면 고길준은 이곳까지 따라오지 않았다. 한 달 전에 이곳을 탈출해서 지금도 쫓기는 신세인 것이다. 잡히면 몇 달이나 지하 감옥에서 수양을 받아야했고 영영 보이지 않는 자들도 있다. 백선우가 발을 떼었을 때 마침내 고길준이 묻는다.

"형님, 전 여기 있으면 안 됩니까?"

둘은 대문에서 30미터쯤 떨어진 길가에 서있는 것이다. 극락당은 외진 골짜기에 세워져 있어서 국도에서도 1킬로나 떨어진데다 주위에는 민가도 없다. 백선우가 머리를 끄덕였다.

"알았다, 넌 거기 있거라."

"형님, 조심하십쇼. 30분이 지나도 형님이 나오지 않으면 경찰에 신고를 할 테니까요."

고길준의 다급한 목소리가 뒤에서 울렸다. 대문으로 다가간 백선우가 주먹으로 육중한 나무문을 두드렸다. 그러자 곧 안에서 묻는 소리가 들린다.

"누구시오?"

"손님이요."

백선우가 소리쳐 말했더니 안에서 퉁명스런 대답이 되돌아왔다.

"우린 손님 안 받소. 돌아가시오."

"문을 열어라."

다시 백선우가 말했을 때 이번에는 안에서 대답이 들리지 않는다. 그러더니 육중한 대문 한 쪽이 열렸다. 대문 안으로 들어선 백선우는 넓은 마당에 모여선 남녀가 움직임을 멈추고는 자신을 주시하고 있는 것을 보았다. 모두 한복 차림이었는데 마당 한복판에는 모닥불이 기세 좋게 타오르고 있다. 그때 백선우를 향해 사내 하나가 다가왔다.

"무슨 일이요?"

흰머리가 반쯤 섞인 사내의 눈빛이 강했다. 백선우의 앞에 다가선 사내가 위아래를 훑어보는 시늉을 한다.

"이곳이 어느 곳인지 알고나 왔소?"

그때 백선우가 말했다.

"배진철, 전과 3범, 너는 작년 10월에 이곳에서 살인을 했구나."

"무엇?"

하고 사내가 눈을 치켜떴을 때였다. 백선우가 둘러선 남녀를 향해 소리쳤다.

"모두 무릎을 꿇어라!"

그 순간 수십 명의 남녀가 일제히 무릎을 꿇는다. 배진철이란 사내도 마찬가지였다. 그러나 무릎을 꿇은 제 자신이 이상한 듯 눈을 크게 뜨고 제 몸을 둘러보는 중이다. 그때 중문이 열리더니 붉은색 바지저고리를 입은 사내가 나왔다. 사내 주위에는 십여 명의 남녀가 호위하듯 따르고 있다. 머리를 든 백선우가 사내를 보았다. 그러고는 다시 소리쳤다.

"진성태! 너도 무릎을 꿇어!"

그 순간 사내가 털썩 무릎을 꿇었다. 백선우의 시선을 받은 십여 명의 남녀도 말 한 마디 뱉지 못하고 그 자리에 꿇어앉는다. 이제 넓은 마당 안에서는 기침소리 하나 들리지 않는다. 장작불이 타면서 튕겨나는 불꽃소리만 들린다. 그때 백선우가 두 팔을 벌리더니 하늘을 향하고 말했다.

"신이시어! 저에게 더 능력을 주십시오!"

고길준은 길가에 서있기도 겁이 나서 길에서 벗어나 도랑가의 풀숲에 쭈그리고 앉아있었는데 백선우가 궁성에 들어선 지 5분이 지났을 때부터 거의 매분마다 시계를 보았다. 백선우가 들어가면서 대문은 활짝 열려져 있지만 여기서는 보이지 않는다. 궁성 안에서 들리던 소음이 딱 그쳤기 때문에 고길준의 불안감은 더 높아졌다. 고길준이 몇 번째인지도 모르게 손목시계를 보고나서 머리를 들었을 때였다. 대문 밖으로 남녀 무리가 쏟아져 나왔으므로 고길준은 대경실색을 했다. 천사들이다. 말이 천사지 극락교주 진성태의 수족들로 그중에는 추적반, 감찰반원의 모습도 보였다. 잔뜩 몸을 움츠린 고길준은 밖으로 꾸역꾸역 쏟아져 나오는 천사단을 보고는 오금이 저려 움직이지도 못한다. 안에 있는 놈들이 다 모여 나오는 것 같다. 그때 고길

294

준의 두 눈과 입이 딱 벌어졌다. 이제 교주 진성태가 나오고 있는 것이다. 그러고는 모두 이쪽을 향해 천천히 다가오고 있다. 궁성의 열려진 대문을 통해 쏟아지는 불빛이 등 뒤에 비치고 있어서 이쪽을 향한 전면은 어둡다. 그리고 모두 입은 꾹 다물고 다가오는 터라 고길준의 온몸이 떨리기 시작했다. 이가 마주쳤고 눈앞에 흐려졌다. 이제 유령 같은 대열은 고길준이 숨어있는 길가의 20미터쯤 앞까지 다가왔다. 모두 나온 것 같다. 그런데 한 마디 말도 없다니. 그때였다.

"길준아!"

저를 부르는 소리에 고길준은 화들짝 놀랐다. 백선우의 목소리였다. 머리를 든 고길준은 대문 앞에 서있는 백선우를 보았다. 그러나 그때는 천사단과 진성태까지 바로 앞을 지나고 있었으므로 고길준은 숨소리도 크게 내지 못했다. 그들은 모두 멍한 표정을 짓고 걷는다. 말도 한마디 뱉지 않는 것이 마치 유령 집단처럼 으스스한 분위기였다. 그때 다시 백선우가 부른다.

"길준아! 괜찮으니까 나와!"

대문 앞에 버티고 선 백선우를 보자 용기를 낸 고길준이 엉거주춤 일어섰다. 그때는 천사단의 마지막 남자가 앞을 지나간 후였다. 고길준은 아직도 후들거리는 다리에 힘을 모아 마른 개울을 건너뛰었다. 그러고는 두 번이나 엎어졌다가 일어나 백선우에게 천방지축 달려갔다.

"형, 형님."

겨우 말문이 트인 고길준이 앞으로 다가가 묻는다.

"저, 저건 어떻게 된 겁니까?"

이제 어둠속에 묻혀 히끗히끗 등판들만 보이는 진성태 무리를 눈으로 가리키며 묻자 백선우가 얼굴을 펴고 웃는다.

"신님의 기적이야."

숨만 헐떡이는 고길준을 향해 백선우가 말을 잇는다.

"저 무리들의 머릿속은 깨끗이 비워졌어. 모두 제 이름도, 나이도, 아무것도 기억하지 못한다."

그러고는 백선우가 몸을 돌려 대문 안쪽을 보았다.

"이곳은 노인용 실버타운을 만들면 딱 알맞겠구나."

오전 8시, 목사실에서 오늘 설교할 성경을 연구하던 김성훈 목사와 서경수 목사는 문이 열리는 기척에 시선을 들었다. 비서 유정은이 들어서고 있다.

"응, 무슨 일 있나?"

유정은의 기색을 본 김성훈이 묻는다. 얼굴이 붉게 달아오른 유정은이 김성훈의 앞에 서더니 털썩 무릎을 꿇었다. 그러고는 두 손을 움켜쥐고 기도하는 자세로 소리쳤다.

"목사님, 저 다 나았어요!"

놀란 김성훈은 눈만 크게 떴지만 서경수가 묻는다.

"아니, 그게 무슨 말야?"

"저 병원에 갔더니 암세포가 다 없어졌대요! 그래서 CT촬영을 세 번이나 했다고요! 그런데 깨끗해요!"

소리쳐 말한 유정은의 눈에서 눈물이 쏟아졌다. 두 손을 움켜진 유정은이 김성훈을 보았다.

"목사님이 축복을 내려주셨기 때문에 기적이 일어났어요!"

"아, 아니."

하고 김성훈이 더듬거렸는데 얼굴도 하얗게 굳어졌다.

"정말야?"

서경수도 다급하게 묻더니 눈동자만 굴린다.

오전 11시, 개성 공단에서 열린 제9차 남북경협 준비 위원회에는 한국 측 실무자 대표로 통일부 대북협력국장 오준호가 참석했다. 북한 측 대표는 통전부 참사관 한수철. 악질로 소문난 인물이어서 상대가 좋지 않았다. 회담이 시작된 지 20분이 지났지만 한국 측은 아직 발언도 하지 못했다. 한수철의 장광설이 계속되고 있었기 때문이다. 한수철은 한국 측 대표인 오준호에게 인사도 하지 않고 자리에 앉자마자 동해안의 한국 측 경비정과 어선들의 월경을 꾸짖기 시작했다. 이번 어선 납북에 대한 명분을 갖추고 기선을 제압하려는 상투적인 수작이다.

"이렇게 남조선이 도발을 계속한다면 우리 조선인민 공화국은 특단의 조치를 취할 수밖에 없습니다."

주먹으로 테이블을 내리치며 한수철이 소리쳤을 때였다. 문득 머리를 든 오준호가 한수철을 보았다. 그때 한수철이 말을 잇는다.

"솔직히 나도 내 말이 억지소리라는 걸 압니다. 하지만 이렇게 말하지 않으면 배겨나지 못합니다."

그 순간 한수철 좌우에 앉은 실무진들이 시선을 들었지만 입을 열지는 않았다. 한국 측도 마찬가지였다. 이어질 말이 궁금한 듯 숨을 죽이고 있다. 다만 대표단 뒤쪽에 몰려 서 있던 남북한 취재진들이 와락 긴장했다. 카메라 플래시가 더 터졌다. 대화도 모두 녹음되고 있는 것이다. 제 말을 제 귀로 들은 한수철이 이맛살을 와락 찌푸렸다. 그러고는 헛기침을 하고나서 말을 잇는다.

"여기 오기 전에 인민군 총사령부 참모 최용기 중장한테서 지시를 받았습니다. 이번에 납치한 어선을 미끼로 적극 공격 자세를 취하라는 것입니다."

그 순간 얼굴이 하얗게 굳어진 한수철이 제 손으로 입을 막았다가 떼고는 소리쳤다.

"대한민국 만세! 북한 인민을 기아와 압제에서 해방시키자!"

그 순간 한수철이 다시 두 손으로 입을 막았지만 그때는 좌우에서 벌떼처럼 일어선 북한 대표단들에게 붙잡혔다. 대표단의 밑에 깔린 한수철이 뭐라고 다시 고함을 쳤지만 들리지 않았다. 그러나 기자단들은 난리가 났다. 그 장면을 다 녹화한 한국 측 기자단들은 고기를 문 배고픈 개처럼 뛰어 달아났고 한국 측 대표단들은 모두 일어나 서성거렸다.

"회담 취소! 취소!"

하고 북한 측 부대표격인 사내 하나가 소리쳤다가 오준호의 시선을 받더니 한쪽 손을 치켜들고 외쳤다.

"대한민국 만세!"

"저놈도 잡아라!"

인민군 장교 하나가 벽력같이 소리치면서 이제 부대표에게 달려들었다. 그때 부대표의 어깨를 움켜쥐었던 대표단 하나가 번쩍 머리를 쳐들고 소리쳤다.

"북조선의 독재 정권을 타도해야 민족이 산다!"

순간 사람들은 그에게로 몰려들었다. 심호흡을 한 오준호는 자리에서 일어섰다. 오준호가 회담장 밖으로 나왔지만 안의 소동은 아직도 계속되고 있다. 그때 오준호 옆을 따르던 대표단 일원 하나가 말했다. 흥분으로 상기된 표정이다.

"북한 권력층 내부가 무너지는 것 아닐까요? 이 사건은 세계로 보도될 것입니다."

TV로 회담장의 소동을 본 내가 쓴웃음을 지었을 때 시종 박기동이 방 안으로 들어선다. 박기동은 오준호를 나에게 데려왔던 장본인이다.

"교당에 교인들이 모였습니다."

박기동이 두 손을 모으고 말했다. 오후 8시 5분전, 오늘은 각 시종들이 선발한 3천여 명의 교인들이 처음으로 모인 것이다. 나에게서 능력을 받은 시종들이 엄선한 교인들이다. 교인 중에는 전과자도 있었으며 목사, 신부, 승려까지 다 섞여 있었는데 전혀 차별을 두지 않았기 때문이다. 세상을 선하고 깨끗하게 이끌어갈 성품이면 되었다. 자리에서 일어선 나에게 박기동이 말했다. 박기동이 이번 대모임의 사회를 맡고 있는 것이다.

"신님, 조금 전에 오준호 씨한테서 연락이 왔습니다. 감사드리고 싶다고 하는데요."

"내가 능력을 주었다는 말은 안 하는 게 낫다."

웃음 띤 얼굴로 말한 나에게 박기동이 커다랗게 머리를 끄덕였다.

"예, 저도 그렇게 말해 주었습니다."

"오준호 같은 공직자를 몇 명 더 만들어 놓아야겠다."

혼잣소리처럼 말한 내가 박기동이 열어준 문을 통해 교당의 연단으로 나온다. 보라, 순식간에 조용해진 교당에서 3천여 쌍의 눈이 모두 나를 주시하고 있다. 기침소리 한 번 울리지 않는다. 남녀노소, 각종 종교, 온갖 직업과 과거를 가진 인간들. 이제 그들은 모두 나를 믿으려고 모였다. 연단 주위에 늘어선 시종들도 입을 다물고 있다. 시종장 김윤수는 시종 중앙에 서서 눈을 감은 채 명상에 빠진 것 같다. 사회석에 선 박기동이 내 눈치를 본다. 교당 안은 아직도 바늘 한 개 떨어지는 소리도 들리지 않는다. 이윽고 내가 입을 열었다.

"너희들 마음의 십자가와 부처님, 그리고 모든 믿음을 그대로 간직하라. 나를 그분들의 대리인이라고 믿으라."

내 목소리가 교당을 울려 다시 내 귓속으로 들어온다.

"따라서 나는 그리스도의 대리인이며 석가의 대리인, 또는 마호메트의 대리인이기도 하다."

나는 손을 들어 하늘을 가리켰다.

"나는 너희들의 믿음에 의해 태어난 존재, 이 교당에는 그 어떤 표식도, 우상도 없다. 너희들이 이곳에 올 때는 오직 선을 행하려고 오는 것이다."

그리고는 내가 두 손을 들어 아직도 숨을 죽이고 응시하는 3천여 명의 남녀를 보았다.

"너희들이 새로운 세상의 인도자다."

그 순간 3천여 명의 입에서 놀란 외침이 일어났다. 자리에 앉아있던 모두의 몸이 허공으로 떠오른 것이다. 지상 2M 높이까지 떠오른 터라 놀란 외침은 더 심해졌다. 두 다리를 버둥거렸고 일부는 두 손을 모은 채 울며 기도를 한다.

"선을 행하라!"

다시 내가 말했을 때 허공에 떠오른 몇 명이 소리쳤다.

"신이시어!"

그러자 3천여 명이 일제히 따라 외친다.

"신이시어!"

그때 내가 두 손을 다시 폈을 때 허공에 떠있던 교인들이 천천히 바닥으로 내려앉는다.

"신이시어!"

두 다리가 바닥에 닿았을 때 다시 우레와 같은 외침이 일어났다. 이번에는 사회자 박기동이 선창을 했고 모두 따른다. 감동한 교인 모두의 얼굴은 눈물에 젖어있다.

비서 유영근과 함께 접견실로 들어선 나는 자리에서 일어서는 사내들을 보았다. 모두 미국에서 온 GNN 방송사 관계자들이다. TV 촬영 장치는 이미 설치되었고 담당 앵커는 스티븐. 나하고는 안면이 있는데다 나를 믿는 인간이다. 그리고 과학자 유레노프는 러시아계로 우주 과학자. 그 옆에 앉은 마리아는 공간이동에 대한 논문을 수십 편 학회에 낸 대학교수다. 그들은 지금 내가 무엇인지를 확인하려고 온 것이다. 인간의 표현대로라면 내가 누구인지를 알아내는 작업이다. 스티븐이 같이 대담할 둘을 소개시켰고 나는 자연스럽게 인터뷰에 응했다. 그 동안 수십 개 방송국에서 내 존재에 대한 인터뷰 요청이 있었지만 GNN이 처음이자 마지막이 될 것이었다. 그래서 대특종을 움켜쥔 스티븐은 들떠있었다. 대담이 시작되자 스티븐의 인사소개가 끝나고 곧 유레노프부터 나에게 묻는다.

"어느 행성에서 오셨습니까?"

그러자 나는 풀썩 웃었다.

"다른 공간에서."

"어떤 공간입니까?"

이번에는 마리아가 물었으므로 나는 정색하고 말한다.

"이 공간의 생명체보다 몇만 배 진화된 인자들이 존재하는 공간."

다시 마리아가 묻는다.

"그곳에는 당신 같은 인자가 많습니까?"

"나 혼자였소."

내가 의아한 표정을 짓는 마리아에게 빙긋 웃었다.

"나는 형체도 없이 떠도는 인자였소. 그러니 누구와 부딪치지도, 더구나 인연을 만들 수도 없었지."

"그 공간은 어떻게 생겼나요."

"글쎄, 끝없이 넓은 검은 공간. 시간도 느낌도 없었지."

"어떻게 이 공간으로 오시게 되었죠?"

하고 이번에는 유레노프가 묻자 내가 쓴웃음을 짓고 말한다.

"신의 섭리겠지. 여러분의."

"능력의 한계는 어디까지입니까?"

이제 스티븐이 물었으므로 나는 잠깐 생각해보았다. 그러고는 대답했다.

"아직 한계를 정하지는 못했소. 그러나 죽은 인간을 살려낼 정도는 아니요. 산 인간의 몸은 치료해줄 수가 있지."

셋은 숨을 죽였고 촬영기사도 정신이 나간 얼굴로 나를 보고 있다. 그때 내가 마음을 고쳐먹고 말했다.

"그 이상은 말해줄 수가 없소."

그러고는 TV 카메라를 향해 덧붙였다.

"여러분이 믿는 신만큼 전지전능하지는 않소. 나는 여러분의 신들이 이 공간으로 던져준 대리인이요."

그러자 스티븐이 커다랗게 머리를 끄덕인다.

탈레반의 테러단 지도자 압둘 라만이 파키스탄령 마바릭 계곡에서 사살된 것은 제임스 코헨이 나를 만난 한 시간 후였다. 제임스 코헨이 나를 만난 사실은 철저히 비밀로 붙여졌지만 이틀 후에 팔레스타인 출신의 비행기 폭파범 무스타파가 12년 만에 케냐의 오지 마을에서 체포 된데다가 같은 날 이라크에서 반군에게 포로가 된 미군 8명이 구출 되었다. 두 달 동안 정보를 얻지 못해 쩔쩔매던 미군이 바그다드 교외의 마을에 은닉시켜 놓은 포로들을 순식간에 구출해낸 것이다. 그러자 프랑스 언론 하나가 이것은 이경훈의 도움이 없으면 불가능한 일들이라고 증거도 없이 써낸 것이 불씨가 되었다. 덩달아서 세계 각국의 언론이 맞장구를 치더니 우연히 일어난 사건도 다 내가 조종한 것으로 보도했다. 내 시종들은 그 사건에 대해서 언론사의 수많은 질문을 받았지만 노코멘트로 일관했다. 이제 신교인으로 불리는 교인들도 마찬가지였다. 하긴 나는 그 동안 비행기 폭발 사고를 네 번 막았고 빌딩의 대화재도 미연에 방지시키기는 했다. 그러나 내가 이 지구상의 모든 사건 사고를 예방할 수는 없다. 내 주변, 또는 내가 우연이라도 집중하는 지역과 인물 주위의 사건에 한정된다. 지구상의 모든 일이 내 머리에 들어올 수는 없는 것이다. 나는 교당을 건립하고 나서부터 숙소를 교당 3층으로 옮겼는데 시중은 시종 서지연의 지도로 선발된 교인 네 명이 맡았다. 물론 일하는 사람들은 교인들이었고 나는 시종장 김윤수에게 지시해서 그들에게 보수를 주도록 했다. 대기업 중역 수준의 보수를 주라고 했지만 금액이 얼마인지는 모른다. 저녁 무렵 인간 세상에 내려온 내가 가장 곤혹스러웠던 것이 생리 현상이다. 그것은 먹고 자고 또는 성욕까지 포함되었는데 그중 식사시간이 되면 가장 괴롭다. 나는 인체가 되어있지만 바탕은 인자인 것이다. 그래서 아무것도 먹지 않아도 된다. 그러나 소화기관이 다 구비되어 있어서 식도를 통해 위로 음식물이 떨어지면 소화가 되어 장을 통해 빠져 나오기도 하는 것이다. 거기에다 음식 맛이라니. 나는 미각을 갖추고 있긴 해도 혀에 닿는 감각에 익숙하지 못하다. 하지만 서지연이 지휘하여 정성스럽게 만들어놓은 스테이크로 저녁을 먹고 교당 밖으로 나왔다. 교당 밖은 이제 깨끗하게 다듬은 잔디밭이다. 잔디밭 위에 삼삼오오 모여 앉은 교인들이 나를 보더니 두 손을 모으고 인사를 한다. 웃음 띤 얼굴로 답례한 나는 시종장 김윤수와 비서 유영근만을 데리고 발을 떼었다. 오후 6시 40분, 교당 위에 걸린 대형 시계의 야광침이 반짝이고 있다. 저녁노을이 서쪽 하늘에 깔려 있었지만 아직 주위는 환했다. 그때였다.

"탕!"

총성이 울리더니 내 가슴에 충격이 왔다. 놀란 내가 가슴을 보았더니 피가 쏟아져 나오고 있다.

"아앗!"

옆에서 걷던 김윤수가 두 손을 뻗어 내 팔을 쥐었다. 그때 또다시 총성이 울린다.

"탕!"

이번에는 내 이마가 뜨끔했다.

"아앗! 신님!"

김윤수가 아우성을 치듯이 부른 순간이었다. 나는 손을 들어 이마 속에 박힌 총알을 꺼내었다. 내 손이 다 이마 속으로 들어가는 바람에 김윤수는 입을 딱 벌렸다.

"신님!"

달려든 비서 유영근이 내 가슴을 만지려고 했으므로 나는 쓴웃음을 짓고 말했다.

"됐다. 이제는 저 건물 옥상에 가서 두 사내를 데려 오너라."

내가 손을 들어 3백 미터쯤 떨어진 5층 건물을 가리켰다.

"두 놈이 지금 엎드린 채 굳어져 있을 테니까 떠메고 오면 될 것이다."

그때는 이미 주위에 수십 명의 남녀 교인이 몰려와 있었으므로 모두 내가 가슴에서 총알을 꺼내는 것을 보았다. 손이 가슴 안으로 들어가는 것이 마치 물속에 넣는 것 같이 보였을 것이다.

"신이시어!"

모두 두 손을 모으고 꿇어 앉아 내 이름을 부른다. 유영근이 교인 10여 명을 이끌고 5층 건물을 향해 달려가고 있다.

그날 밤 9시경에는 행자부 장관 전기준이 경찰청장 박주동과 함께 문안 명목으로 방문했는데 그 사이에 나는 미국 대통령 허드슨한테서 위로 전화를 받았다. 허드슨과 통화가 끝났을 때 한국 대통령 강인덕이 연락을 해왔으므로 순서가 바뀐 것 같다.

"그놈들은 파키스탄 국적으로 테러단의 지시를 받고 온 것이 분명합니다."

경찰청장 박주동이 말했다. 옥상에 뻣뻣하게 굳어진 채 엎드려 있던 두 사내는 곧 교당으로 운반 되었다가 경찰로 인계된 것이다. 경찰은 둘의 국적이 파키스탄인 것만을 확인한 상태였다. 그때 내가 말했다.

"두 놈은 파키스탄의 탈레반 지원 조직인 알자히드에서 보낸 저격수들이요"

그러고는 내가 얼굴을 펴고 웃는다.

"놈들이 사용한 저격총은 남파 간첩인 허진호한테서 얻었소. 허진호는 지금 동대문의 서진 오피스텔 1206호실에 있소. 아마 집안에 총기가 많을 거요."

놀란 박주동이 볼펜을 꺼냈다가 메모지를 찾지 못하고 손바닥에다 열심히 쓴다. 내가 말을 이었다.

"테러단과 북한이 연합한 것을 보면 양쪽에 내가 위협이 된다고 믿는 것 같소."

"내버려두지 않겠습니다."

그러면서 자리에서 일어섰던 박주동이 나에게 묻는다.

"미국 측에 알자히드 조직을 알려주셔야 되지 않겠습니까?"

"이미 알려주었소."

내가 웃음 띤 얼굴로 말을 잇는다.

"알자히드의 은신처까지, 아마 지금쯤 미군이 움직였을 거요."

나에 대한 뉴스는 과장이 좀 심하다. 그날 밤 한국의 방송사 5개는 모두 내가 테러단으로부터 10여 발의 총탄을 맞았다고 방송했다. 그중 KBC는 내 머리가 떼어졌다가 다시 붙었다면서 애니메이션으로 만들어 보여주기까지 했다. 어쨌든 이번 사건으로 나는 불멸의 존재가 되어버렸다. 특히 신교 교인들이 그렇게 믿는다. 내가 저격을 당할 당시에 주위에서 직접 보았기 때문이다.

"나는 이제 악인의 공적이 된 셈이다."

다음날 오전 내가 시종들을 모아놓고 말했다.

"어젯밤 내 저격을 사주했던 알자히드가 사살되었고 저격 장비를 제공한 간첩 허진호도 체포되었다. 하지만."

쓴웃음을 지은 내가 시종들을 둘러보았다.

"지금부터가 시작이야. 나는 이제 악인들의 제1목표가 된 것이나 같다."

그렇다. 오늘 아침부터 다시 언론들은 저격을 기획한 알자히드의 사살과 장비를 제공했던 허진호가 체포된 것을 대대적으로 보도했는데 그것이 내가 알려줬기 때문이라고 한 것이다. 또한 외국 언론은 한 술 더 떠서 지금까지 이경훈이 미국 정부에 정보를 준 것만도 수십 건이라고도 했다. 이제 나는 모든 악당, 테러 단체의 제거대상 1호가 된 것이다.

"내가 너희들 몇 명에게 또 다른 능력 하나씩을 주마."

내가 둘러선 시종들에게 말했다. 이번에 모인 시종들은 활동적이며 적극적인 성품이다. 그중에는 남쪽 끝에까지 내려가 극락교를 폐문시킨 백선우도 끼어있다.

"지금까지 눈에 보이는 인간의 마음을 읽고 무릎을 꿇릴 수 있을 정도의 능력을 소유했으나 이제 너희들은 달라진다."

그러고는 내가 시종들을 향해 두 손을 뻗는다.

"너희들 멋대로 인간을 움직일 수 있다. 너희들의 지시를 받은 인간이 대신 일을 할 수 있는 것이다."

다만 보이는 인간이다. 내 말을 들은 시종들의 얼굴이 환해졌다. 능력이 늘어난 것보다 선을 행할 수 있는 기회가 많아질 것이기 때문이다.

대통령 강인덕이 나를 초대 한 것은 내가 저격을 당한 이틀 후였다. 강인덕은 극비 회동을 원했기 때문에 나는 비서 유영근도 떼어놓고 혼자 이동을 했다. 8시 정각의 저녁 약속이어서 내가 홀연히 약속 장소인 청와대 영빈관 소식당에 나타났더니 식당 안에서 서성대던 비서실장 이석우가 깜짝 놀랐다.

"오셨군요."

"미안합니다. 놀라셨지요?"

미리 내가 나타나는 방식을 이야기 해줬는데도 이석우는 자꾸 내 뒤쪽을 보았다. 나는 청와대 경비실, 영빈관 입구, 그리고 복도에 늘어선 경호원들을 거치지도 않고 내 거처에서 훌쩍 이 방으로 건너왔기 때문이다.

"아유, 저는."

뒷머리를 긁은 이석우가 나를 테이블로 안내하더니 서둘러 밖으로 나갔다. 대통령을 모시러 나간 것이다. 잠시 후에 들어선 강인덕이 웃음 띤 얼굴로 다가와 손을 내밀었다.

"이 실장이 놀랐다고 하더군요."

내 손을 쥔 강인덕이 부드러운 표정으로 말한다. 나는 강인덕의 초조하고 지친 머릿속을 읽는다. 납북 어부 문제는 아직 북한 어느 부서에서도 응답하지 않는다. 거기에다 개성공단 문제, 핵 폐기 문제, 한국은 머리위에 끓는 냄비를 얹고 있는 것이나 같다. 강인덕이 자리에 앉았을 때 곧 주방 직원들이 저녁 식사를 날라 왔다. 테이블에는 비서실장 이석우까지 셋뿐이다.

"찬이 없습니다."

강인덕이 걱정스런 표정을 짓고 말했으므로 나는 웃었다. 나는 공기만 먹고 사는 존재다.

"맛있게 먹겠습니다."

나도 인사치레로 말했다. 이제는 이런 대화에도 익숙해졌다. 존댓말 반말 구분도 자연스럽게 가려지고 있다. 식사를 마칠 때까지 날씨 이야기, 축구 이야기를 하던 강인덕이 이윽고 물그릇을 내려놓으면서 말했다.

"이경훈 님, 그 능력을 한국을 위해 사용해 주시면 고맙겠습니다."

나는 잠자코 다음 말을 기다리는 시늉을 했지만 이미 다 알고 있다. 강인덕은 그 말썽 많은 북한 핵에 대한 내 도움을 바라고 있는 것이다. 강인덕이 말을 잇는다.

"당신께서 한국에 계신 것은 한국인에게 행운입니다. 축복이라고도 합니다. 그러니까 이 기회에 북한 핵을 제거 하는데 당신께서 도와주시기 바랍니다."

"나는 물질을 없애지는 못합니다."

쓴웃음을 지은 내가 대통령 강인덕을 똑바로 보았다.

"하지만 마음을 움직일 수는 있지요."

"그렇게 해주시겠습니까?"

강인덕이 내 시선을 맞받으면서 묻는다. 이 사람은 정직하다. 최선을 다하고 있어서 전혀 다른 마음이 보이지 않는다. 이윽고 내가 머리를 끄덕였다.

"도와드리지요."

테러리스트의 저격을 받은 후부터 나는 불멸의 존재로 알려졌다. 교인 중에는 세계 각국의 인간들이 섞여졌는데 점점 더 늘어나는 추세였다. 그래서 안양의 교당이 비좁아지는 바람에 나는 시종 여러 명에게 교당을 차려 분가하도록 했다. 대통령을 만나고 온 지 사흘 후에 나는 시종장 김윤수와 비서 유영근을 내 방으로 불러 말했다.

"대통령이 나한테 북한 핵 문제를 부탁했는데 다녀오겠다."

"혼자 가십니까?"

걱정이 된 유영근이 불쑥 묻더니 내 시선을 받자 쓴웃음을 짓는다.

"제가 모시고 가면 부담만 되겠지요."

"공간 이동을 해야 된다."

의자에 앉은 내가 손을 들어 보였다. 인간과 똑같은 손이었지만 인자로 뭉쳐 있을 뿐이다. 떼어내도 전혀 지장이 없다. 김윤수와 유영근도 잠자코 내 손을 본다. 둘도 지금 똑같은 생각을 하고 있다. 내가 총을 맞았을 때 둘은 다 보았던 것이다. 가슴과 이마에 박힌 총알을 꺼내는 장면은 마치 안개 속에 손을 넣는 것 같았을 테니까.

"남조선의 괴물이 말썽이군."

김정은이 말하자 인민군 총정치국장 강을수가 얼굴을 일그러뜨리고 웃는다.

"나라가 망하려면 온갖 변괴가 일어나지요. 옛날 백제가 망할 때 그랬습니다."

소파에 등을 붙인 채 김정은이 가만히 있었으므로 강을수가 말을 잇는다.

"궁궐 안에 여우가 들어와 울지를 않나, 백마강에 길이가 이십 미터나 되는 여자 시체가 떠내려 오기도 했다는군요. 그것이 다 유언비어 아니겠습니까?"

"이봐, 이경훈은 미국 NASA, 일본 과학청 놈들이 다 검증을 했어. 마술이 아니라고 말이야."

이맛살을 찌푸린 김정은의 기색을 본 강을수가 입을 다물었다. 강을수는 3년 전부터 군부의 실세로 급부상한 인민군 대장, 올해 초에 인민군 총정치국장 겸 국방위원이 됨으로써 권력서열 5위가 되었다. 2,3,4위의 노인들은 그저 형식적 순서일 뿐이다. 이곳은 대동강이 내려다보이는 김정은의 총화별장 안이다. 이층의 홀에는 김정은과 강을수, 그리고 통일선전부장 박영택까지 셋이 둘러 앉았는데 테이블 위에는 갖가지 음식이 가득 놓여졌다. 그때 박영택이 조심스런 표정으로 입을 열었다.

"며칠 전의 저격 사건으로 공작원 하나가 체포 되었습니다. 그것도 이경훈이 정보를 주었다는 소문이 났습니다."

강을수는 물론이고 김정은도 다 아는 사실이다. 둘의 시선을 받은 박영택이 말을 잇는다.

"남조선 정권은 그자에게 호의적입니다. 장관 여러 명과 국회위원 수십명, 청와대 비서관까지 신교 교인이 되어있다는 보도를 하고 있어도 정부에서 어떤 대책도 내놓지 않는 것이 그 증거입니다."

"그렇군."

정색한 김정은이 천천히 머리를 끄덕인다.

"그놈의 능력이 사실이라면 정부에서 이용할 수도 있겠다."

이제는 강을수도 섣부른 옛날이야기로 넘길 수도 없게 되었다. 긴장한 강을수의 시선을 받은 김정은이 말을 잇는다.

"사상 교육을 철저히 시키도록. 지난번 개성 회의 때 같은 참사가 두 번 다시 일어나면 안 된단 말이야."

개성의 경제회담 준비회의의 소동은 김정은도 TV를 통해 직접 본 것이다. 그것을 김정은은 참사로 표현했다. 두 실세는 몸을 굳혔고 홀의 분위기는 싸늘하게 식었다.

김정은 위에 떠있던 나는 마음을 굳혔다. 내가 김정은이 되기로 하자. 이 것은 쉬운 일이다. 본래 나란 존재는 형체도 없는 인자 아니었던가? 인간들이 말하는 원소 따위의 단어가 아니다. 아예 질량 자체가 존재하지 않는 인자. 그저 아무것도 없는 존재이기 때문이다. 내가 김정은의 몸 안으로 들어간 순간에 김정은은 내가 되었다. 지금까지 내가 이경훈의 몸으로 세상에 보였던 것과 똑같은 이치다. 내가 풀이 죽어있는 박성택에게 말한다.

"남조선 통일부 장관에게 직접 연락을 해. 북남 정상회담을 하자고 말이야."

놀란 박성택이 입도 벌리지 못한 채 몸만 굳혔고 내가 말을 잇는다.

"장소는 서울이 좋겠다. 남조선에서 두 번 평양에 왔으니 이번에는 내가 내려가야겠지."

"지도자 동지."

갈라진 목소리로 강을수가 불렀는데 얼굴이 누렇게 굳어 있다. 내 시선을 받은 강을수가 말을 잇는다.

"지금 북미 대화를 시작한 상황인데 남조선에 내려가시는 것은……."

그 순간 나는 복잡한 강을수의 머릿속을 다 읽는다. 오히려 강을수 자신보다 내가 더 선명하게 읽을 수가 있다. 개인적인 득실 계산이 전부였고 조국과 인민에 대한 걱정은 아무것도 없다. 강을수가 다시 말했다.

"남측에서 먼저 제의를 해올 때까지 기다리셔도 늦지 않습니다. 그리고 지도자 동지께서 내려가시는 것은 안위상 여러 가지로……."

나는 잠자코 강을수를 보았다. 김정은은 이런 말에 넘어가겠지만 나는 안 된다. 지금 강을수는 말과 달리 내 안위를 전혀 걱정하지 않는다. 나란 곧 김정은이다. 이놈은 지금 남북 간 평화공존 시대가 되었을 때 자신의 위상을 걱정하고 있을 뿐이다. 그때 내가 테이블에 놓인 벨을 눌렀다. 그러고는 박성택에게 다시 지시한다.

"내일 아침 일찍부터 서둘러."

제2인자의 설득에 넘어갈지 초조한 표정으로 눈동자만 굴리던 박성택이 꿈에서 깨어난 얼굴로 대답했다.

"예, 지도자 동지."

그때 뒤쪽에서 경호장군 최기철의 목소리가 울렸다.

"부르셨습니까?"

그러자 내가 손을 들어 앞에 앉은 강을수를 가리켰다.

"강을수 대장을 반역죄로 체포하라."

"예! 지도자 동지!"

강을수가 화들짝 놀랐지만 최기철도 마찬가지였다. 서둘러 권총을 빼든 것만 봐도 그렇다. 권총으로 강을수의 가슴을 겨눈 최기철이 소리쳤다.

"반역죄로 체포한다! 일어서!"

강을수가 일어서다가 비틀거리는 바람에 테이블의 물 잔이 넘어졌다. 그때 내가 말했다.

"지하 감옥에 비밀 수감해!"

내가 행자부장관 전기준과 만났을 때는 그 다음날 오후 8시경이다. 비밀리에 내 숙소로 찾아온 전기준은 긴장하고 있었다. 내가 은밀히 만나자고 했기 때문이다. 시종장 김윤수만 배석시키고 방에 셋이 둘러앉았을 때 내가 말했다.

"내일 김정은 위원장이 남북 정상회담 제의를 해올 겁니다."

놀란 전기준이 숨을 멈췄고 내 말이 이어졌다.

"장소는 서울, 15일 후로 날짜를 잡을 겁니다."

"정말입니까?"

겨우 그렇게 물은 전기준이 고인 침을 삼켰다. 대사건이다. 김정은이 서울을 방문한다면 친북 세력은 당황할 것이고 반북 세력은 6·25 전쟁 책임까지 묻겠다면서 대들 것이 분명했다. 그런데 가장 중요한 것은 김정은의 방한 목적이다. 무엇 때문인가? 또 평화공존이라는 허울 좋은 명분을 내걸고 막대한 원조나 받아갈 것인가? 현(現) 한국 대통령 강인덕은 그런 허울만 좋은 명분과 원조를 바꾸는 인물이 아니다. 철저한 실리주의자인 것이다. 전기준의 마음을 읽은 내가 빙그레 웃었다.

"김정은은 남북한 연방제를 제의 할 겁니다."

"연방제라고 하셨습니까?"

되물은 전기준의 얼굴이 쓴 것을 삼킨 것처럼 찌푸려졌다. 연방제는 10여 년도 전에 한국의 친북 정권에서 국민의 동의 없이 북한과 합의했던 남북통일의 첫 단계 작전이었기 때문이었다. 내가 웃음 띤 얼굴로 대답했다.

"이번에는 전혀 다른 방식이 될 겁니다."

눈만 껌벅이는 전기준에게 나는 말을 이었다.

"김정은은 서울에 오기 전에 군부의 강경파 실력자들을 모조리 숙청 할 겁니다."

놀란 전기준이 다시 되물었다.

"숙청 하다니요?"

"모두 제거한다는 뜻이지요."

"아니, 그럼."

"김정은은 북한을 대한민국의 관리를 받는 보호국으로 만들 겁니다."

전기준은 몸을 굳혔고 내 말이 이어졌다.

"일본이 대한제국을 통치했던 것처럼 말입니다. 평양 주석궁이 북조선 통감부가 되는 것이지요."

"……."

"갑자기 합병하면 큰 혼란이 올 테니까."

나는 그렇게만 말했다. 전기준이 그쯤을 모르겠는가? 경제력 차이가 크지 않았던 동서독이 통일 되고나서도 그 후유증은 수십 년 동안 지속되었다. 남북한의 경제력 차이는 수백 배가 넘는 것이다. 내가 똑바로 전기준을 보았다.

"김정은이 북조선 통감부의 초대 통감으로 전 장관님을 추천할겁니다. 장관님은 미리 준비를 해두셔야 합니다."

"제, 제가 말씀입니까?"

놀란 전기준이 말까지 더듬었다. 난데없는 정상회담에, 합병, 통감부 설치에다 초대 통감 등 계속해서 강펀치를 얻어맞는 기분이었을 것이다. 입만 딱 벌리고 있는 전기준을 향해 내가 말을 이었다.

"그래요. 짐작하고 계시겠지만 김정은은 예전의 김정은이 아닙니다. 내가 김정은 안에 들어가 있지요. 그러니까 걱정하지 않으셔도 됩니다."

"하, 하지만 저는……."

"전 장관님이 새조선의 초대 통감으로 가장 적당합니다. 그렇다고."

전기준이 극도로 긴장하고 있었기 때문에 내가 우스갯소리를 한마디 넣었다.

"이토 히로부미 같은 조선 통감은 절대로 되지 않을 테니까 걱정하지 마시고."

자세한 내막까지는 지금 설명해줄 필요는 없는 것이다. 나는, 그러니까 김정은은 전기준을 초대 북조선 통감으로 임명한 후에 하나씩 단계적으로 합병내지 흡수 시켜나갈 계획이었다. 핵무기와 핵 시설의 폐기, 북한군 감축은 말할 것도 없고 군과 치안까지 장악한 통치를 하게 될 것이었다. 이제는 정색한 내가 말을 이었다.

"김정은은 당분간 장관님을 옆에서 도와줄 테니까요."

그 김정은이 바로 나인 것이다.

〈1권 끝〉